KB131520

조반니의 방

조반니의 방

Giovanni's Room

제임스 볼드윈 장편소설 김지현 옮김

GIOVANNI'S ROOM
by JAMES BALDWIN

이 책은 실로 꿰매어 제본하는 정통적인 사철 방식으로 만들어졌습니다.
사철 방식으로 제본된 책은 오랫동안 보관해도 손상되지 않습니다.

루시엔을 위해

　내가 그 남자라네, 나는 고통받았고, 나는 거기에 있었다네.
　── 휘트먼

조반니의 방

9

제1부

1

내 인생에서 가장 끔찍한 아침을 앞둔 밤, 나는 어둠이 깔린 이곳 남프랑스의 대저택 창가에 서 있다. 손에는 술잔을 들었고 팔꿈치께에는 술병이 놓여 있다. 어둑해져 가는 유리창 반사광에 비친 내 모습을 바라본다. 유리창 속 내 몸은 키가 커서 화살처럼 비쭉 솟았고 금발이 반짝거린다. 얼굴은 당신이 많이 보았을 법한 생김새다. 내 조상들은 죽음이 득시글거리는 평원을 가로질러 대륙 하나를 정복한 바 있다. 그렇게 해서 유럽을 등진 바다에까지 다다랐을 때 그들의 앞에는 더 어두운 과거가 펼쳐져 있었지만 말이다.

아침이면 나는 취해 있겠지만 그래 봤자 달라질 건 없다. 어차피 나는 파리로 가는 기차를 타게 된다. 기차는 똑같을 것이다. 3등칸에서 편안하게, 더 나아가 품위 있게 여행하기 위해 곧은 등받이가 달린 목재 좌석들에 앉으려고 아등바등하는 승객들도 똑같을 것이다. 나 또한 똑같을 것이다. 우리는 올리브나무들, 바다, 폭풍우 치는 남부 하늘의 찬란함을 뒤로하고, 시시각각 변화하는 시골 풍경을 가로질러 저 북쪽으로, 파리의 안개와 비를 향해 나아가리라. 누군가는 내게 샌드위치를 나눠 먹자고 하고, 누군가는 와인을 한 모금 마시겠느냐고 하고, 또 누군가는 성냥을 빌려 달라고 할 것이다. 객실 밖 통로를 돌아다니는 사람들은 차창 밖을 내다보기도 하고 객실 안의 우리를 기웃거리기도 할 것이다. 기차가 역에 멈춰 설 때마다 헐렁하고 누르스름한 군복을 입고 색깔 있는 모자를 쓴 신병들이 객실 문을 열고 〈complet(만 차입니까?)?〉라고 물으면 우리는 공모라도 한 듯 하나같이 고개를 끄덕이며 미소를 주고받을 것이다. 그들은 다른 객실로 건너가겠지만, 결국엔 그중 두세 명이 우리 객실 문 밖에 자리를 잡고 그 지독한 군용 담배를 피우면서 특유의 걸걸하고 상스러운 목소리로 서로에게 고함을 쳐댈 것이다. 내 맞은편 좌석에 앉은 여자는 내가 왜 자기에게 추파를 던지지 않는지 궁금해하며 군인들을 의식하고 신경을 곤두세울 것이다. 나도 마찬가지겠지만 그녀보다는 차분한 태도를 유지할 것이다.

오늘 밤 이 시골은, 유리창 속 내 모습 너머로 비쳐 보이는 저 풍경은, 차분하게 가라앉아 있다. 저택 바로 밖에는 작은 여름 휴양지가 있지만 아직 휴가철이 아니라서 텅 비어 있다. 이 집은 얕은 언덕 위에 자리 잡고 있어 저 아래 읍내의 불빛들이 내려다보이고 철썩거리는 바닷소리도 들려온다. 몇 달 전에 여자 친구인 헬라와 함께 파리에서 사진만 보고 임대한 저택이다. 그녀는 일주일 전에 떠났다. 지금은 미국으로 돌아가는 배에 몸을 싣고 한창 풍랑을 헤쳐 가고 있으리라.

그녀의 모습이 눈에 선하다. 원양 여객선 살롱의 불빛에 휩싸인 채 몹시 우아하고 찬란하면서도 날이 선 모습으로, 너무 급하게 술을 마시면서 깔깔 웃으며 남자들을 지켜보고 있을 그녀. 생제르맹데프레의 한 술집에서 나를 처음 만났을 때도 그녀는 꼭 그렇게 술을 마시며 남자들을 지켜보고 있었다. 그래서 그녀가 마음에 들었다. 같이 놀면 재미있을 상대인 것 같았다. 그렇게 시작된 관계였고, 그게 전부였다. 그동안 온갖 일이 있었지만 지금 생각해 보면 사실 내게는 그 정도의 의미뿐이었던 것 같다. 아마 그녀에게도 그 이상의 의미는 없었을 것이다. 적어도 그녀가 문제의 스페인 여행을 떠나기 전까지는 그랬다. 그녀는 스페인에서 혼자가 된 자신을 돌아보며, 일평생 술이나 마시고 남자들을 지켜보며 사는 게 자신이 진정 원하는 것인지 고민했던 모양이다. 하지만 그때는 이미 너무 늦었다. 나는 조반니를 만나고 있었으니까. 내 청혼을 받았을 때만 해도 그녀는 웃어넘겼고, 나도 덩달아 웃었지만, 그러고 나서 어쩐지 더욱 진지해져 버린 내가 청혼을 고집하자 그녀는 나를 떠나서 생각을 좀 해봐야겠다며 스페인으로 떠났던 것이었다. 그녀가 이 저택에서 보낸 마지막 밤 — 내가 그녀를 마지막으로 보았던 그날 밤, 가방을 꾸리고 있던 그녀에게 나는 한때 내가 그녀를 사랑했노라고 말했고 스스로 그 말을 믿었다. 하지만 정말로 사랑한 적이 있었을까. 물론 그 말은 그녀와 침대에서 함께 보낸 밤들을 생각하며 한 것이었다. 다시는 경험하지 못할 기이한 천진함과 확신이 있었기에 그 밤들은 무척이나 즐거웠고 과거와도, 현재와도, 앞으로 찾아올 그 무엇과도 무관했으며, 더 나아가 내 인생과도 무관해졌다. 그 밤들에 대해 나는 지극히 기계적인 책임밖에는 질 필요가 없었던 데다가, 타국의 하늘 아래서, 아무도 보는 이 없고 아무런 손해도 볼 위험 없이 나눈 관계였기 때문이다. 바로 그 사실 때문에 우리 관계는 실패했다. 자유란 일단 손에 넣고 나면 무엇보다도 견딜 수 없는 것이 되어 버리니까. 내가 그녀에게 청혼했던 것도 아마 그래서였던 것 같다. 무언가에 나 자신을 얽매어 두기 위해서. 그녀가 스페인으로 떠난 뒤 나와 결혼하기로 마음먹었던 것도 그래서였는지도 모른다. 하지만 불행히도, 사람이 제 부모를 만들어 낼 수는 없듯이 자신을 얽매어 줄 애인이나 친구를 만들어 내기란 불가능하다. 그런 존재들은 다만 인생이 우리에게 주거나 뺏거나 할 뿐이고, 정말로 큰 난관은 주어진 인생에 수긍하는 것이다.

헬라에게 사랑했다고 말했을 때 나는 돌이킬 수 없는 끔찍한 일들이 일어나기 전, 연애가 그저 연애일 뿐이었던 바로 그 시절을 떠올리고 있었다. 그런데 이제는, 오늘 밤부터는, 아침이 닥쳐오고 나면, 내가 임종을 맞기까지 아무리 많은 침대에 눕게 되더라도 그런 순수하고 열정적인 관계는 결코 나눌 수 없을 것이다. 생각해 보면 그건 사실 더 높은 단계의, 혹은 더 가식적인 형태의 자위 행위나 같았다. 인간이란 그렇게 가볍게 취급하기에는 지나치게 복합적인 존재다. 나라는 사람은 신뢰를 받기에는 지나치게 복합적이다. 그렇지 않았다면 내가 오늘 밤 이 저택에 혼자 있을 일은 없었을 것이다. 헬라가 풍랑을 헤쳐 갈 일도 없었을 것이다. 그리고 조반니가 오늘 밤과 내일 아침 사이의 어느 시점에 기요틴 위에서 절명할 필요도 없었을 것이다.

이제 와서 무슨 소용이겠냐만은, 내가 해왔던 — 말하고 실천하고 믿었던 수많은 거짓말 중에서 유독 후회하는 것이 한 가지 있다. 조반니는 좀처럼 믿어 주지 않았지만, 나는 그에게 전에는 남자와 한 번도 자본 적이 없다고 말했던 것이다. 사실 자본 적이 있다. 다시는 그러지 않겠다고 다짐했었지만. 그러고 보면 나는 그토록 먼 거리를 건너, 심지어 바다까지 건너서 여기까지 힘껏 도망쳐 왔는데, 내 집 마당에서 키우던 불도그에게 또다시 가로막혀 우뚝 멈춰 선 꼴이 되었으니 참 가관이구나 싶다. 그동안 내 마당은 더 좁아졌고 불도그는 더 크게 자라 버렸다.

그 소년, 조이를 생각하지 않은 지도 오래되었다. 그런데 오늘 밤은 그의 기억이 사뭇 선명하게 떠오른다. 몇 년 전의 일이었다. 그때 나는 아직 10대였고 조이는 나와 동갑이거나 한 살 더 적거나 많거나 했다. 아주 좋은 녀석이었다. 무척 기민했고 피부가 가무잡잡했으며 툭하면 소리 내어 웃었다. 한동안 그와 나는 단짝 친구로 지냈다. 그러다 그런 사람과 단짝 친구로 지낼 〈수〉 있다는 것 자체가 나의 소름 끼치는 오점을 보여 주는 증거가 되어 버렸고, 그래서 그를 잊어버렸다. 하지만 오늘 밤엔 무척 생생히 기억난다.

여름 방학 기간, 그의 부모님이 주말을 맞아 어디론가 떠난 사이에 나는 브루클린의 코니아일랜드 근처에 있는 그의 집에서 주말을 보냈다. 당시에는 나도 브루클린에 살았지만 우리 집은 조이네보다는 더 잘사는 동네에 있었다. 그때 우리는 해변에서 빈둥거리며 수영을 좀 하고, 반쯤 벌거벗은 여자들이 지나가는 것을 구경하면서 휘파람을 불고 웃어 댔던 걸로 기억한다. 그날 그 여자들 중 누군가가 우리 휘파람에 반응하는 일말의 신호라도 보였다면 우리는 저 바다에도 숨길 수 없을 만큼 깊은 수치심과 공포에 사로잡혔을 게 틀림없다. 하지만 그녀들은 무언가 감이 왔던 모양인지 우리를 무시했다. 어쩌면 우리가 휘파람을 부는 태도에서 티가 났던 것일까. 해 질 무렵 우리는 젖은 수영복 위에 바지를 꿰입고서 판자가 깔린 길을 따라 그의 집으로 걸어갔다.

그건 샤워실에서 시작됐던 것 같다. 김이 자욱한 좁은 칸 안에서 젖은 수건으로 서로를 따갑게 문지르며 법석을 떠는 동안 내가 전에 없었던 감정을 느낀 것은 확실하다. 조이를 향한 불가사의하고도 종잡을 수 없는 감정이었다. 옷을 입기가 너무나 싫었던 것도 기억난다. 그때는 더위 탓이겠거니 했다. 어찌어찌 대강이라도 옷을 주워 입은 우리는 냉장고에서 시원한 음식들을 꺼내 먹고 맥주를 많이 마셨다. 그러고 나서는 영화를 보러 갔을 것이다. 그 외에는 밖에 나갈 이유가 달리 뭐가 있었을지 생각나지 않는다. 조이의 어깨에 내팔을 두르고서 열대야 속 어두컴컴한 브루클린의 길을 따라 걸어가다 보니, 열기가 인도에서도 피어오르고 집들의 벽들에서도 사람을 죽일 수 있을 만큼 세찬 힘으로 쿵쿵 울려 퍼졌고, 온 세상 어른들이 헙수룩한 행색으로 현관 앞 계단에 나와 앉아 쨍하도록 날카로운 기세를 내뿜는 듯했으며, 온 세상 아이들이 인도와 배수로를 지나다니고 비상계단 너머로 몸을 내밀고 있는 것만 같았다. 조이의 정수리가 내 귀 바로 밑에 있어서 나는 우쭐했던 듯하다. 조이는 지저분한 농담을 던져 댔고, 우리는 킬킬 웃으며 계속 걸었다. 그날 밤 나는 얼마나 기분이 좋았던가. 조이가 얼마나 정답게 느껴졌던가. 이렇게 오랜 세월이 지나 처음으로 그 기억을 돌이켜 보노라니 기분이 묘하다.

그 길들을 거쳐서 돌아온 조이의 아파트는 조용했다. 우리도 조용해졌다. 우리는 아주 조용히, 졸음에 겨운 채 침실로 들어가 옷을 벗고 침대에 올라갔다. 나는 잠들었다. 한참 잤던 것 같다. 그러다 문득 깨어 보니 불이 켜져 있었고 조이가 베개를 샅샅이 살피며 열을 내고 있었다.

「왜 그래?」

「빈대에 물린 것 같아.」

「더러운 자식. 너희 집에 빈대 있어?」

「물린 것 같다니까.」

「전에 빈대 물려 본 적 있어?」

「아니.」

「그럼 됐어, 그냥 자. 꿈꾼 거야.」

그는 입을 벌리고 검은 눈을 커다랗게 뜬 채로 나를 보았다. 나더러 이제 보니 순 빈대 전문가가 아니냐고 묻는 듯했다. 웃음을 터뜨리며 그의 머리를 붙잡았다. 그건 조이와 장난을

17

치거나 그가 성가시게 할 때마다 수없이 했던 행동이었다. 그런데 이번에는 그를 만지니 조이에게도 내게도 무언가 변화가 일어나, 이전까지 우리가 경험했던 그 어떤 신체 접촉과도 다른 느낌으로 다가왔다. 그는 내가 당기는 손길에 평소처럼 저항하지 않고 딸려 와 내 가슴에 머리를 기댔다. 그 순간 나는 심장이 무시무시하게 뛰고 있다는 것과, 조이가 내 품에서 떨고 있다는 것, 그리고 방 안을 비추는 불빛이 아주 환하고 뜨겁다는 것을 깨달았다. 나는 몸을 움직이면서 무언가 농담을 던지려다가, 조이가 뭐라고 웅얼거리기에 더 잘 들으려고 귀를 기울였다. 그러자 조이는 고개를 들어 올렸고, 고개를 수그리고 있던 나와 입술이 닿았다. 말하자면 우리는 실수로 키스했다. 그 순간 나는 난생처음 타인의 몸을, 타인의 체취를 제대로 지각했다. 우리는 서로의 몸에 팔을 두르고 있었다. 그건 마치 기적적으로 찾아낸, 기진맥진한 채 숨이 끊어지기 일보 직전인 희귀한 새 한 마리를 손에 쥔 느낌이었다. 나는 엄청나게 겁에 질렸다. 조이도 틀림없이 겁에 질렸을 것이다. 그래서 우리는 눈을 감았다. 이 기억이 이토록 생생하고 아프게 떠오르는 것을 보니 사실 나는 한순간도 진정으로 잊어 본 적이 없었나 보다. 그때 내 안에서 벅차게 끓어오르던 애타는 열기, 떨림, 심장이 터질 것만 같이 저며 오던 애틋함이 희미하게 되살아나 가슴이 울렁거릴 정도다. 하지만 믿을 수도 견딜 수도 없던 그 고통 속에서 기쁨이 솟아났다. 그날 밤 우리는 서로에게 기쁨을 주었다. 그때 내 기분으로는 조이와 사랑의 행위를 하는 데 일평생을 써도 모자랄 것 같았다.

하지만 그 짧은 일평생은 하룻밤 안에 다 흘러가 버렸고 다음 날 아침에 끝이 났다. 내가 깨어났을 때 조이는 나를 향해 아기처럼 모로 웅크린 채 자고 있었다. 그는 정말로 아기 같아 보였다. 입이 반쯤 벌어져 있고, 뺨이 발그레하고, 베개 위에 검게 드리워진 곱슬머리가 축축한 둥근 이마를 반쯤 가리고 있었으며, 긴 속눈썹이 여름 햇살 속에서 어렴풋이 반짝거렸다. 그도 나도 알몸이었고 우리가 이불 삼아 덮었던 침대 시트는 발치에 얼크러져 있었다. 땀에 젖은 조이의 갈색 몸은 내가 본 그 어떤 피조물보다 아름다웠다. 만져서 깨워 볼까 싶었지만, 무언가가 나를 가로막았다. 불현듯 겁이 났다. 나를 전적으로 신뢰하며 누워 있는 조이가 너무나 순결해 보여서였을까, 아니면 조이의 체구가 나보다 훨씬 작아서였을까, 내 몸뚱이가 갑자기 징그럽고 무지막지하게 느껴졌고 내 안에서 치밀어 오르는 욕망은 기괴망측하게 느껴졌다. 그리고 무엇보다도 겁이 났다. 〈조이는 남자잖아.〉이 생각이 점점 명료하게 떠올랐다. 그러자 갑자기 그의 허벅지와 팔과 느슨하게 말아 쥔 주먹에 깃든 힘이 눈에 보였다. 그 힘, 미래 그리고 신비 때문에 갑자기 겁이 났다. 그 몸이 갑자기 시커먼 동굴의 입구로 보였고, 그 안에서 나는 끔찍한 고통에 시달리다 미쳐 버리고 남성성을 잃어버릴 것만 같았다. 정확히 말하자면, 나는 그 몸의 신비를 이해하고 그 힘을 느끼고 나를 통해 그 미래를 실현시켜 주고 싶었다. 등에 맺힌 땀이 싸늘하게 식는 느낌이 났다. 수치스러웠다. 달콤하게

어지럽혀진 침대 자체가 추악한 행위의 증거였다. 조이의 어머니가 이 시트를 보면 뭐라고 할까 싶었다. 내 아버지 생각도 났다. 어렸을 때 어머니가 돌아가신 뒤로 아버지에게는 세상에 오로지 나밖에 없었다. 사람들의 수군거림, 넌지시 던지는 말들, 반쯤은 흘려듣고 반쯤은 잊어버리고 반만 이해한 채 주고받는 이야기들이 — 더러운 말들이 잔뜩 들어찬 동굴이 내 마음속에 시커멓게 입을 벌렸다. 그 동굴 안에 내 미래가 보이는 듯했다. 겁이 났다. 수치심과 공포 때문에 눈물이 날 것 같았다. 어째서 이런 일이 내게 일어났는지, 어떻게 내 〈안〉에서 이런 일이 일어날 수 있었는지 이해가 되지 않아서 울음이 터질 것 같았다. 그때 나는 결정을 내렸다. 침대에서 나와 샤워를 하고 옷을 입은 뒤 나는 조이를 위한 아침 식사를 준비했다.

그에게 내 결정을 알려 주지는 않았다. 그랬다면 의지가 꺾였을 것이다. 나는 그와 같이 아침을 먹지 않고, 커피만 좀 마신 다음 집에 가야 한다고 핑계를 둘러댔다. 조이는 내 핑계에 속지 않은 게 분명했지만 그렇다고 항변하거나 고집을 피울 주변도 없었다. 그렇기만 했어도 나를 막을 수 있었으리라는 사실을 그는 몰랐던 것이다. 그해 여름 들어 매일같이 조이와 어울렸던 나는 그날 이후로 다시는 그를 보러 가지 않았다. 그도 내게 찾아오지 않았다. 그가 와줬다면 무척 반가웠을 테지만, 내가 그런 식으로 작별을 고한 이후로 우리 관계는 경직되었고 그걸 어떻게 풀어야 할지 둘 다 알지 못했다. 마침내 여름 끝 무렵 우연찮게 그를 봤을 때 나는 그즈음 만나던 여자에 대해 순전한 거짓말로 점철된 이야기를 장황하게 늘어놓았다. 그리고 개학한 뒤로는 더 거칠고 나이 많은 친구들과 어울리며 조이에게 굉장히 못되게 굴었다. 나 때문에 그가 슬퍼할수록 내 심술은 더더욱 심해졌다. 결국 조이는 우리 동네를, 학교를 아주 떠나 버렸고 이후로는 두 번 다시 보지 못했다.

아마도 그해 여름부터 나는 외로워졌던 것 같다. 그리고 바로 그 여름부터 시작된 도피 끝에 지금 내가 이렇게 어둑해져 가는 창문을 마주하고 있게 된 듯싶다.

그러나 우리가 하나의 중대하고 결정적인 순간을, 다른 모든 순간들을 바꿔 놓은 단 한 순간을 찾아내려다 보면, 거짓된 신호들과 느닷없이 잠겨 버리는 문들로 이루어진 미로 속을 숨 가쁘게, 고통스럽게 헤매게 되기 마련이다. 설령 내 도피가 그 여름에 시작된 것이 맞다고 해도, 그 여름날 나를 도피라는 선택지로 몰아간 딜레마의 근원이 정확히 무엇인지는 알 수 없다. 물론 그 근원은 지금도 내 앞 어딘가에 있기는 하다. 창밖에서 밤이 내리는 동안 내가 마주 보고 있는 유리창 속의 나 자신, 바로 이 투영 속에 갇혀 있는 것. 그것은 지금 나와 함께 이 방 안에서 오도 가도 못하고 있고, 이전에도 언제나 그랬고, 앞으로도 언제나 그럴 것이다. 그런데도 그것은 내게 창밖에 펼쳐진 이국의 산들보다 더 낯설게만 느껴진다.

말했듯이 당시에 우리 가족은 브루클린에 살았다. 그전에는 샌프란시스코에 산 적도 있다. 나는 거기서 태어났고, 내

어머니가 지금도 그곳에 묻혀 있다. 그다음에는 시애틀에 잠시 살다가 뉴욕으로 옮겨 갔고 — 내게 뉴욕이란 곧 맨해튼이다 — 이후에 브루클린에 자리를 잡았다가 다시 뉴욕으로 이사 갔다. 내가 프랑스로 왔을 때쯤 아버지는 새 아내를 데리고 코네티컷으로 건너가 정착했다. 물론 나는 그 전에 진작 독립해서 이스트 60번가 맨해튼 동부의 한 거리의 아파트에 자췟집을 꾸렸었다.

내 유년 시절에 우리 가족은 아버지, 미혼이었던 고모, 나 세 사람으로 이루어져 있었다. 어머니는 내가 다섯 살이었을 때 묘지로 옮겨졌다. 내게 어머니의 기억은 거의 남아 있지 않지만, 어머니가 핵심적인 요소로 등장하는 악몽은 곧잘 꿨다. 꿈속에서 어머니는 눈이 벌레들로 뒤덮인 채 철사처럼 메마른 머리카락을 나뭇가지처럼 바스락거리며, 썩어 문드러져 물컹거리는 징그러운 몸을 내게 꽉 부딪어 왔다. 내가 비명을 지르며 손을 허우적거리면 그 몸뚱이는 내 손톱에 찢어져 버렸고, 그렇게 뚫린 거대한 구멍이 나를 산 채로 집어삼키고야 말았다. 하지만 아버지나 고모가 내 방으로 뛰어와 무엇 때문에 겁에 질렸느냐고 물어도 나는 꿈을 있는 그대로 묘사할 수 없었다. 어머니에게 불경을 저지르는 내용인 것 같았으니까. 그래서 묘지가 나오는 꿈을 꾸었다고 둘러댔다. 어른들은 내가 어머니의 죽음에 충격받아서 그런 뒤숭숭한 상상을 했나 보다고 결론 내렸고, 내가 어머니를 여의고 슬퍼서 그런다고 넘겨짚었던 듯하다. 그게 맞을지도 모른다. 하지만 만약 그렇다면 나는 지금까지도 슬퍼하고 있는 셈이 된다.

아버지와 고모는 사이가 매우 나빴다. 나는 두 사람의 오랜 불화가 전적으로 죽은 어머니 탓이라고 여겼지만 내가 왜, 어쩌다가 그렇게 생각하게 됐는지는 스스로도 알지 못했다. 아주 어렸을 때 샌프란시스코 집의 거실 벽난로 선반에 홀로 놓여 있던 어머니의 사진 액자가 그 널따란 방 전체를 지배하는 듯 보였던 기억이 난다. 그 사진은 어머니의 영혼이 어떻게 그곳의 공기를 장악하고 우리 모두를 조종하는지를 증명하는 듯했다. 나는 그 방에서 좀처럼 편안할 수 없었다. 거실 저 안쪽의 모퉁이들에 깔리던 어둠과, 안락의자 옆에 놓인 높다란 램프에서 쏟아지는 황금색 불빛에 휩싸여 있던 아버지의 모습이 기억난다. 거기서 아버지는 신문을 읽곤 했다. 신문 뒤에 숨은 채 나를 보지 않는 아버지의 관심을 온전히 받고 싶어서 안달이 났던 나는 가끔 아버지를 귀찮게 하다가 급기야 다툼 끝에 눈물을 쏟으며 거실 밖으로 끌려 나가기도 했다. 그리고 아버지가 무릎에 팔꿈치를 얹고 몸을 앞으로 기울인 자세로 앉아, 먹물 같은 밤하늘을 가로막은 커다란 유리창을 바라보던 것도 기억난다. 그럴 때면 아버지가 무슨 생각을 할까 궁금해지곤 했다. 내 기억 속에 남아 있는 아버지는 늘 회색 민소매 스웨터 차림에 넥타이를 느슨하게 매고, 네모나고 불그스름한 얼굴 위로 모래색 머리카락을 내려뜨린 모습이다. 성격은 곧잘 웃고 웬만하면 화를 내지 않는 편이었지만 그런 부류의 사람이 으레 그렇듯 일단 화를 내면 여느 사람보다 더 무시무시하게 느껴졌다. 아버지의 분노는 있는 줄도 몰랐던 땅속 균열에서 튀어나온 듯 느닷없었고,

집 한 채를 몽땅 태워 버릴 불길처럼 보였다.

엘런 고모는 아버지보다 나이가 조금 더 많고 피부색이 조금 더 짙은 사람이었다. 고모를 떠올리면 뻣뻣하게 굳어 가는 얼굴과 몸을 늘 지나친 화장과 옷치레로 치장하던 것과, 여기저기 지나치게 많이 착용한 장신구들이 빛 속에서 흔들려 짤그랑거리고 텅텅거리는 소리를 내던 것, 그리고 고모가 소파에 앉아 책을 읽던 것이 떠오른다. 고모는 책을 많이 읽었다. 새로 나온 책들을 다 섭렵했고, 한때는 영화관도 무척 자주 갔다. 아니면 뜨개질을 하기도 했다. 고모는 위험해 보이는 뜨개바늘이 가득 든 커다란 가방이나 책 한 권을, 또는 그 두 가지 모두를 항상 손에 들고 다니는 것 같았다. 고모가 뜨개질로 무엇을 만들었는지는 모르겠다. 적어도 고모가 만드는 것 중 일부는 아버지나 나를 위한 것이었겠지만 나는 기억나지 않는다. 고모가 읽던 책들도 마찬가지다. 어쩌면 고모는 나와 같이 지냈던 세월 내내 똑같은 책 한 권만 읽었을지도, 그리고 똑같은 목도리나 스웨터나 여하간 그 비슷한 물건 하나만을 줄곧 뜨고 있었는지도 모른다. 가끔 고모가 아버지와 같이 카드 게임을 할 때도 있었지만 드문 일이었다. 가끔은 둘이 서로 친근하게 놀리는 투로 대화를 나누기도 했다. 하지만 이런 대화는 위험해서, 농담으로 시작했다가도 결국엔 싸움으로 번지기 십상이었다. 때로는 집에 손님들이 왔는데, 그러면 나는 종종 허락을 받고 어른들이 칵테일 마시는 모습을 구경했다. 이런 자리에서는 아버지의 진면목을 볼 수 있었다. 아버지는 술잔을 손에 들고 사람들 사이를 이리저리 돌아다니며, 소년처럼 활달하면서도 여유로운 태도로 연신 웃음을 터뜨리면서 손님들의 잔을 채워 주었고, 남자들에게는 모두 친형제처럼 대하는 한편 여자들과는 추파를 주고받았다. 아니, 추파를 주고받았다기보다는 여자들 앞을 수탉처럼 뽐내듯 걸어다녔다고 해야겠다. 엘런 고모는 그런 아버지가 무언가 끔찍한 짓을 저지를까 봐 두려운 듯이 항상 아버지를 주시하는 것 같았다. 고모는 그렇게 아버지를 지켜보았고, 또 여자들을 지켜보았고, 그래, 그리고 고모도 남자들과 추파나 농담을 주고받았다. 그런데 고모가 그러는 장면은 기묘했고 신경에 거슬렀다. 시쳇말로 〈죽여주게〉 차려입고 나온 고모는 입술이 핏빛보다도 새빨갰고, 옷은 색깔이 이상하거나 너무 꼭 끼거나 너무 젊은 감각이었으며, 칵테일 잔을 쥔 고모의 손은 금방이라도 잔을 산산조각 낼 듯, 가루로 만들어 버릴 듯이 위협적으로 보였고, 목소리는 면도날이 유리를 긁는 소리처럼 카랑카랑 치솟았다. 어린 시절 내게는 고모가 손님치레하는 광경이 공포스러웠다.

그 거실 안에서 무슨 일이 일어나든지 어머니는 한결같이 지켜보고 있었다. 액자 밖을 내다보는 어머니의 얼굴은 창백했고 금발 아래 검은 눈과 꼿꼿한 눈썹과 초조하고도 상냥한 입매가 섬세하게 어우러져 있었다. 그런데 눈구멍 속에 박힌 안구가 밖을 똑바로 쳐다보는 모양새며, 모든 걸 안다는 듯 의미심장하고 냉소적인 표정이 아주 어렴풋하게 입가에 맴도는 것을 보면, 그 날카로운 연약함 속에는 다채롭고도 강고한, 그리고 아버지의 분노처럼 완전히 예측 불가능하기에 위험하기까지 한 힘이 숨겨져 있는 것 같았다. 아버지는 어머니 이야기를 거의 꺼내지 않았지만 일단 꺼냈다 하면 모종의 신비로운 방식으로 자기 얼굴을 감췄다. 아버지는 어머니를 오로지 내 어머니로서의 측면으로만 묘사했고, 그러면서 사실상 자기 자신에 대해 말했던 것이다. 엘런 고모는 어머니를 자주 언급했지만, 어머니가 얼마나 비범한 여자였는지 회고하는 고모의 말들은 나를 거북하게 했다. 나는 그런 어머니의 아들이 될 자격이 없다는 기분이 들었다.

훗날 내가 어른이 된 뒤 아버지에게서 어머니 이야기를 끌어내려 해보았다. 하지만 그때는 엘런 고모가 돌아가시고 아버지는 재혼을 앞둔 시점이었다. 그즈음부터 아버지는 생전의 고모와 똑같은 방식으로 어머니를 묘사했다. 사실 그건 고모에 대한 이야기였을지도 모른다.

내가 열세 살이던 어느 날 밤 두 분 사이에 싸움이 벌어졌다. 물론 두 분이 싸운 적이야 그 외에도 숱하게 많지만, 이날 밤의 다툼은 나 때문에 벌어진 듯했기에 유독 선명하게 기억나는 것 같다.

나는 위층 방의 침대에서 자고 있었다. 꽤 늦은 시간이었다. 내 창문 아래 오솔길에서 아버지의 발소리가 들려와 퍼뜩 잠에서 깼다. 소리 자체로 들으나 걸음걸이의 리듬으로 들으나 아버지가 술에 약간 취했다는 것을 알 수 있었다. 그 순간 내 안에 모종의 실망감이, 전에 없던 슬픔이 밀려들던 것이 기억난다. 아버지가 술에 취한 모습은 이전에도 많이 보았지만 그런 감정을 느낀 적은 한 번도 없었다. 오히려 나는 가끔 아버지가 취했을 때 대단한 호인으로 변하는 면을 좋아했었다. 그런데 유달리 그날 밤에는 아버지의 그런 모습이 어딘가 경멸스럽게 느껴지는 것이었다.

아버지가 집 안으로 들어오는 기척이 났다. 곧이어 고모의 목소리가 들렸다.

「여태 안 자고 있었어?」 아버지가 고모에게 물었다. 아버지는 분란을 피하려는 듯 애써 유쾌한 투로 말하고 있었지만 목소리는 조금도 따뜻하지 않았다. 긴장감과 짜증만 묻어날 뿐이었다.

「네가 네 아들에게 무슨 짓을 하고 있는지 누군가는 알려 줘야 할 것 같아서.」 고모가 차갑게 말했다.

「내가 아들에게 하는 짓?」 아버지는 무슨 말인가를, 무언가 끔찍한 말을 더 내뱉으려다가 참는 듯했다. 잠깐의 침묵 끝에 아버지는 체념과 절망과 술기운이 배어나는 조용한 목소리로 다만 이렇게 말했다. 「무슨 소리를 하는 거야, 누나?」

「나야말로 묻고 싶구나.」 나는 고모가 지금쯤 방 한가운데에서 두 손을 모으고 아주 꼿꼿하게, 잠잠히 선 채로 말하고 있으리라고 확신했다. 「너는 그 애가 자라서 너 같은 사람이 되길 바라는 거니?」 아버지는 아무 대답도 하지 않았다. 그러자 고모가 독기 어린 어조로 덧붙였다. 「그 애도 자라고 있어. 너도 알잖아. 나는 이 이상 뭐라 할 말이 없구나.」

「들어가 자, 누나.」 아버지는 굉장히 지친 기색이었다.

두 분이 나를 두고 이야기하고 있었으므로, 나는 아래층으로 내려가서 고모에게 아버지와 나 사이의 문제는 우리끼리 직접 해결할 테니 군이 도와주시지 않아도 된다고 말해야 할 것 같은 느낌이 들었다. 그리고 이상하게도 고모의 언행은 〈나〉에게 모욕적으로 느껴졌다. 나는 고모에게 아버지에 대한 불만이라곤 일언반구도 꺼낸 적이 없었기 때문이다.

아버지가 묵직하고 불규칙적인 발걸음으로 마루를 가로질러 계단 쪽으로 터벅터벅 걸어가는 소리가 들렸다. 고모의 목소리가 이어졌다.

「네가 지금까지 어디 있다 왔는지 내가 모를 줄 알아?」

「나는…… 술을 마시고 왔을 뿐이야. 그리고 이제는 들어가서 자야겠어. 좀 비켜 주지 그래?」

「비어트리스, 그 여자하고 같이 있었잖아. 너는 거기다 네 시간을 다 쏟아붓고 있어. 그뿐만 아니라 네 돈도, 남자다움도, 자존심도 전부.」

고모는 기어이 아버지를 화나게 하는 데 성공했다. 아버지가 말을 더듬기 시작했다. 「내, 내가…… 내가, 〈내〉 사생활에 대해서, 내 사생활을 가지고, 왜 〈누나〉하고 왈가왈부하고 있어야 하지! 내가 이딴 시비를 받아 줄 거라고 생각해? 제정신이 아니군!」

「물론 네가 혼자서 뭘 하고 돌아다니든 나야 상관없어. 내가 걱정하는 건 네가 아니야. 문제는 데이비드가 따르는 웃어른이라고 할 사람이 너뿐이라는 거지. 나를 따르지는 않잖아. 걔한테는 엄마도 없고. 데이비드가 내 말을 들을 때라고는 그래야 제 아빠가 기뻐할 거라고 생각할 때밖에 없어. 네가 항상 이런 식으로 비틀거리면서 집에 들어오는 꼴을 데이비드에게 보여 주는 게 정말로 잘하는 짓이라고 생각해? 그리고 너는 스스로를 속이고 있어.」 고모가 잠깐 말을 끊더니 격앙되어 굵어진 음성으로 덧붙였다. 「네가 어디서 뭘 하다 오는지 그 애가 과연 모를까? 네 여자들에 대해서 그 애가 모를 것 같아? 아니, 그럴 리가 없다는 걸 너도 알 텐데!」

고모의 말은 틀렸다. 나는 그 여자들이 누구인지 몰랐다. 적어도 그런 존재에 대해 생각해 본 적은 한 번도 없었다. 그러나 그날 저녁 이후로 나는 그 여자들에 대한 생각을 한시도 멈출 수 없게 되었다. 어떤 여자를 마주하든지, 고모 말마따나 내 아버지가 〈손댄〉 여자일지 아닐지 하는 의문을 떠올리지 않기가 어려워진 것이다.

「데이비드가 뭘 어떻게 해도 누나만큼 깨끗한 마음을 가지긴 힘들 것 같군.」

아버지가 대꾸했다. 그리고 침묵 속에서 아버지가 계단을 오르는 소리가 들렸다. 그토록 무시무시한 침묵은 난생처음이었다. 나는 두 분이 각각 무슨 생각을 하고 있을지 궁금했다. 어떤 표정을 하고 있을지도. 그리고 다음 날 아침에 나를 맞닥뜨렸을 때 그분들이 어떤 모습일지도.

「한마디만 하겠는데,」 계단 한가운데에서 아버지의 말소리가 불쑥 튀어나왔다. 그 목소리를 들으니 나는 겁이 났다. 「내가 데이비드에게 원하는 건 오로지 어엿한 남자로 자라는 거야, 누나. 그리고 내가 말하는 남자라는 건 주일 학교 선생은 분명 아니고.」

「〈남자〉는 말이야,」 고모가 퉁명스럽게 대꾸했다. 「〈수컷〉

과 같은 말이 아니야. 그럼 잘 자렴.」

아버지가 잠깐 뜸을 들이다 대답했다.

「잘 자.」

곧이어 아버지가 내 방문 앞을 비칠비칠 지나가는 소리가 들렸다.

그날부터 나는 소년 특유의 불가사의하고 교활하고 지독한 열의를 불태워 아버지를 경멸하고 고모를 증오했다. 왜 그랬는지는 설명하기 어렵다. 나 스스로도 모르겠다. 어쨌든 그 덕분에 고모가 나에 대해 했던 예언들은 모두 현실로 이루어졌다. 고모는 언젠가 세상 그 무엇도, 그 누구도, 심지어 아버지조차도 나를 다스릴 수 없는 때가 오리라고 말했는데, 그때는 정말로 오고야 말았던 것이다.

그건 내가 조이를 만난 뒤의 일이었다. 조이와의 사건은 나를 뿌리째 뒤흔들었고 그 여파로 나는 은밀해지고 잔혹해졌다. 내게 일어난 일을 그 누구와도 상의할 수 없었을 뿐 아니라 스스로 인정할 수조차도 없었다. 그래서 나는 그 일을 절대로 돌이켜 생각하지 않았지만, 그럼에도 그것은 내 마음 밑바닥에서 썩어 가는 시체처럼 내내 고요히, 끔찍스럽게 남아 있었다. 그 때문에 내 마음속의 대기(大氣)는 탁하고 시큼하게 변질되었다. 얼마 지나지 않아 밤늦게 비틀거리며 귀가하는 사람은 어느새 내가 되어 버렸다. 엘런 고모가 밤잠을 미뤄 가며 기다리는 사람도, 밤이면 밤마다 입씨름을 벌이는 상대도 바로 내가 되어 있었다.

아버지는 내가 자라는 과정에서 불가피한 과도기를 거치

고 있을 뿐이라는 식으로 짐짓 대수롭잖게 대응했다. 하지만 같은 사내끼리 이해한다는 듯 익살스러운 태도를 가장하면서 내심으로는 갈팡질팡 불안해하고 있었다. 아버지는 내가 성장함에 따라 부자 사이가 가까워지기를 기대하는 듯했지만, 막상 아버지가 나에 대해 알아내고자 하자 나는 도리어 아버지에게서 전속력으로 도망쳤다. 나는 아버지가 나를 알아주기를 〈전혀〉 원치 않았다. 그 누구도 나에 대해 모르길 바랐다. 그런데 말했듯이, 나는 소년들이 어른들을 상대로 으레 그러듯 아버지를 평가하기 시작한 터였다. 그 가혹한 평가 앞에서 나는 스스로 상처받았고, 당시에는 인정할 수 없었지만 내가 아버지를 너무나 사랑한다는 것, 그리고 내 천진함과 더불어 그 사랑도 함께 죽어 가고 있다는 것이 드러나고야 말았다.

가엾은 아버지는 당황하고 두려워했다. 아버지는 나와의 관계가 심각하게 틀어질 수 있다는 사실 자체를 믿지 못했다. 대처할 방법을 몰랐기 때문이기도 했지만, 무엇보다도 만약 그게 정말이라면 아버지가 무언가 대단히 중요한 것을 해결하지 못한 채로 어딘가에 방치해 두고 있었다는 깨달음에 직면해야 하기 때문이었다. 하지만 그토록 중대한 것이 정확히 무엇인지는 아버지도 나도 전혀 몰랐던 데다, 우리 부자는 엘런 고모를 상대로 암묵적인 동맹을 맺고 있었으므로, 짐짓 호쾌하게 서로를 대하면서 괜찮은 척 마음을 달랬다. 아버지는 우리가 부자지간이 아니라 친구 사이 같다고 자랑스럽게 말하곤 했다. 가끔은 정말로 그런 사이라고 믿었던 것도 같다. 하지만 나는 아니었다. 나는 아버지의 친구이고 싶지 않았다. 아들이고 싶었다. 아버지와 남자끼리 허심탄회하게 지내는 양하는 것이 나로서는 진이 빠졌고 소름이 끼쳤다. 모름지기 아버지는 아들에게 자기 알몸을 완전히 드러내지 않아야 한다. 나는 아버지의 육체가 나만큼이나 타락에 빠져 있다는 것을 알고 싶지 않았다. 적어도 아버지의 입으로 직접 그런 이야기를 듣고 싶지는 않았다. 그런다고 해서 내가 아버지의 아들이라는, 또는 친구라는 기분을 더 많이 느낄 수 있는 것은 아니었다. 오히려 침입자, 그것도 겁에 질린 침입자가 된 기분만 들었다. 아버지는 우리가 비슷하다고 생각했다. 나는 그렇게 생각하고 싶지 않았다. 내가 아버지와 비슷한 인생을 살게 되리라고는, 또는 내 정신도 아버지처럼 그렇게 아무런 거친 구석도, 예리하거나 가파르게 경사진 데도 없는 희멀건 덩어리가 되어 버릴 거라고는 생각하고 싶지 않았다. 아버지는 우리 사이에 거리가 없기를, 내가 아버지를 나와 같은 남자로 바라봐 주기를 바랐다. 하지만 나는 아버지와 아들로서 거리를 지킬 수 있다면 그것이야말로 축복이리라 생각했다. 그러면 아버지를 사랑할 수 있을 테니까.

어느 날 밤 시 외곽에서 열린 파티에 갔다가 다른 사람 몇 명을 차에 태우고 돌아오는 길에 차가 박살 날 정도의 사고를 당했다. 전적으로 내 잘못이었다. 제대로 걷기도 힘들 만큼 취해 있었던 내가 운전대를 잡아서는 안 되었다. 하지만 나는 기절할 지경으로 고주망태가 되어도 겉으로는 마냥 멀쩡한 척 말하고 행동할 수 있는 부류의 사람이었기에 다른 사람들은 아무런 낌새도 채지 못했다. 그렇게 차를 몰고 평탄한 직선 고속 도로를 달리던 중, 내 반사 신경에 무언가 희한한 이상 현상이 일어났다. 차가 갑자기 내 통제를 벗어나더니 저 앞의 새까만 암흑 속에서 희끄무레한 거품 같은 전신주가 고성을 내지르며 내게 달려드는 것이었다. 사람들의 비명에 이어 육중하고 날카로운 굉음이 허공을 찢었고, 눈앞이 온통 새빨갛게 변했다가 대낮처럼 환해졌다. 곧이어 나는 이전엔 한 번도 본 적 없는 암흑에 빠져들었다.

병원으로 이송될 때부터 슬슬 정신이 들었던 것 같다. 사람들의 움직임이며 음성이 인식되긴 했지만 그 모두가 아주 멀고 아득하게, 나하고는 아무 연관도 없는 듯 느껴지던 것이 희미하게 기억난다. 그러다 나중에 깨어나 보니 나는 겨울의 한가운데 같은 공간에 있었다. 높다란 흰 천장과 흰 벽이 주위를 둘러싸고 있었고 단단한 얼음장 같은 창문이 나를 굽어보는 듯했다. 그때 나는 몸을 일으키려고 했던 것 같다. 하지만 머릿속에서 지독한 이명이 울리더니 누군가의 커다란 얼굴이 눈앞에 드리워지면서 내 가슴을 누르는 압력이 느껴졌다. 그 압력이, 그 얼굴이 나를 밀어서 도로 눕히려 했기에 나는 어머니를 부르며 비명을 질렀다. 그러고는 다시 암흑에 빠져들었다.

마침내 완전히 정신을 차렸을 때는 침대 옆에 아버지가 서 있었다. 아버지를 보기 전부터 이미 그분이 거기 있다는 것을 알고 있었던 나는 눈에 초점이 돌아오기를 기다려 고개를 살살 돌렸다. 아버지는 내가 깨어난 것을 보고는 가만히 있으라고 손짓하며 조심스럽게 가까이 다가왔다. 아버지는 무척 늙어 보였다. 나는 울고 싶었다. 한동안 우리는 서로를 그저 마주 보았다.

「좀 어떠니?」 마침내 아버지가 속삭이듯 물었다.

나는 뭐라고 말을 하려다가 그때야 뒤늦게 내 몸의 통증을 자각하고 불현듯 공포에 질렸다. 아버지는 내 눈빛에서 그런 기색을 읽은 듯, 놀라울 만큼 격하고 고통스러운 어조로 나지막이 말했다. 「걱정 말거라, 데이비드. 넌 괜찮을 거야. 괜찮아질 거야.」

나는 여전히 아무 말도 할 수 없었다. 아버지의 얼굴만 바라볼 뿐이었다.

「너희는 굉장히 운이 좋았어. 네가 가장 심하게 묵사발이 됐더구나.」 아버지가 애써 미소 지었다.

「취했었어요.」 마침내 나는 대답했다. 아버지에게 모든 것을 털어놓고 싶었지만 말하는 게 고역스러울 지경으로 아팠다.

「어쩌자고 그런 어리석은 짓을 했어?」 아버지는 극도로 곤혹스러운 투였다. 이런 사건 앞에서는 아버지도 비로소 자신의 곤혹감을 솔직히 내비칠 수 있었던 것이다. 「취한 상태로 그렇게 운전하고 돌아다녀서는 안 된다는 것쯤은 너도 잘 알지 않니?」 아버지가 엄하게 말하고는 입술을 오므렸다. 그러더니 떨리는 목소리로 덧붙였다. 「너, 죽을 수도 있었어.」

「죄송해요.」 나는 불쑥 말했다. 「죄송해요.」 무엇이 어떻게 죄송한지는 설명할 길이 없었다.

「사과할 것 없다. 다음부터는 조심하렴.」 손수건을 두 손바닥으로 톡톡 두드리고 있던 아버지는 그 손수건을 펼쳐 들고서 내 이마를 닦아 주었다. 「나한텐 너밖에 없단다. 조심해야지.」 아버지가 멋쩍으면서도 괴로운 미소를 지으며 말했다.

「아빠.」 나는 입을 열었다. 그러고는 울음을 터뜨렸다. 말하는 것도 고역스러웠지만 우는 것은 그보다도 더 힘들었다. 그런데도 멈출 수가 없었다.

그러자 아버지의 얼굴이 변했다. 끔찍하게 늙어 보이면서도 또 한편으로는 지극히, 속절없이 어려 보이는 얼굴이었다. 그때 내 안에서 일어나던 폭풍의 눈 속에서, 그 고요하고 차가운 곳에서 나는 아버지가 그때껏 고통받고 있었으며 여전히 고통받고 있다는 사실을 깨달았고 그 때문에 엄청난 충격을 받았다.

「울지 마. 울지 말거라.」 아버지가 그 우스꽝스러운 손수건으로 내 이마를 또 문질렀다. 거기에 무슨 치유의 마법이라도 걸려 있다는 듯이. 「울 일이 뭐가 있다고 그러니. 다 괜찮아질 텐데.」 그렇게 말하는 아버지 자신도 울먹거리고 있었다. 「잘못된 건 아무것도 없어. 안 그래? 난 아무 잘못도 하지 않았잖아. 그렇지?」 아버지는 내내 손수건으로 내 얼굴을 숨막히도록 문지르면서 말을 이었다.

「우리는 취했었어요. 취해서 그랬어요.」 나는 재차 말했다. 그 말로 모든 게 어떻게든 설명될 것만 같았다.

「네 고모는 내 잘못이라더구나. 내가 너를 똑바로 키우지 않은 탓이라는 거야.」 아버지가 드디어 손수건을 거두고는 맥없이 어깨를 가다듬었다. 「내게 반감 같은 건 없지? 만약 있다면 말해 주렴.」

그 말에 내 눈에서도, 마음속에서도 눈물이 마르는 느낌이 들었다. 「아뇨, 없어요. 전혀요. 정말이에요.」

「나는 최선을 다했다. 정말로 할 수 있는 최선을 했어.」 나는 아버지를 바라보았다. 마침내 아버지는 빙긋 웃었다. 「넌 한동안은 누워 있어야 할 거야. 집에 돌아와서도 빈둥빈둥 누워서 지내야겠지. 그래도 그때부터 나하고 이야기는 좀 해 보자, 응? 네가 걸을 수 있게 되고 나면 앞으로 뭘 어떻게 할지 생각해 보자고. 알았지?」

「알았어요.」

그때 나는 뼈저리게 이해했다. 우리가 전혀 대화를 나누지 않았으며 앞으로도 그럴 일이 없으리라는 것을. 그리고 아버지는 절대로 이 사실을 몰라야 한다는 것도. 내가 집에 돌아온 뒤 아버지는 내 장래에 대해 상의하려 했지만 내 마음은 이미 정해져 있었다. 나는 대학에 가지 않을 작정이었고, 아버지와 고모와 함께 그 집에 남을 생각도 없었다. 하지만 내가 워낙 교묘하게 아버지를 유도했기에, 아버지는 내가 순전히 자신의 충고에 따라 독립하고 취직하기로 결정했으며 그로써 자신의 양육 방식이 옳았음이 입증되었다고 믿게 되었다. 당연하게도 나는 집에서 나오고 나서부터 아버지를 한결 수월하게 대할 수 있었고, 내 삶에 대해 아버지에게 이야기할라치면 얼마든지 그분이 듣고 싶어 할 만한 말을 해줄 수 있었으므로 아버지로서는 내가 자신을 내 인생에서 배제시켰다고 생각할 이유가 없었다. 게다가 우리 사이는 정말로 꽤 좋아졌다. 내가 아버지에게 들려주는 거짓된 인생 이야기를 아버지가 정말로 믿어 주기를 나는 너무나 간절히 바라고 있었으니까.

그도 그럴 것이, 나는 스스로 결정을 내리고 이행할 수 있는 의지력과 능력에서 자부심을 느끼는 부류의 사람이다. 아니, 그때까지만 해도 그런 사람이었다고 해야 할까. 그런데 이 미덕은 다른 여느 미덕들과 마찬가지로 양가적인 성질을 갖고 있다. 의지력이 강하며 운명을 스스로 개척하고 있다고 자부하는 사람들은 반드시 자기기만의 전문가가 되어야만 그 믿음을 유지할 수 있다. 이런 사람들이 내리는 결정은 사실상 진짜 결정이라고 할 수도 없다. 진짜 결정을 내리려다 보면 우리는 이름 붙일 수도 없는 수많은 영향력에 휘둘리는 신세임을 받아들이고 겸손해지게 마련인데, 이런 사람들은 단지 정교한 회피와 환상의 기제를 동원해 자기 자신과 이 세상이 실제와는 다른 형상으로 보이게끔 만드는 것뿐이다. 먼 옛날 내가 조이의 침대에서 내렸던 결정도 바로 그런 행동이었다. 그때 나는 이 우주에서 내가 수치심과 공포를 느낄 여지를 두지 않기로 마음먹었던 것이다. 그 결정을 아주 잘 이행하기는 했다. 우주를 보지 않고, 나 자신을 보지 않은 채, 끊임없이 돌아다니다시피 함으로써. 하지만 아무리 끊임없이 돌아다녀도 이따금씩 불가사의한 저항에 부딪혀 거꾸러지는 경우는 당연히 생길 수밖에 없어서, 이럴 때 나는 에어 포켓에 진입한 비행기처럼 급강하하곤 했다. 이런 급강하는 하나같이 술에 취한 상태에서 지저분한 방식으로 이루어졌다. 그중에서도 군대에 있었을 적에 겪은 사건이 특히 공포스러웠다. 당시 나와 엮였던 호모는 군사 법원에 회부되었다. 그가 받은 처벌을 보고 내 안에서 치밀어 올랐던 공포는 가끔 나를 대하는 남자들의 눈에서 엿보이던 두려움과 너무나도 닮아 있었다.

결국 그동안의 내 삶은 돌아다니는 데에도 지치고, 즐겁지도 않으면서 술의 바다에서 허우적거리는 데에도 지치고, 서로 털털하고 솔직담백하고 호쾌하게 대하지만 실상 아무런 의미도 없는 친구들과의 관계에도 지치고, 절박한 처지에 있는 여자들의 숲을 헤매고 다니는 데에도 지치고, 그야말로 문자 그대로의 의미에서 먹고살기 위해서만 하는 노동에도 지친 채, 그 모든 권태의 원인이 무엇인지조차 자각하지 못하고 살아온 세월과 다름없었다. 우리 미국인들이 흔히 하는 말마따나 나는 내 자아를 찾고 싶었던 건지도 모른다. 이 표현은 내가 아는 한 미국 외에는 그 어디에서도 통용되지 않는 흥미로운 표현이다. 말 그대로의 의미로는 결코 성립될 수가 없는, 무언가 모순된 것 같은 찝찝한 의구심만을 의도치 않게 드러내고야 마는 말. 만약 내가 찾고자 하는 자아가 그토록 오랜 세월 도망치며 기피해 왔던 바로 그 자아였다는 사실을 조금이라도 짐작할 수 있었다면 나는 애초에 그냥 아버지 집에 남았을 것이다. 하지만 또 한편으로 생각해 보면, 프랑스로 가는 배를 탔을 때부터 이미 마음속 깊은 곳에서는 내가 무엇을 하고 있는지 정확히 알고 있었던 것 같다.

2

내가 조반니를 처음 만난 것은 파리에서 지낸 지 두 해째,
돈이 떨어졌던 시기였다. 그날 아침 나는 머물고 있던 여관
방에서 쫓겨났다. 밀린 방세라고 해야 6천 프랑 정도였으니
그리 많지는 않았다. 하지만 파리 여관 주인들은 가난의 냄
새를 맡을 줄 아는 재간이 있고, 악취를 인지하면 누구나 그
러듯 악취의 원인을 창밖으로 던져 버린다.

내가 모아 둔 돈이 아버지의 은행 계좌에 들어 있었지만
아버지는 웬만하면 돈을 보내 주지 않으려 했다. 내가 집에
돌아와 〈정착〉하기를 바랐기 때문이다. 아버지에게서 그 말
을 들을 때마다 나는 고인 연못 물속에 가라앉는 침전물이 연
상되었다. 당시에 나는 파리에 아는 사람이 많지 않았고 헬라
는 스페인에 있었다. 파리에서 내가 알고 지내는 사람들의 대
부분은, 파리 토박이들의 표현을 빌리자면 〈le milieu(이쪽
사람)〉들이었다. 이쪽 사람들은 나를 끌어들이고 싶어서 애
를 태웠지만, 나는 내가 그쪽에 포함되지 않는다는 것을 그들
에게도 나 자신에게도 증명해 보이려고 열심이었다. 그 방편

이랍시고 나는 그들과 매우 자주 어울리면서도 그들에게 넘어가지 않는 저항력을 보여 줌으로써 의심을 불식시키려 애쓰고 있었다. 물론 미국에 있는 친구들에게 돈을 빌려 달라고 편지를 쓰기도 했다. 하지만 대서양은 넓고도 깊고, 그 너머에서 건너오는 돈은 결코 서두르는 일이 없다.

그래서 나는 대로변의 카페에서 미지근한 커피 한 잔을 앞에 두고 앉아 주소록을 뒤적거리다, 늘 연락 달라고 하던 오랜 지인 한 명에게 전화를 걸기로 했다. 그는 벨기에 태생의 나이 지긋한 미국인 사업가로 이름은 자크라고 했다. 널따랗고 안락한 아파트에 사는 자크는 술을 많이 갖고 있을뿐더러 돈도 많았다. 예상대로 그는 내 연락을 받고는 놀라더니, 경계할 겨를도 없이 놀라움과 반가움에 휩쓸려 무턱대고 내게 저녁 먹으러 오라는 말을 해버렸다. 어쩌면 전화를 끊으면서 욕을 내뱉고 지갑에 손을 뻗었을지도 모르지만, 그때는 이미 너무 늦은 것이다. 자크는 그럭저럭 괜찮은 사람이다. 바보인 데다 겁쟁이인 것 같긴 하지만 어차피 사람은 누구나 그 둘 중 하나이고 대부분은 둘 다에 해당하지 않던가. 어떤 면에선 나는 그를 좋아했다. 그는 어리석었지만 너무나 외로운 사람이었다. 그때 내가 그에게 느꼈던 경멸은 나 자신에 대한 경멸을 아우르는 감정이었다는 것을 이제는 안다. 자크는 믿을 수 없을 만큼 아량이 넘칠 때도 있었고 견딜 수 없을 만큼 인색하게 굴 때도 있었다. 그는 모두를 신뢰하고 싶어 했지만 워낙에 인간을 신뢰하지 못하는 성격이었고, 그 점을 만회하기 위해 사람들에게 돈을 뿌리고 다녔으며, 그러다 보니 당연하게도 남들에게 이용당했다. 그러고 나면 지갑을 잠그고, 문도 닫아 잠그고서, 유일하게 온전히 그의 것이라 할 수 있을 깊은 자기 연민 속에 틀어박히는 것이었다. 나는 자크가 그 커다란 집, 선의의 약속들, 위스키, 마리화나, 질펀한 파티로 말미암아 조반니의 죽음에 일조했다고 오랫동안 생각했다. 내 생각이 맞을지도 모른다. 하지만 자크의 손에 피가 묻었다 해도 내 피투성이 손에 비할 바는 아니다.

사실 나는 조반니가 형을 선고받은 직후에도 자크를 만났다. 그는 늘 입는 외투로 몸을 푹 감싼 채 카페 테라스 자리에 앉아 뱅쇼를 마시고 있었다. 테라스에는 자크 혼자뿐이었다. 내가 지나가자 그는 나를 불렀다.

자크는 안색이 나빠 보였다. 얼굴이 얼룩덜룩했고, 안경알 너머의 눈은 흡사 죽기 직전에 치유책을 찾아 온 사방을 두리번거리는 사람의 눈빛 같았다. 내가 앞에 앉자 그가 속삭였다.

「조반니 소식 들었어?」

나는 고개를 끄덕였다. 이때의 겨울 햇빛이 기억난다. 나 자신이 그 태양처럼 차갑고 동떨어진 듯 느껴졌던 것도.

「끔찍해, 끔찍해, 끔찍해. 끔찍하다고.」 자크가 신음을 흘렸다.

「그러게요.」 나는 그 이상 아무 말도 할 수가 없었다.

「그 녀석은 왜, 대체 왜 친구들에게 도와 달라고 하지 않은 거지?」 자크가 나를 보았다. 지난번에 조반니가 돈을 꿔달라고 부탁했을 때 그가 거절했다는 것을 우리 둘 다 익히 알고 있었다. 나는 아무 대꾸도 하지 않았다. 「그 애가 아편에 손을 댔었다더군. 아편 때문에 돈이 필요했다는 거야. 들었어?」

신문들에 그런 추측이 나돈다는 것은 나도 들었다. 하지만 내가 그 설을 믿는 데에는 내 나름의 이유가 있었다. 조반니가 얼마나 절박했는지, 너무나 광대한 나머지 아예 공허로 변해 버린 공포가 그를 얼마나 멀리까지 몰아갔는지 나는 알고 있었으니까. 「나, 나는 탈출하고 싶어.」 그는 내게 이렇게 말했었다. 「Je veux m'evader(탈출하고 싶다고).」 이 더러운 세상에서, 더러운 몸에서. 앞으로 다시는 그 누구와도 육체적 관계 이상의 사랑은 나누고 싶지 않아.」

자크가 내 대답을 기다리고 있었다. 나는 길거리를 쳐다보았다. 이제 조반니가 죽는 것이구나 하는 생각이 들었다. 조반니가 있었던 자리에는 아무것도, 영영 아무것도 없으리라는 생각.

「내 잘못은 아니었기를 바라.」 자크가 마침내 입을 열었다. 「내가 돈을 주지 않았던 것 말이야. 진작 사정을 알았다면…… 내가 가진 건 뭐든 다 줬을 거야.」

그 말이 진실이 아니라는 것은 우리 둘 다 알았다.

「너희 둘 말이야, 둘이 행복하지 않았어?」 자크가 물었다.

「아뇨.」 나는 일어서면서 말을 이었다. 「조반니는 이보다 더 행복하게 살 수도 있었죠. 이탈리아의 그 고향 마을에 쭉 머물면서 올리브나무나 심고 애들도 잔뜩 낳고 마누라를 패면서 살았더라면. 그리고 그는 노래하기를 좋아했으니…….」 나는 불현듯 생각나서 덧붙였다. 「거기서 노래를 부르며 삶을 흘려보내다 제명대로 죽을 수도 있었겠죠.」

그때 자크가 놀라운 말을 했다. 사람들은 의외의 면모로
가득하다. 충분한 자극만 주어진다면 사람은 자기 자신도 놀
랄 만한 면모를 내보이곤 한다. 「에덴동산에 계속 머무를 수
있는 사람은 아무도 없어.」 자크는 이렇게 말했다. 「왜 그런
진 몰라도.」

나는 아무 대답도 하지 않았다. 그냥 그에게 잘 있으라 하
고 자리를 떴다. 그때는 헬라가 스페인에서 돌아온 지 오래
였고, 나는 그녀와 함께 이 저택을 임대하는 절차를 밟던 참
이었다. 그날은 헬라를 만나기로 약속이 되어 있었다.

그날부터 지금까지 나는 자크가 던진 의문을 생각해 왔다.
진부한 의문이긴 하지만, 인생의 진짜 난점은 인생이 너무나
진부하다는 것이다. 결국 사람은 누구나 똑같이 어두운 길을
— 가장 어둡고 위험천만한 구간이 도리어 가장 밝아 보이는
착시 효과가 일어나는 길을 가게 되어 있고, 그 누구도 에덴
동산에 머물러 있지는 못한다는 것이 사실이다. 물론 자크의
에덴과 조반니의 그것은 서로 달랐다. 자크의 에덴은 미식축
구 선수들이 있는 반면, 조반니의 에덴은 아가씨들이 있는
곳이었다. 하지만 그 차이가 별로 중요하지는 않은 것 같다.
글쎄, 어쩌면 사람에게는 모두 자기만의 에덴동산이 있지만,
불타는 칼[1]로 그곳에서 쫓겨나기 전까지는 눈에 잘 보이지
않는 것이 아닐까. 일단 에덴동산을 나오고 나면 인생이 우

---

1 「창세기」 3장 24절에서, 하느님이 아담과 하와를 내쫓은 뒤 에덴동산의
길목을 지키기 위해 놓은 무기. 이하 모든 주는 옮긴이의 주이다.

리에게 주는 선택지는 단 두 가지뿐인 것 같다. 그곳을 기억하거나, 아니면 잊거나. 기억하는 데에는 힘이 들고, 잊는 데에는 또 다른 종류의 힘이 들며, 둘 다 하려면 영웅적인 힘이 필요하다. 기억하는 사람은 순수의 죽음을 끊임없이 되새기며 그 고통 때문에 광기에 빠져들고, 잊어버리는 사람은 또다른 종류의 광기 ─ 고통을 부정하고 순수를 증오하는 광기에 빠져들고야 만다. 이 세상은 기억하는 광인과 잊어버리는 광인으로 크게 나뉘고, 영웅은 드물다.

자크는 자기 집에서 저녁을 먹고 싶지 않다고 했었다. 요리사가 달아났기 때문이었다. 그의 밑에서 일하는 요리사들은 허구한 날 달아났다. 도대체 어떻게 구하는지는 몰라도 그는 늘 지방 출신의 젊은 남자애들을 상경시켜서 요리사로 삼았는데, 당연하게도 그들은 파리에서 제 앞가림을 할 줄 알게 되자마자 요리를 그만두고 싶어 했다. 대부분은 그러다 결국 고향으로 돌아갔고, 그러지 않으면 길거리에 나앉거나 감옥 신세를 지거나 인도차이나반도로 떠나거나 했다.

그리넬 거리에 위치한 꽤 좋은 레스토랑에서 자크를 만난 나는 식전주를 다 마시기도 전에 그에게서 1만 프랑을 빌려주겠다는 약속을 받았다. 그는 기분이 좋았고, 나 역시 물론 기분이 좋았다. 그렇다는 것은 우리가 자크의 단골 바로 옮겨 가서 술을 마시게 된다는 뜻이었다. 그 바는 사람들로 시끄럽게 붐비는 어두침침한 터널 같은 공간으로서, 수상쩍은 곳이라는 평판이 나 있었다. 아니, 수상쩍다기보다는 차라리 지나치게 확실한 곳이라는 평판이라고 해야 할까. 가끔씩 경찰이 불시에 단속을 나오곤 했지만, 사장인 기욤은 경찰에 공조하는 척하면서도 당일에 어떻게든 단골손님들에게 미리 경고를 줘서 신분증명서가 없는 사람은 다른 데로 몸을 피하도록 조치했다.

내 기억에 그날 밤 바는 평소보다 더 시끌벅적 붐볐다. 단골들은 다 있었고, 초행인 손님들도 많이 와서 구경하거나 그냥 쳐다보거나 하고 있었다. 한 테이블에는 아주 세련된 파리 숙녀들 서너 명이 기둥서방인지 애인인지 시골뜨기 사촌인지 모를 남자들을 데리고 앉아 있었는데, 여자들은 굉장히 활기가 넘치는 반면 그 옆의 남자들은 다소 뻣뻣해 보였고, 술도 여자들이 거의 다 마시고 있는 것 같았다. 그리고 언제나처럼 안경 쓴 배불뚝이 신사들이 열렬하거나 심지어는 간절하기까지 한 눈빛을 하고 있었고, 칼날처럼 날씬한 몸에 딱 붙는 바지를 입은 청년들도 언제나처럼 눈에 띄었다. 그런 청년들은 정확히 무슨 목적으로 온 건지 쉽게 짐작할 수 없었다. 돈인지, 피인지, 사랑인지. 바 안을 끊임없이 돌아다니며 사람들에게서 담배와 술을 뜯어내는 그들의 눈 속에는 끔찍하도록 연약하면서 동시에 끔찍하도록 모진 무언가가 깃들어 있었다. 〈les folles(미친년들)〉도 물론 있었다. 늘 괴상한 조합의 옷차림을 한 그들은 앵무새처럼 빽빽 소리를 질러 대며 자기들이 최근에 한 연애 이야기를 미주알고주알 늘어놓았는데 하나같이 엄청나게 웃긴 이야기들이었다. 가끔은 그런 남자 — 그들끼리는 늘 〈년〉이라고 부르지만 — 하나가 밤늦게 들이닥쳐서는 자기가 방금 전까지 유명한 영화배우라든지 권투 선수와 같이 있었노라는 소식을 전하기도 했다. 그러면 다른 이들이 모두 그 주위로 모여들었는데, 그 광경이란 마치 공작새 우리를 보는 듯했으며 그들이 내는 소리는 닭장을 방불케 했다. 나는 그자들이 누군가와 잠자리를 가졌다는 말을 도무지 믿기가 어려웠다. 여자를 원하는 남자라면 당연히 진짜 여자를 만날 테고, 남자를 원하는 남자라고 해도 당연히 저런 자들을 택하지는 않을 것 아닌가. 어쩌면 그렇기 때문에 그들이 그토록 시끄럽게 소리를 질러 대는 것인지도 몰랐다. 사람들 말로는 우체국에서 종일 일한다는 청년 하나는 밤이면 화장을 하고 귀고리를 달고 풍성한 금발을 높다랗게 틀어 올리고서 그곳에 나타났다. 어쩔 때는 치마를 입고 하이힐을 신기까지 했다. 기욤이 그에게 다가가서 장난을 칠 때도 있었지만 그러지 않으면 보통 그는 혼자 서 있었다. 사람들은 그가 아주 좋은 청년이라고 했지만, 솔직히 고백하자면 나는 그자의 해괴망측한 행색이 비위에 거슬렸다. 원숭이들이 자기 배설물을 먹는 광경을 보면 속이 뒤집히게 마련이듯이 나도 그 비슷한 감정이었던 것 같다. 원숭이들의 외모가 인간과 기괴하리만큼 닮지 않았더라면 애초에 그 장면이 그만큼 불쾌하지도 않을 것이다.

기욤의 바는 내가 사는 동네에 있었다. 나는 그 근처의 값싼 카페에서 아침을 자주 먹었는데, 인근 술집들이 문을 닫고 나면 밤새워 논 사람들이 모조리 그 카페로 몰려들었다. 나는 헬라와 같이 가기도 했고, 혼자 가기도 했다. 기욤의 바에서 밤을 새우고 그 카페로 옮겨 간 적도 두세 번 있었다. 그러다 한번은 심하게 취한 채로 그곳에서 어떤 군인과 농탕을 치는 바람에 사람들의 입방아에 올랐다. 다행스럽게도 내게 그날 밤의 기억은 아주 흐릿하게만 남아 있었고, 나는 내가 아무리 취했을지언정 그런 짓을 했을 리는 없다는 식으로 잡아뗐다. 하지만 사람들은 이미 내 얼굴을 알았고 그들이 나를 두고 내기를 하는 낌새가 느껴졌다. 아니, 무슨 괴상하고 엄격한 종교 단체의 원로들이 나를 주시하는 느낌이었다고 할까. 내가 진정한 종교적 소명을 타고난 사람인지 여부를 확인하기 위해, 오로지 그들만이 알아차릴 수 있는 신호들을 내게서 찾아내려고 예의 주시하는 것만 같았다.

자기장 안에 들어서는 듯, 혹은 작은 원 모양으로 번지는 열기를 향해 접근하는 듯, 자크와 나는 사람들을 제치고 바쪽으로 걸어갔다. 우리 둘 다 그곳에 새로 들어온 바텐더의 존재를 의식하고 있었다. 거무스름한 피부에 오만하고 위풍당당한 분위기를 풍기는 그는 금전 등록기 위에 팔꿈치를 얹고 선 채 손가락으로 턱을 만지작거리며 인파를 둘러보고 있었다. 마치 우리는 바다가 되고, 그는 그 바다에 뻗은 곶 위를 지키는 사람인 것 같았다.

자크는 그를 보자마자 매료되었다. 자크가 상대방을 후리려고 벼르는 기색이 내게도 느껴졌다고 해야 할까. 나는 아량을 발휘할 필요를 느끼고 이렇게 말했다.

「보아하니 당신, 저 바텐더하고 친해지고 싶을 것 같은데요. 원한다면 나는 언제든 빠져 주도록 하죠.」

내가 이만큼 여유를 부릴 수 있는 것은 자크의 불리한 정보들을 상당히 많이 아는 덕분이었다. 애초에 그에게 돈을 꿔달라고 연락했을 때부터 나는 그런 지식을 이용한 바 있었다. 이를테면, 우리 앞에 있는 저 바텐더를 자크가 차지하려면 그 청년이 몸을 파는 입장이 아니고서야 가망이 없을 텐데, 설령 그가 경매대 위에 서 있다고 해도 저렇듯 거드름을 부리는 것을 보면 자크보다 돈 많고 매력적인 입찰자를 얼마든지 골라잡을 수 있을 게 뻔했다. 나는 그 사실을 잘 알았고, 자크 역시 알고 있다는 것마저도 나는 알았다. 그뿐만이 아니었다. 자크가 내게 보이는 허풍스러운 애정에는 욕망이 섞여 있다는 사실 또한 알고 있었다. 그 욕망이란 실은 내게서 벗어나고 싶은 욕망으로서, 자크는 그를 사랑하지도 않으면서 그의 침대로 끌려 들어갔던 수많은 청년들을 경멸하듯이 나도 어서 경멸할 수 있게 되기를 바랐던 것이다. 하지만 나는 우리가 어디까지나 친구 사이라고 생각하는 척했기에 자크 역시 무안을 당하지 않으려면 나처럼 생각하는 척하지 않을 수 없었고, 그런 방법으로 나는 그의 욕망을 물리치고 있었다. 번민으로 반짝이는 그의 두 눈이 채 숨기지 못하는 욕정을 나는 못 본 척하면서도 이용했고, 내가 그에게 마음이 전혀 없음을 남자답게 털털하고 허심탄회한 태도로 보여 줌으로써 도리어 그의 희망을 끊임없이 부추겼다. 게다가 내가 아는 또 한 가지 사실은 이런 바에서 나는 자크의 안전망 노릇을 한다는 것이었다. 내가 곁에 있는 한 자크는 자신이 나와, 즉 친구와 같이 있다고, 결코 궁한 처지여서 여기 온 것이 아니라고, 그러니 현실적이거나 감정적인 빈곤의 법칙, 잔인

성, 또는 운명이 그의 앞에 어떠한 꽃뱀 청년을 등장시키더라도 자신은 그 유혹에 쥐락펴락 휘둘리지 않을 수 있노라고 세상 앞에 밝힐 수 있었고, 스스로도 그렇게 믿을 수 있었다.

「그냥 여기 있어.」자크가 대답했다. 「나는 간간이 저쪽 눈요기하면서 자네와 이야기나 하지 뭐. 그러면 돈도 아낄 수 있고 기분도 좋잖아.」

「기욤이 저런 애를 어디서 찾았나 모르겠군요.」 나는 말했다.

그는 기욤이 늘 꿈꾸던 유형의 청년 그 자체였기에 정말로 저런 청년을 기욤이 찾아냈으리라고는 믿기 어려울 정도였다.

「뭐 드시겠어요?」 청년이 우리에게 물었다. 그는 영어로 말하지는 않았지만, 우리가 자기를 두고 이야기하는 것을 알았고 대화가 끝나기를 바라고 있었던 눈치였다.

「Un fine à l'eau(코냑에 물 타서 줘요).」 내가 대답했다. 「Un cognac sec(코냑, 스트레이트로).」 자크도 대답했다. 우리 둘 다 말이 너무 빨랐다. 나는 그만 얼굴이 달아올랐다. 그런데 우리에게 술을 따라 주는 조반니를 보니, 그는 내 얼굴의 홍조를 알아차린 듯 어렴풋이 즐거운 표정을 짓고 있었다.

자크는 조반니가 짓는 미소의 의미를 의도적으로 곡해해 그에게 말을 붙일 기회로 삼았다. 「여긴 처음인가?」

조반니는 그 질문을 거의 틀림없이 알아들었을 터였다. 하지만 받아 줄 마음이 안 내키는지 멍한 표정으로 자크를, 나를, 그리고 다시 자크를 돌아보았다. 자크가 프랑스어로 재차 묻자 그는 그제야 어깨를 으쓱하며 대답했다.

「한 달쯤 됐어요.」

이 대화가 어디로 흘러갈지는 뻔했다. 나는 시선을 내리깐 채 술만 홀짝거렸다. 자크는 가벼운 담소를 나누는 분위기를 집요하게 강요하다시피 말을 이었다. 「굉장히 이상한 기분이 겠군.」

「이상하다뇨? 왜요?」

자크는 킬킬 웃었다. 나는 별안간 그와 같이 있는 것이 창피해졌다. 「온통 남자들이잖아.」

자크의 저 목소리를 나는 익히 알았다. 가쁜 숨소리, 넌지시 떠보는 말투, 그 어떤 여자보다도 높게 치솟는 어조, 7월의 늪지대에 미동도 없이 정체된 숨 막히는 열기를 연상시키는 뜨끈한 음색.

「온통 남자들뿐이고, 여자는 거의 없잖아.」 자크가 숨을 헉 들이켜며 말했다. 「이상하지 않아?」

「아. 여자들은 집에서 기다리고 있나 보죠.」 조반니는 다른 손님을 상대하러 가려고 몸을 돌렸다.

「자네를 기다리는 여자도 분명 있을 것 같은데.」 그 말에 조반니는 아무 대꾸도 하지 않았다.

「뭐, 별로 오래 걸리진 않았군.」 자크가 반쯤은 나를 향해, 반쯤은 방금 전까지 조반니가 있었던 허공을 향해 말을 던졌다. 「내 옆에 남아 있길 잘했다 싶지? 이제 나를 독차지하게 됐잖아.」

「오, 정말 뭘 모르시네요. 그는 당신에게 홀딱 빠졌어요.

단지 너무 애끓는 티를 내고 싶지 않은 것뿐이라고요. 그에게 술 한잔 사줘요. 어느 가게 옷을 즐겨 사 입느냐고 물어보고. 당신의 그 귀여운 알파 로메오 차를 넘겨줄 만한 적당한 바텐더를 찾고 있다는 얘기도 해보시고.」

「엄청나게 웃기는군.」

「뭐, 용기 있는 자만이 미남을 얻는 법이잖아요.」

「어차피 저 녀석은 여자들하고 잘걸. 저런 애들은 다 그렇잖아.」

「그러는 남자들도 있다고들 하더군요. 징그러운 버러지 녀석들 같으니라고.」

우리는 그 자리에 선 채로 잠시 침묵했다.

「자네가 말 좀 꺼내 보지 그래? 우리와 같이 한잔하자고?」

나는 그를 쳐다보았다.

「내가요? 글쎄, 믿기 어려우실지 모르겠지만, 사실 제가 바로 그 여자 좋아하는 괴짜라서 말이죠. 만약 저 친구 여동생이 아주 예쁘다면야 그 여자한테나 한잔하자고 하겠죠. 남자에게는 돈 안 써요.」

그러자 자크는 무언가 대꾸하고 싶은 충동을 억누르려고 애쓰는 것 같았다. 남자들이 나에게 돈을 쓰는 것을 내가 마다한 적은 없다는 점을 지적하고 싶은 모양이었다. 하지만 정말로 그렇게 말할 리는 없다는 것을 알기에 나는 그가 입술에 엷은 미소를 띤 채 잠깐 갈등하는 모습을 지켜만 보았다. 이윽고 자크는 특유의 쾌활하고 대담한 웃음을 지으며 말했다.

「나는 단 한 순간이라도 자네의 그……」 그가 멈칫하더니 말을 이었다. 「자네의 자랑이자 기쁨인,〈한 점 흠도 없는〉남성성을 위험에 빠뜨릴 생각은 추호도 없어. 다만 내가 그에게 권하면 거절당할 게 뻔하니 자네가 권해 보라는 거지.」

나는 씩 웃었다.

「어이, 아저씨, 하지만 그랬다가는 혼동이 생길 거 아니에요. 그는 자기 몸을 원하는 사람이 저인 줄 알 거라고요. 그러면 어쩔 거예요?」

「만약 혼동이 생기면 내가 기꺼이 시정해 주지.」 자크가 위엄 있게 말했다.

우리는 잠시간 서로를 마주 보며 눈치를 보았다. 그러다 내가 웃음을 터뜨렸다. 「기다려요, 그가 다시 이쪽으로 오면 말해 볼 테니. 그가 프랑스에서 제일 비싼 와인 한 병 사달라고 했으면 좋겠네요.」

나는 바 위에 몸을 기대고 고개를 돌렸다. 어쩐지 기분이 들떴다. 내 옆에서 숨죽이고 기다리는 자크는 별안간 너무나 허약하고 늙어 빠진 사람이 된 듯했다. 그렇게 생각하니 불현듯 그에 대한 연민이 사무치도록, 겁이 날 만큼 치솟았다. 한편 조반니는 홀에 나가서 테이블 자리의 손님들에게 음료를 내주고 있었다. 그는 술잔과 병이 잔뜩 쌓인 쟁반을 받쳐 들고 다소 굳은 미소를 띤 채 돌아왔다. 나는 자크에게 말했다.

「우리 잔이 비어 있어야 더 그럴듯해 보이지 않을까요?」

우리 둘 다 남은 술을 마저 마신 뒤, 나는 잔을 내려놓고 그를 불렀다.

「바텐더.」

「같은 걸로 드릴까요?」

「네.」 내 대답에 그가 몸을 돌리려 했다. 나는 재빨리 말을 덧붙였다. 「바텐더, 괜찮다면 우리가 그쪽에게 한잔 사고 싶은데요.」

「Eh, bien(아니, 이런)!」 우리 뒤에서 누군가의 목소리가 튀어 나왔다. 「C'est fort ça(이것 보게)! 이 작자가 기어이 이 훌륭한 미식축구 선수를 타락시키고는, 맙소사, 그것도 모자라 이제는 그를 이용해서 내 바텐더까지 더럽히려고 하다니! 이거 원, 자크! 자네 나이가 몇인데!」

우리 뒤에는 기욤이 영화배우처럼 씩 웃으며 서서, 언제 어디서나, 아니 적어도 자기 바 안에서는 항상 가지고 다니는 기다란 흰색 손수건을 흔들고 있었다. 자크는 자신이 그토록 특출하게 치명적인 매력을 휘둘렀다고 비난받은 것이 기뻐서 반색하며 기욤을 돌아보았다. 두 사람은 연극에 나오는 늙은 자매들처럼 서로 얼싸안았다.

「Eh bien, ma chérie, comment vas-tu(그래, 이 친구, 잘 지내나)? 오랫동안 안 보이더니.」

「지독하게 바빴거든.」 자크가 말했다.

「어련하셨겠어! 창피하지도 않아, 이 vieille folle(미친 할망구)[2]야?」

「Et toi(그러는 자네는)? 그동안 허송세월하며 지낸 것 같

2 나이가 많고 여성적인 성향의 남성 동성애자를 지칭하는 프랑스식 은어.

지는 않은데.」

자크가 조반니를 향해 귀중한 경주마나 희귀한 도자기 보듯 흐뭇한 시선을 던졌다. 기욤이 그의 시선을 눈으로 좇더니 목소리를 낮췄다.

「Ah, ça, mon cher, c'est strictement du *business*, comprends-tu(아, 그 애하고는 어디까지나 업무 관계야. 이 친구야, 알아듣겠어)?」

두 사람이 바에서 약간 떨어진 데로 걸음을 옮겼다. 별안간 지독한 정적이 나를 에워쌌다. 마침내 눈을 들어 조반니를 보니, 그는 나를 바라보고 있었다.

「제게 한잔 사겠다고 하셨던 것 같은데요.」

「네. 사겠다고 했죠.」

「저는 일하는 동안엔 술을 마시지 않아서요. 대신 코카콜라로 할게요.」

그가 내 잔을 집어 들며 물었다. 「그쪽은요? 같은 걸로?」

「같은 걸로.」 나는 그와 대화하면서 무척 즐거워하는 나 자신을 깨달았다. 그 사실을 의식하자 겸연쩍어졌다. 자크가 옆에 없으니 내 처지가 위태로워진 느낌이었다. 게다가 적어도 이번 한 번만큼은 내가 음료값을 내야 한다는 데에도 생각이 미쳤다. 자크의 피보호자라도 되는 양 그의 소맷자락을 잡아당기며 돈을 달라고 부탁해서야 안 될 말이었다. 나는 헛기침을 하고 1만 프랑짜리 지폐를 바 위에 올려놓았다.

「부자시네요.」 조반니가 내 앞에 술잔을 놔주며 말했다.

「아니에요. 정말로. 잔돈이 없어서 그래요.」

그가 씩 웃었다. 내가 거짓말을 한다고 생각해서인지, 내 말이 사실임을 알기 때문인지 알 수가 없었다. 그는 묵묵히 지폐를 집어서 금전 등록기에 입력한 뒤 주의 깊게 거스름돈을 헤아려 내 앞에 내려놓았다. 그러고는 자기 잔에 콜라를 따르더니 금전 등록기 앞의 원래 자리로 돌아갔다. 나는 가슴이 팽팽히 조여드는 느낌이 들었다.

「À la votre(건배).」 조반니가 말했다.

「À la votre(건배).」 우리는 각자의 음료를 마셨다.

「미국인이세요?」 잠시 침묵 끝에 그가 물었다.

「네. 뉴욕 출신이에요.」

「아! 듣기론 뉴욕은 무척 아름답다던데요. 파리보다 더 아름다운가요?」

「오, 아뇨. 파리보다 아름다운 도시는 세상에 없 ―」

「그런 도시가 있을 수도 있다는 말만 들어도 화가 나시나 보네요.」 조반니가 빙긋 웃고는, 나를 달래려는 듯 더 진지해진 어조로 덧붙였다. 「미안해요. 반대론을 펴려던 건 아니었어요. 파리를 많이 좋아하시나 봐요.」

「뉴욕도 좋아하죠. 하지만 뉴욕의 아름다움은 여기와는 전혀 달라요.」 나 자신의 방어적인 말투에 마음이 불편해졌다.

조반니가 얼굴을 찌푸리며 되물었다. 「어떻게 다른데요?」

「그곳을 직접 보지 않으면 상상도 할 수 없을걸요. 온통 고층 빌딩, 새것, 전자 제품…… 흥미진진하죠.」 나는 멈칫 말을 끊었다. 「설명하기 어렵군요. 거긴 정말…… 20세기적이에요.」

「그러면 파리는 이 세기에 속하지 않는다는 건가요?」그가 미소를 지으며 물었다.

그 미소 앞에서 나는 약간 바보가 된 기분이 들었다. 「음, 파리는 오래됐잖아요. 여러 세기가 쌓여 있는 도시죠. 여기 있으면 그동안 흘러온 세월을 느낄 수 있어요. 하지만 뉴욕에서는 그렇지 않고……」조반니는 빙그레 웃고 있었다. 나는 말을 흐렸다.

「뉴욕에서는 무엇이 느껴지는데요?」

「앞으로 다가올 시간이 한꺼번에 느껴진다고 할까요. 거긴 그런 힘이 있어요. 모든 게 그런 식으로 움직이고 있죠. 먼 훗날에는 그게 다 어떻게 될까 하는 의문이 들지 않을 수가 없어요. 저는 그렇더군요.」

「먼 훗날이요? 우리가 죽고, 뉴욕이 오래된 도시가 됐을 때 말인가요?」

「네. 모두가 싫증이 나고 미국인들에게 이 세상이 더 이상 새로운 곳이 아니게 됐을 때.」

「미국인들은 세상을 왜 그렇게 새롭게 여기는지 몰라요. 당신네 나라 사람들은 결국 다 이민자들이잖아요. 그리고 유럽을 떠난 지 그리 오래되지도 않았고요.」

「바다는 아주 넓으니까요. 우리는 유럽인들과 다른 삶을 살았어요. 여기서는 한 번도 일어난 적 없는 일들을 우리는 겪었죠. 그러니 당신들하고는 다른 인간이 될 수밖에 없지 않겠어요?」

「아! 다른 인간이 되기만 했으면 다행이게요!」그가 웃음을 터뜨렸다.「아예 다른 종이 되어 버린 건 아니고요? 혹시 다른 행성에서 사는 건 아니에요? 만약 그렇다면 모든 게 설명되겠네요.」

비웃음을 사서 기분이 상한 나는 약간 열을 내며 대꾸했다.「가끔 우리가 그런 식으로 생각하는 것처럼 보이긴 하겠죠. 인정해요. 하지만 우리는 다른 행성에서 살지 않아요. 그리고, 친구, 당신도 그건 마찬가지고요.」

그는 또 빙긋 웃었다.「그 불행한 사실을 반박하진 않겠어요.」

잠시 침묵이 흘렀다. 조반니는 바의 다른 편 끝에 있는 손님 몇을 상대하러 갔다. 기욤과 자크는 아직 대화 중이었다. 기욤은 늘 그러듯 자기 이야기, 즉 사업의 위험성 또는 사랑의 위험성이라는 주제로 빙빙 도는 이야기들을 끊임없이 떠들고 있는 것 같았다. 자크는 경직된 입매에 살짝 쓴웃음을 짓고 있었다. 바 쪽으로 돌아오고 싶어서 애가 타는 기색이 역력했다.

내 앞으로 돌아온 조반니가 젖은 행주로 바를 닦으며 말했다.「미국인들은 희한해요. 희한한 시간 감각을 갖고 있다고요. 아니면 시간 감각이라는 게 아예 없는지도 모르겠지만. 당신네는 시간을 무슨 행진처럼 이야기하더군요. 깃발을 쳐들고 마을로 들어오는 군대 같은, 그러니까 개선 행진 같은 거요. 당신들에게 충분한 시간만 주어진다면…… 아, 미국인들에게 충분한 시간이라고 하면 별로 긴 시간은 아니겠죠, n'est-ce pas(그렇죠)?」조반니가 내게 짓궂게 웃어 보였지만 나는 아무 말도 하지 않았다. 「뭐 그래서, 충분한 시간만 있으면, 당신들이 지닌 그 무시무시한 에너지와 강점들을 발휘해서 모든 것을 끝내고, 해결하고, 정리할 거라고 생각하죠. 어떤 것들을? 온갖 심각하고 두려운 것들 말예요. 고통, 죽음, 사랑 등등…… 미국인들은 그런 것들을 믿지 않지만요.」 그가 엄숙하게 말을 맺었다.

「어째서 우리가 믿지 않는다고 생각하죠? 당신은 뭘 믿는데요?」

「나는 이런 말도 안 되는 시간 개념을 믿지 않아요. 시간은 그냥, 원래 있는 거예요. 물고기에게 물이 있듯이. 모두가 이 물속에서 살고, 여기서 빠져나갈 수 있는 사람은 아무도 없어요. 만약 빠져나간다면 물고기와 똑같이 돼버려요. 죽는 거죠. 그리고 이 물속에서, 시간 속에서 무슨 일이 일어나게요? 큰 물고기가 작은 물고기를 먹어요. 그게 다라고요. 큰 물고기가 작은 물고기를 먹고, 바다는 그러거나 말거나 신경 쓰지 않고.」

「오, 말도 안 돼. 그거야말로 절대 못 믿겠는데요. 시간은 펄펄 끓는 물이고, 우린 물고기가 아니에요. 그리고 먹히기를 선택할 수도 있고, 먹지 않기를 선택……」 조반니가 재미있다는 듯 냉소를 짓는 것을 보고 나는 얼굴이 약간 달아오른 채 재빨리 말을 덧붙였다. 「물론 우리보다 작은 물고기를 먹지 않을 수도 있다는 얘기죠.」

「선택이라니!」 조반니가 내게서 고개를 돌리며 외쳤다. 마치 지금껏 우리 대화를 내내 엿듣고 있던 자기편 친구가 그

자리에 있기라도 한 듯이. 「선택이라고!」 그가 다시 나를 돌아보았다. 「아, 당신은 정말로 미국인이네요. J'adore votre enthousiasme(당신의 열정이 존경스러워요)!」

나는 정중한 투로 말했다. 「저도 당신의 열정을 존경해요. 저보다 더 암담한 종류의 열정 같기는 하지만요.」

그러자 조반니가 부드럽게 되물었다. 「그런데, 작은 물고기들은 먹잇감이 되지 않으면 뭘 하죠? 달리 쓸모가 없지 않나요?」

「내 나라에서는…….」 그렇게 말하려니 마음속에서 미묘한 갈등이 일어났지만, 나는 끝내 대답했다. 「작은 물고기들이 뭉쳐서 고래를 뜯어 먹는 것 같던데요.」

「그런다고 그들이 고래가 되는 건 아니죠. 그렇게 뜯어 먹고 나면 뭐가 달라지나요? 이 세상에서 위대한 것들은 죄다 사라져 버리는 결과밖에 안 돼요. 바다 밑바닥에조차도 남지 않게 된다고요.」

「바로 그래서 당신네가 우리를 싫어하는 건가요? 우리가 위대하지 않아서?」

그가 싱긋 웃었다. 상대방의 반박이 너무나 부적절한 나머지 논쟁을 아예 그만두겠다는 식의 미소였다. 「Peut-être(그럴지도요).」

「정말 재수없는 작자들이네. 위대한 것을 죽여 없앤 건 바로 당신들이잖아요. 바로 이 도시에서, 당신들이 보도블록을 쳐들고 그걸 죽여 버렸단 말이야. 그래 놓고는 작은 물고기가 어쩌고……!」 그가 히죽히죽 웃고 있었다. 나는 말을 끊었다.

「계속하시죠. 듣고 있어요.」 그가 마냥 웃으며 말했다.

나는 남은 술을 다 마셔 버리고 퉁명스럽게 내뱉었다. 「당신네가 이 merde(똥 무더기)를 우리한테 다 퍼부었단 말입니다. 그런데 이제 와서 우리한테 똥 냄새 난다고 야만인이라 부르다뇨.」

그는 내가 불퉁거리는 것이 즐거운 모양이었다. 「당신 정말 매력적이네요. 늘 이런 식으로 말해요?」

「아뇨. 원래는 안 이래요.」 나는 시선을 떨구었다.

그에게는 어딘지 교태스러운 데가 있었다. 「그렇다면 저로선 영광이군요.」 조반니는 갑자기 당황스러울 만큼 진지한, 그러나 아주 엷게 놀리는 투가 깔린 목소리로 말했다.

「그럼 당신은 여기서 오래 살았어요? 파리를 좋아하세요?」 나는 마침내 그에게 질문을 돌렸다.

그러자 그는 잠깐 망설이더니 소년처럼 머쓱한 미소를 지었다. 「겨울에 추운 건 별로예요. 그리고 파리 사람들은…… 그다지 친절하지 않은 것 같아요. 그렇지 않나요?」 그는 내 대답을 기다리지 않고 내처 말을 이었다. 「제가 어렸을 때 알던 사람들하고는 달라요. 이탈리아 사람들은 친절하거든요. 우리는 춤추고, 노래하고, 사랑을 나누죠. 그런데 여기 사람들은…….」 그는 바 너머로 시선을 던졌다가 나를 돌아보고는 잔에 남은 코카콜라를 다 마셨다. 「여기 사람들은 차가워요. 나는 이해가 안 돼요.」

「하지만 프랑스 사람들은 이탈리아 사람들이 너무 즉흥적

이고 변덕스럽고 앞뒤 잴 줄 모른다고 하던데요.」 나는 짓궂
게 말했다.

「잴 줄 모른다고!」 조반니가 외쳤다. 「아, 여기 사람들은
앞뒤만 재는 게 아니죠! 그램도 재고, 센티미터도 재고, 별의
별 단위를 다 재죠. 이 나라 사람들은 하여간, 온갖 자질구레
한 것들을 하나하나 재서 쌓아 놓는단 말예요. 스타킹 속에
도, 침대 밑에도, 끝없이 가져다 모아 놓고 또 모아 놓고……
그렇게 해서 그들이 얻는 게 뭐죠? 결국엔 자기네 나라가 눈
앞에서 조각조각 단위별로 분열되는 꼴을 보기밖에 더 하나
요? 단위별로 말예요! 무엇이든 일단 재어 보지 않고서는 아
무 행동도 못 하는 사람들이라니까요. 이 사람들이 뭘 어디
까지 재면서 사는지 다 말하다가는 당신 귀가 아플 테니 그
만둬야겠군요. 저기, 제가 술 한잔 사도 될까요?」 그가 갑자
기 물었다. 「그 아저씨가 돌아오기 전에요. 그런데 그 사람은
누구죠? 당신 삼촌인가요?」

조반니가 〈삼촌〉이라는 말을 완곡한 비유로 꺼낸 것인지
아닌지 알 수가 없었다. 나는 내 입장을 명확히 하고 싶어서
매우 조급해졌지만 어디서부터 어떻게 말할지 갈피가 잡히
지 않았다. 일단 소리 내어 웃기부터 했다. 「아뇨. 삼촌은 아
니에요. 그냥 아는 사람이에요.」

조반니가 나를 쳐다보았다. 그 눈빛을 마주하니, 이제껏
평생 그 누구도 나를 이렇게 똑바로 본 적이 없다는 생각이
들었다. 「당신에게 아주 소중한 사람은 아니길 바라요.」 그가
미소를 지었다. 「왜냐하면 그 사람, 바보 같아서요. 나쁜 사

람은 아니지만, 아시죠? 그냥 조금 어리석어요.」

「그럴지도요.」 그렇게 말하고 보니 배신자가 된 기분이었다. 나는 재빨리 덧붙였다. 「하지만 보기보단 괜찮아요. 정말로 좋은 사람이에요.」 사실이 아니었다. 나는 속으로만 생각했다. 그는 좋은 사람과는 거리가 멀다고. 「어쨌거나, 제게는 그다지 소중한 사람은 아니지만요.」 아까처럼 가슴이 팽팽히 조여드는 이상한 느낌이 들었다. 내 목소리도 이상하게 들렸다.

조반니가 조심스럽게 내 잔에 술을 따르며 말했다. 「Vive l'Amérique(아메리카 만세).」

「고마워요.」 나는 잔을 들어 올렸다. 「Vive le vieux continent (구대륙이여, 만세).」

잠시 침묵이 흘렀다.

「여기 자주 와요?」 조반니가 불쑥 물었다.

「별로요. 자주 오진 않아요.」

「하지만 이제부터는요? 더 자주 오겠죠?」 그의 얼굴에 특유의 짓궂고도 근사한 표정이 떠올랐다.

나는 말을 더듬거렸다. 「왜요?」

「아! 친구가 생겼으니까 그렇죠. 그것도 몰라요?」

나는 내가 멍청해 보이리라는 것도, 내 질문 역시 멍청하게 들리리라는 것도 알면서 되물었다. 「이렇게 금방요?」

「안 될 건 뭔데요?」 그가 합리적으로 받아치더니 자기 손목시계에 눈길을 돌렸다. 「원한다면 한 시간 더 기다리죠. 그때 가서는 친구가 될 수 있겠네요. 아니면 가게 마감할 때까지 기다리든가요. 그때는 친구가 될 수 있겠죠? 아니면 내일까지 기다릴까요? 그러려면 당신은 내일 여기 또 와야 할 텐데요. 내일 다른 할 일이 있는지 어떤진 몰라도.」 그가 손목시계를 낀 손을 내리고 바 위에 두 팔꿈치를 얹었다. 「말해 봐요. 도대체 왜 이렇게 시간을 가지고들 야단이죠? 어째서 이른 것보다 늦은 게 더 낫다고 해요? 사람들은 항상 그래요. 기다려야 해, 기다려야 해. 대체 뭘 기다리는 건데요?」

「음.」 나는 조반니에게 이끌려 깊고 위험한 물속으로 들어가는 것 같았다. 「자기 감정이 확실해질 때까지 기다리는 거겠죠.」

「〈확실〉해진다고!」 그가 또 자기편 친구에게 말을 거는 듯이 허공으로 고개를 돌려 웃어 젖혔다. 나는 보이지 않는 그 유령 친구 때문에 슬슬 마음이 거북해지는 듯싶었지만, 답답한 터널 같은 공간 안에서 울려 퍼지는 그의 웃음소리만큼은 기가 막히게 멋졌다. 「이제 보니 당신은 진정한 철학자였군요.」 그가 내 심장께를 손가락으로 가리켰다. 「그러면, 기다리고 나면 정말로 확실해지던가요?」

이 질문에 나는 아무런 대답도 떠올릴 수가 없었다. 그때 바 한가운데 어둡고 북적거리는 곳에서 누군가가 〈어이, 바텐더!〉 하고 외쳤다. 그는 내게서 물러나며 싱긋 웃었다. 「지금 한번 기다려 봐요. 그리고 이따가 내가 돌아오면 말해 줘요. 당신 마음이 얼마나 확실해졌는지.」

그는 둥근 철제 쟁반을 들고 인파 속으로 걸어 나갔다. 나는 그가 움직이는 양을 지켜보았다. 그리고 사람들의 얼굴을 보고, 또 그를 보았다. 두려움이 몰려왔다. 저 사람들도 이쪽을 보고 있었을 터였다. 우리 둘 모두를 보고 있었을 테고, 자신들이 시작을 목격하고 있음을 알았을 것이다. 그러니 이제 끝장을 볼 때까지 눈길을 거두지 않을 것이다. 시간이 좀 걸렸지만 끝내 형세는 역전되었다. 이제 동물원 안에 있는 쪽은 나였고 지켜보는 쪽은 그들이었다.

나는 꽤 오랫동안 바 앞에 혼자 서 있었다. 자크는 겨우 기움에게서 벗어났지만 이제는 딱하게도 예의 그 칼날 같은 몸매의 청년들 두 명에게 붙들려 있었다. 그사이에 조반니가 잠깐 내게 들러서 윙크했다.

「확실해졌어요?」

「당신이 이겼어요. 철학자는 당신이에요.」

「오, 아직은 더 기다려 봐야죠. 그런 말을 할 정도로 나를 잘 알지도 못하면서.」

그는 쟁반에 병이며 잔을 올리고는 또다시 자리를 떴다.

이때 어둠 속에서 난생처음 보는 누군가가 나타났다. 그 존재를 보자마자 든 생각은 마치 미라나 좀비 같다는 것이었다. 이미 죽었는데도 걸어다니는 무언가를 보는 듯했다. 그 걸음걸이는 정말이지, 몽유병 환자라든지 영화에 나오는 슬로 모션 장면 속 인물의 움직임을 방불케 했다. 그것은 유리잔을 든 채 까치발을 디디며 소름 끼치도록 음탕한 몸짓으로 엉덩이를 실룩거리며 다가왔는데, 그러면서도 아무런 기척도 내지 않는 듯 보였다. 시끌벅적한 바 안의 소음이 한밤중에 먼바다에서 들려오는 포효처럼 주위를 뒤덮고 있었기 때문이다. 어슴푸레한 조명 속에서 그 존재는 번쩍번쩍 빛이 났다. 이마 위로 빗어 내린 가느다란 검은색 머리카락은 기름을 발라 맹렬히 번들거렸고, 눈꺼풀은 마스카라가 묻어 반짝거렸으며 립스틱을 덕지덕지 칠한 입술은 격렬히 타오르고 있었다. 얼굴은 무슨 파운데이션 같은 것을 발랐는지 핏기 하나 없이 새하얬고 파우더와 치자꽃 향수 같은 것이 섞인 냄새가 지독하게 풍겼다. 배꼽 부근까지 요염하게 풀어헤친 셔츠 자락 사이로는 털 없이 매끈한 가슴과 은십자가 펜던트가 드러났으며 셔츠 위에는 종이처럼 얇고 동그란 천 장식들이 달려 있었다. 빨간색, 초록색, 오렌지색, 노란색, 파란색의 천 조각들이 빛 속에서 휘몰아치는 모습을 보니 저 미라가 금방이라도 불길에 휩싸여 사라져 버릴 것만 같았다. 허리에는 빨간 띠를 둘렀고 딱 달라붙는 바지는 뜻밖에도 칙칙한 회색이었다. 구두에는 버클이 달려 있었다.

그가 나를 향해 다가오는 것이 맞는지 긴가민가했지만 나는 시선을 뗄 수 없었다. 그는 한 손을 옆구리 위에 올린 채 내 앞에 멈춰 서더니 나를 위아래로 훑어보고는 빙긋 웃었다. 방금 전까지 마늘을 먹고 있었던 듯했고 치아 상태가 매우 안 좋았다. 그리고 이제 보니 의외로 손이 아주 크고 튼튼해서 나는 깜짝 놀랐다.

「Eh bien, il te plait(그래서, 그가 마음에 드나요)?」 그가 물었다.

「Comment(네)?」

나는 정말로 내가 그의 말을 제대로 들었는지 몰라서 그렇게 되물었다. 하지만 내 머릿속 깊숙이 무언가 재미있는 것을 들여다보는 듯한 그의 맑디맑은 두 눈을 마주하니, 의문의 여지는 별로 없는 것 같았다.

「그를 좋아하냐고요. 바텐더요.」

나는 뭐라고 해야 할지, 무엇을 해야 할지 알 수가 없었다. 그를 때리는 것은 불가능한 일 같았다. 화를 내기도 불가능할 듯했다. 그것은 현실로 보이지 않았으니까. 그는 현실로 보이지가 않았다. 게다가 내가 무슨 말을 해도 저 눈이 나를 비웃을 터였다. 나는 최대한 건조한 어투로 말했다.

「어째서 당신이 그 문제에 신경 쓰는 겁니까?」

「자기도 참, 나는 전혀 신경 쓰지 않아요. Je m'en fou(나야 상관없어요).」

「그러면 내 앞에서 꺼져 주시죠.」

그는 바로 물러나지 않고 또 웃기만 했다. 「있잖아요, 그는 위험해요. 특히나 당신 같은 청년에게는 굉장히 위험하죠.」

나는 그를 쳐다보았다. 하마터면 무슨 뜻이냐고 물을 뻔했다. 「지옥에나 가시지.」 나는 등을 돌려 버렸다.

「오, 그럴 리가.」 그 말에 다시 그를 돌아보았다. 그는 입을 벌리고 소리 내어 웃고 있었다. 얼마 남지 않은 치아가 다 드러나 보였다. 「오, 그럴 리가요. 나는 지옥에 가지 않아요.」 그가 커다란 손으로 십자가 펜던트를 움켜쥐며 말했다. 「하지만 내 친구, 당신은 말예요, 엄청나게 뜨거운 불에 타게 될 거예요. 오, 얼마나 뜨거울까!」 그가 또 낄낄 웃더니 자기 머리를 만졌다. 「이 안이.」 그러고는 고통스러운 듯 몸서리를 쳤다. 「온 사방이.」 곧이어 자기 심장께를 만졌다. 「그리고 여기도.」 그는 나를 돌아보았다. 그 눈에서 악의와 조롱기가, 그리고 또다른 무언가가 느껴졌다. 내가 아주 멀리 있기라도 한 듯 아득한 시선이었다. 「오, 가엾은 친구. 이렇게 젊고, 튼튼하고, 잘생겼는데…… 내게 술 한잔 사주지 않겠어요?」

「Va te faire foutre(꺼져 버려).」

그의 얼굴이 슬픔으로 일그러졌다. 젖먹이 아기 같으면서 동시에 아주 늙은 노인 같기도 한 슬픔이었다. 또 한편으로는 한창때 가냘픈 아이 같은 아름다움으로 이름을 날렸지만 이제는 나이가 들어 버린 여배우의 슬픔 같기도 했다. 독기와 분노를 품은 검은 눈이 가늘어졌고 새빨간 입술은 비극 무대에 나오는 가면처럼 일그러졌다. 「T'aura du chagrin(괴로워질 거예요). 당신은 무척 불행해질 거예요. 기억하세요. 나는 분명히 말했어요.」

그는 공주처럼 꼿꼿한 자세로 물러났다. 활활 타오르는 그의 몸이 사람들 사이로 멀어져 갔다.

그때 어느새 내 팔꿈치께에 다가온 자크가 말했다. 「여기 사람들 모두가 자네와 바텐더 이야기를 하고 있어. 둘이 얼마나 죽이 잘 맞는지 참 보기 좋다고들 하는군.」 그가 복수심에 찬 표정으로 벌쭉 웃었다. 「설마 혼동이 생긴 건 아니겠지?」

나는 그를 내려다보았다. 그 쾌활하고 흉측하고 속물적인 얼굴이 앞으로 그 누구에게도 이런 식으로 웃지 못하도록 무슨 짓이라도 해주고 싶었다. 그리고 이 바에서 나가고 싶었다. 저기 바깥으로. 별안간 심각한 위기에 빠져 버린 내 여자 친구, 헬라를 찾고 싶은 듯도 했다.

「혼동 따윈 없어요. 당신도 괜한 착각 말아요.」나는 딱 잘라 말했다.

「나는 평생 지금 이 순간처럼 혼동의 여지가 없었던 적도 없는 것 같은데.」그의 얼굴에서 웃음기가 사라졌다. 자크는 건조하고 냉소적이고 무심한 표정으로 나를 보았다. 「자네의 진솔하기 그지없는 우정을 영원히 잃어버릴 위험을 무릅쓰고 한마디 하겠어. 혼동이라는 건 아주, 아주 젊을 때에나 감당할 수 있을까 말까 한 사치야. 그리고 자네는 이제 그 정도로 젊지 않아.」

「무슨 말을 하는 건지 모르겠군요. 술이나 한 잔 더 마시죠.」

취하는 편이 좋을 것 같았다. 어느새 바 뒤편으로 돌아온 조반니가 내게 윙크를 보내고 있었다. 한편 자크의 시선은 내 얼굴에서 한 치도 떨어지지 않았다. 나는 거칠게 그에게서 몸을 돌리고 바를 마주 보았다. 그러자 자크가 내 옆으로 다가섰다.

「같은 걸로 주게.」자크가 말했다.

「그러죠. 그게 정답이죠.」조반니가 우리 술을 내주었다. 자크가 술값을 계산했다. 내 표정이 안 좋았던지 조반니가 나를 향해 장난기 어린 어조로 외쳤다. 「어? 벌써 취했어요?」

나는 고개를 들고 미소 지었다. 「미국인들이 얼마나 술고래인지 알잖아요. 나는 아직 시작도 안 했어요.」

자크가 말을 보탰다. 「데이비드는 멀쩡해. 그냥 새 가터벨

트를 하나 사야 한다는 생각에 심란해져서 그래.」

나는 자크를 죽여 버리고 싶었다. 하지만 그의 말에 나조차도 웃음이 터져 나오려는 것을 참기가 힘들었다. 나는 저 늙다리가 우리끼리만 통하는 농담을 했을 뿐이라는 뜻으로 조반니에게 얼굴을 찌푸려 보였다. 그때 조반니가 또 자리를 비웠다. 그 시간대는 손님들이 한차례 우르르 떠나고 새로운 손님들이 우르르 몰려들어 오는 때였다. 그래 봤자 저 사람들 모두 나중에는 마지막 바 한 군데에 모여서 서로를 대면하게 될 터였다. 물론 그렇게 늦은 시간까지 짝을 찾지 못하고 술집들을 배회하는 사람들의 경우에 한한 얘기지만.

나는 자크를 차마 볼 수가 없었다. 자크도 그런 내 심정을 뻔히 알았다. 그는 내 옆에 서서 괜히 빙글빙글 웃으며 콧노래를 흥얼거리고 있었다. 나는 아무 말도 할 수가 없었다. 헬라의 이름은 감히 꺼내지도 못했다. 그녀가 스페인에 있어서 아쉽다고 스스로를 속일 수조차 없었다. 나는 기뻤다. 순전히, 속절없이, 지독하게 기뻤다. 내 안에서 폭풍처럼 휘몰아치는 격렬한 흥분을 멈출 방법은 아무 데도 없다는 것을 나는 알았다. 그저 그 폭풍이 내 땅에 더 이상의 피해를 입히지 않고 소진되어 사라질지도 모른다는 미약한 희망에 기대 술을 마실 따름이었다. 그러면서도 기뻤다. 유감스러운 점은 다른 누구도 아닌 하필 자크에게 목격당했다는 것이었다. 그 때문에 수치심이 들었다. 자크는 그동안 보려고 기다려 왔던 — 거의 기대조차도 않고, 다만 기다리기만 했던 바로 그것을 이날 드디어 보고야 만 셈이었고, 더욱이 앞으로 수개월은 더 보게 될 터였다. 그래서 나는 그가 미웠다. 사실상 우리는 목숨을 건 게임을 하고 있었는데 자크가 그 게임에서 이긴 것이다. 내가 이기려고 반칙까지 썼는데도 불구하고 승자는 자크였다.

그때 바 앞에 서서 나는 그대로 몸을 돌려 가게를 나가 버릴 수 있는 힘이 내 안에 있었더라면 얼마나 좋았을까 생각했다. 몽파르나스로 가서 여자를 하나 후린다든가 할 수 있다면 얼마나 좋을까 하고. 아무 여자라도 좋으니. 하지만 그럴 수 없었다. 나 자신에게 온갖 거짓말을 아무리 해봐도 나는 바 앞자리에서 한 발짝도 움직일 수 없었다. 그건 이제 와서 그래 봤자 소용없다는 사실을 스스로 알기 때문이기도 했다. 심지어 내가 앞으로 두 번 다시 조반니와 말을 섞지 않는다 해도 달라질 것은 없었다. 그 불타는 공주의 셔츠에 붙어 있던 천 장식들처럼, 나의 자각이, 나의 끈질긴 가능성들이 나 자신을 온통 뒤덮는 것이 눈에 훤히 보였기 때문이다.

그렇게 나는 조반니를 만났다. 처음 만난 순간부터 우리는 서로 연결되었던 것 같다. 이후에 나는 그와 séparation de corps(별거) 상태에 들어갔고 이제 곧 조반니는 파리 근처의 부정(不淨)한 땅속에서 썩어 가게 될 테지만, 그럼에도 우리는 지금까지도 연결되어 있다. 그의 얼굴이, 시시각각 변화하는 바로 그 얼굴이 내 앞에 들이닥치고, 그의 음성이, 그 미세한 음색과 말버릇까지 생생하게 되살아나 내 귀를 터질 듯이 울리고, 그의 체취가 내 코를 마비시킬 듯 훅 끼쳐 오는 순간들, 그런 순간들은 앞으로 내가 죽을 때까지 몇 번이고 맥

베스의 마녀들처럼 땅속에서 느닷없이 솟아나 내 앞에 나타날 것이다. 앞으로 다가올 나날 가운데 ― 신이시여, 내가 그 날들을 살도록 허락하소서 ― 가끔 폭풍 같은 잠을 설치다 눈부신 회색 아침 빛 속에 깨어나, 입안이 시큼하고 눈꺼풀은 붉고 따끔거리고 머리카락은 헝클어지고 축축히 젖은 채로 눈을 떴을 때, 간밤에 만났던 어느 불가해하고 무의미한 청년 하나가 내 앞에서 커피를 마시고 담배를 피우고 있는 순간이면, 금세 그 자리에서 일어나 연기처럼 사라져 버릴 그 청년을 둘러싼 커피와 담배의 연기 너머로 조반니가 보일 것이다. 그날 밤 처음 만났던 조반니가, 그 음침한 터널 안의 모든 빛을 자기 머리에 두르고 있던 조반니의 의기양양한 모습이, 너무나 생생하게 내 눈에 보일 것이다.

3

  새벽 5시에 우리는 기욤이 잠근 술집 문을 뒤로하고 길을
나섰다. 잿빛 거리엔 아무도 없었다. 근처 길모퉁이의 정육
점은 일찌감치 열려 있었고 주인 남자가 벌써 피투성이가 된
채로 고기를 텅텅 썰고 있었다. 거의 텅 빈 커다란 녹색의 파
리 시내버스 한 대가 느릿느릿 지나가다 환하게 밝혀진 전동
방향 지시기를 거칠게 흔들어 댔다. 한 카페 앞에서는 종업
원 청년이 인도에 물을 쏟아붓고는 빗자루로 쓸어 내서 배수
로에 흘려 버렸다. 우리 앞의 길고 구불구불한 길 끝자락에
는 가로수들, 카페 앞마다 높게 쌓여 있는 등의자들, 그리고
헬라와 내가 파리에서 가장 아름다운 첨탑이라고 생각하는
생제르맹데프레 교회의 커다란 석조 첨탑이 솟아 있었다. 광
장 너머 센강으로 뻗어 나가는 길은 우리 뒤와 옆의 안 보이
는 곳으로도 구불구불 이어져 몽파르나스까지 닿았다. 그 길
의 이름은 유럽에서 오늘날까지도 수확되는 작물을 처음 심
었던 한 모험가의 이름[3]에서 따온 것이다. 나는 그 길을 자주

3 이 길은 보나파르트 거리Rue Bonaparte로, 여기서 모험가란 나폴레옹

걷곤 했다. 가끔은 헬라와 같이 강 쪽으로 걸었고, 그녀가 아닌 여자들을 만나러 몽파르나스 방향으로 걸었던 적은 그보다 더 많았다. 두 가지 다 그리 오래된 일이 아니었는데도 그날 아침 내게는 전생의 기억처럼 멀게 느껴졌다.

아침을 먹으러 레알로 가기로 하고 우리 네 사람은 택시를 탔다. 넷이서 다 같이 비좁은 택시 한 대에 불편하게 끼어 앉아야 했다. 자크와 기욤이 연신 음탕한 추측을 던지면서 분위기를 그렇게 몰아간 탓이었다. 그들의 음담패설은 재치도 없었을뿐더러 나와 조반니에 대한, 그리고 그들 자신에 대한 경멸의 표현이라는 것이 너무나 선명히 드러났기에 더더욱 혐오스러웠다. 그들이 그런 말들을 왈칵왈칵 쏟아 내는 꼴이 흡사 시커먼 물을 내뿜는 분수 같았다. 더구나 조반니와 나를 이용해 자기네 흥분을 돋우고 있는 눈치가 뻔했으므로 나는 굉장히 신경이 거슬렸다. 하지만 조반니는 저 늙은이들쯤이야 금방 떨어뜨릴 수 있을 테니 너무 심란해하지 말라는 듯이 차창에 등을 기댄 채 내 어깨에 자기 팔을 살짝 맞댔다. 저들이 아무리 더러운 물을 튀겨 대도 이따가 우리끼리 얼마든지 씻어 낼 수 있을 거라고 그는 말하는 듯했다.

「저기 봐.」

택시가 강을 건널 때 조반니가 말했다.

「파리, 이 늙은 창녀가 잠자리에서 돌아눕고 있어. 아주 감

보나파르트를 뜻한다. 나폴레옹 시대 파리에서는 남성 동성애와 성매매가 성행하며 하나의 문화적 흐름을 만들었다. 또한 모험가adventurer는 사기꾼, 꽃뱀을 뜻하기도 한다.

동적인 장면이지.」

나는 조반니 너머로 밖을 내다보았다. 그의 굵직한 옆얼굴은 우리 위의 하늘에서 비치는 빛과 그 자신의 피로감 때문에 회색을 띠었고, 불어 오른 센강은 누런 빛깔이었다. 강 위에 움직이는 것은 아무것도 없었다. 바지선들은 강둑에 매여 있었다. 노트르담 성당의 무게를 한 몸에 짊어진 시테섬이 저편으로 넓게 펼쳐졌고 그 너머로 파리 집들의 지붕이 보였다. 택시가 빠르게 달리고 있는 데다 안개가 껴서 흐릿하게 번져 보이긴 했지만, 진줏빛 하늘 아래 무수히 솟은 알록달록하고 땅딸막한 굴뚝들의 모습은 매우 아름다웠다. 강에 서린 안개는 수많은 나무와 돌을 뿌옇게 감쌌고, 이 도시에 나선처럼 꼬불꼬불 뻗은 흉측한 골목들과 막다른 길들을 감춰 주는가 하면, 다리 밑에서 잠을 청하는 사람들의 몸에 저주처럼 엉겨 붙기도 했다. 그중 한 명의 새까맣고 고독한 실루엣이 우리 차 바로 밑을 휙 지나쳐 강변을 따라 걸어갔다.

「어떤 쥐들은 안으로 들어갔고 이제 또 다른 쥐들이 밖으로 나오는군.」 조반니가 울적한 미소를 지으며 나를 돌아보더니, 놀랍게도 내 손을 잡아서 자기 쪽으로 끌어당겼다.

「당신은 다리 밑에서 자본 적 있어? 아니면, 혹시 그 나라에는 다리 밑에도 푹신한 침대와 따뜻한 이불이 깔려 있나?」

나는 손을 어떻게 해야 할지 몰라 난감했다. 그냥 가만히 있는 편이 나을 것 같았다.

「아직 그런 적은 없어. 하지만 나도 곧 경험하게 될 것 같아. 내가 묵는 여관에서 날 내쫓으려고 하거든.」

나는 미소를 지으며 가볍게 말했다. 추운 데서 고생하는 경험에 있어서라면 나도 그와 대등하게 일가견이 있음을 보여 주고 싶어서였다. 하지만 그에게 손을 잡힌 채로 그렇게 말했더니 형언할 수 없이 무력하고 여리고 수줍은 분위기가 되고 말았다. 더 이상 무슨 말을 해봤자 그런 인상을 무마하기는커녕 오히려 더 굳건히 하는 꼴이 되어 버릴 터였다. 나는 손을 슬쩍 빼내고 담배를 찾는 척했다.

자크가 담뱃불을 붙여 주었다.

「자네는 어디 사나?」 자크가 조반니에게 물었다.

「오, 멀리요. 외곽이에요. 거의 파리라고 할 수도 없는 곳이죠.」

「저 애는 나시옹 근처의 끔찍한 동네에 살아.」 기욤이 말을 보탰다. 「징그러운 부르주아들이 돼지 같은 애들을 키우면서 사는 곳이지.」

「자네가 거기서 딱 좋은 나이대의 애들을 못 봐서 그래. 어느 특정 시기에 접어든 아이들은, 온갖 동물을 다 닮아도 돼지만큼은 안 닮은 모습이 되거든. 하지만 그 시기는 너무나 짧아. 슬프게도!」 자크는 다시 조반니에게 질문을 돌렸다. 「여관에서 지내는 건가?」

조반니는 처음으로 살짝 불편한 기색을 비쳤다. 「아뇨. 하녀 방⁴에 살아요.」

「하녀랑 같이?」

4 옛날에 지어진 파리의 건물들에 흔히 있는, 하녀를 거주시키기 위해 따로 마련된 곁방. 대부분 꼭대기층에 딸린 좁고 열악한 옥탑방 같은 곳으로, 현

조반니는 미소를 지었다. 「아뇨. 그 하녀가 어디에 있는진 모르죠. 제 방을 한 번이라도 보셨다면 하녀가 없다는 걸 아실 텐데.」

「꼭 보고 싶구면.」

「그러면 언젠가 우리가 거기서 당신을 위한 파티를 열어야겠네요.」

너무나 정중하면서도 딱 부러지게 더 이상의 질문을 거부하는 답변이었다. 하지만 나로서는 그 발언에 반문을 제기하고픈 충동을 삼키기가 힘들었다. 기욤도 조반니를 흘끔 눈짓했지만, 조반니는 그를 보지 않고 휘파람을 불며 아침 풍경만 내다볼 뿐이었다. 지난 여섯 시간 동안 여러 결심을 했던 나는 이때 또 하나의 결심을 했다. 레알에서 조반니와 단둘이 있게 되자마자 이 문제에 대해 터놓고 이야기하기로. 나는 그가 오해했음을 밝히고, 그래도 친구로 지내도 괜찮다고 말할 작정이었다. 하지만 오히려 내 쪽에서 오해를 한 것은 아닌지 확신이 서지 않았다. 내가 입에 담기도 수치스러운 욕구에 사로잡힌 나머지 모든 것을 그런 식으로 해석하고 있는 것은 아닐까. 난처한 상황이었다. 진실을 고백해야 할 시점은 시시각각 닥쳐오는데 내가 몸을 어디로 어떻게 돌리든 피할 도리가 없었다. 물론 이대로 택시에서 뛰어내린다면 피할 수야 있겠지만, 그런 행동은 그 자체로 가장 끔찍한 고백이 되어 버릴 것이다.

이즈음 택시가 레알의 꽉 막힌 도로들과 진입 불가능한 골대에 들어서서는 값싼 셋방으로 활용되는 경우가 많다.

목길들 앞에 이르러 기사가 우리에게 어디로 가겠느냐고 물었다. 인도에도 길바닥에도 리크,[5] 양파, 양배추, 오렌지, 사과, 감자, 콜리플라워 등이 무더기로 널려서 반짝거렸고 그 뒤편으로 커다란 철제 창고들이 늘어서 있었다.[6] 창고들의 너비는 각각 길의 한 블록과 일치했고 그 안에 더욱 많은 과일과 채소 들이 쌓여 있었으며, 생선이 든 창고, 치즈가 든 창고, 갓 도살한 짐승들의 몸뚱이가 그대로 들어 있는 창고도 있었다. 이 많은 음식을 먹어 없앤다는 건 도저히 불가능할 듯 보였다. 하지만 불과 몇 시간 뒤면 저 모든 것이 없어질 테고, 프랑스 방방곡곡에서 출발한 트럭들이 파리 시내를 가로질러 또다시 이곳으로 — 바글바글 모인 중개 상인들이 톡톡히 이득을 챙기는 벌집 같은 곳으로, 아우성치는 대중을 먹여 살리기 위해 도착할 터였다. 바로 지금도 그들은 아우성을 치고 있었다. 우리가 탄 택시의 앞, 뒤, 양옆에서 사람들이 질러 대는 고함 소리가 귀를 찢으면서도 동시에 사로잡는 듯했다. 택시 기사와 조반니도 그들에게 마주 고함을 쳤다. 파리 서민들은 일요일만큼은 대개 놀라울 만큼 흥겨워 보이는 검정 옷을 차려입었지만 그 외에는 매일같이 푸른 옷을 입는 듯했는데, 지금도 푸른 옷 일색인 사람들이 저마다 짐수레, 손수레, 화물차 등을 몰거나 터져 나갈 듯 빵빵해진 바구니를 등에 비스듬히 지고서, 터무니없이 자신만만한 기세로 우

5 leek. 대파와 비슷한 백합과의 채소.
6 당시에 레알Les Halles 시장은 1850년대에 빅토르 발타르의 설계로 지어진 모더니즘 양식의 거대한 철골 구조물로 되어 있었고 파리의 대표적인 명소였다. 현재는 철거되었다.

리 앞의 통로를 지나가려고 다투면서 한 치도 양보하질 않았다. 그중에서 과일을 잔뜩 짊어진 불그레한 얼굴의 여자 하나가 조반니와 택시 기사 그리고 온 세상을 향해 유달리 원색적인 cochonnerie(욕설)를 던졌다. 기사와 조반니가 일제히 목청껏 화답했지만, 그 과일 장수 여자는 이미 우리 시야를 벗어난 뒤였고 자신이 또박또박 내뱉었던 외설적인 추측의 말을 기억하지도 못할 듯싶었다. 그때까지도 우리 중 누구도 택시 기사에게 어디서 세워 달라고 말하지 않았기에 차는 계속 천천히 기어갔다. 레알 지역에 들어서자마자 형제지간이 된 듯한 조반니와 기사는 파리 시민들의 위생, 말씨, 생식기, 습성에 대해 이런저런 의견을 나누었는데 극도로 부정적인 내용이었다. (자크와 기욤은 지나가는 남자 한 명 한 명에 대해 더더욱 형언할 수 없이 질 나쁜 의견을 나누고 있었다.) 길바닥에는 느리고 자연적인, 또는 급작스러운 재난을 당해 무참히 버려진 채소, 꽃, 과일, 푸성귀에서 떨어져 나온 썩은 잎사귀 등의 쓰레기가 나뒹굴어 포석들이 온통 미끌거렸다. 건물들의 벽이며 모퉁이마다 공중화장실, 뭉근히 타오르는 간이 화로, 카페, 레스토랑, 그리고 연기가 자욱한 노르스름한 빛깔의 작은 식당이며 선술집이 벌집처럼 들어서 있었는데, 이 중에는 겨우 아연 상판이 대어진 바 하나와 술병들만 갖춰진 다이아몬드 형태의 단칸방에 지나지 않을 만큼 조그마한 모퉁이 가게들도 있었다. 이 모든 곳에서 북적거리는 젊은 남자, 늙은 남자, 중년 남자 들은 저마다 맞닥뜨렸거나 맞닥뜨리고 있는 다양한 양상의 파탄에도 불구하고 기운

차 보였고, 여자들은 설령 남자들보다 힘이 부족하다 해도
— 사실 그다지 부족해 보이지도 않았지만 — 기민함, 참을
성, 계산하고 무게를 다는 능력, 그리고 고함치는 능력으로
그들을 능가할 만큼 큰 몫을 하고 있었다. 이 모든 풍경이 내
고향과는 닮은 데가 없었지만 조반니는 익숙한 듯 신나게 즐
겼다.

「괜찮은 곳을 하나 알아요. Très bon marché(아주 싼 데예
요).」 조반니가 기사에게 한 식당을 일러 주었다. 그러자 기
사는 자신과 주변 사람들도 즐겨 가는 곳이라고 이야기했다.
「거기가 어딘데 그래? 내가 생각한 데는…….」 자크가 심통이
난 듯 끼어들었다.

자크가 다른 식당의 이름을 대자, 조반니가 업신여기는 투
로 말했다. 「농담이겠죠? 거긴 엄청 맛없고 엄청 비싸잖아요.
관광객들이나 가는 데라고요. 우린 관광객이 아니고요.」 그러
고는 나를 향해 말을 이었다. 「내가 파리에 처음 왔을 때 레알
에서 일했거든. 오래 일했지. Nom de Dieu, quel boulot(제기
랄, 못 해먹을 짓이었어)! 다시는 그런 일을 하지 않게 해달라
고 늘 기도한다니까.」 그는 우리 차가 통과하는 골목들을 슬
픈 눈길로 바라보았다. 약간의 자조가 섞인 과장스러운 말투
를 쓰긴 했어도 그 슬픈 눈빛은 진심이었다.

그런데 택시 좌석 끝자리에 있던 기욤이 한마디 했다. 「그
랬던 자네를 누가 구해 줬는지도 말해야지.」

「아, 그렇죠. 여기 나의 구원자, 나의 고용주가 계시도다.」
조반니는 잠깐 침묵했다. 「혹시 후회하시는 건 아니죠? 제가

폐 끼치지는 않았죠? 제 일솜씨에 만족하시나요?」

「Mais oui(아, 그럼).」

기욤의 대답에 조반니는 한숨을 쉬었다. 「Bien sûr(아무렴 요).」 그는 다시 창밖을 내다보며 휘파람을 불었다. 이때쯤 차가 유난히 탁 트인 길모퉁이에 이르렀다. 기사가 차를 멈춰 세우고 말했다.

「Ici(여깁니다).」

「Ici(여깁니다).」 조반니가 따라 했다.

나는 지갑을 꺼내려고 손을 뻗었는데, 조반니가 내 손목을 확 움켜잡으며 짜증스러운 표정으로 속눈썹을 깜빡여 보였다. 최소한 돈 정도는 저 더러운 늙은이들이 쓰게 두자는 뜻이었다. 그는 아예 택시 문을 열고 밖에 내려 버렸다. 기욤은 지갑을 꺼내려 하지도 않았기에 결국 자크가 택시비를 냈다.

「윽. 여기는 딱 봐도 벌레가 우글우글하게 생겼는데. 다 같이 식중독 걸릴 일 있어?」 기욤이 우리 앞의 카페 문을 쳐다보며 말했다.

「이 바깥에서 식사할 건 아니잖아요. 사장님이 늘 가시는 그 번드르르하고 끔찍한 식당들이야말로 식중독 걸릴 위험이 훨씬 커요. 그런 곳들은 얼굴이야 늘 깨끗하게 유지하지만, mon Dieu, les fesses(어휴, 엉덩이는 안 그렇거든요)!」 조반니가 씩 웃으며 말을 이었다. 「Fais-moi confiance(제 말 믿으세요). 제가 뭐 하러 여러분을 식중독에 걸리게 하겠어요? 그랬다가는 해고나 당할 텐데요. 저는 이제야 겨우 살고 싶은 마음이 든 참이라고요.」

조반니는 여전히 빙글빙글 웃으며 기욤과 시선을 주고받았다. 나로서는 무슨 의미인지 알 수도 없고 알고 싶지도 않은 눈빛이었다. 그때 자크가 우리를 닭 떼 몰듯 한꺼번에 밀어젖히면서 히죽거리며 말했다. 「추운데 여기서 입씨름이나 하면서 서 있을 셈이야? 저 안에서 음식은 못 먹더라도 술은 마실 수 있을 거 아냐. 그리고 술은 균을 다 죽여 준다고.」

기욤이 갑자기 반색했다. 정말 대단한 표정 변화였다. 마치 힘들 때 자동으로 정맥에 비타민을 공급하는 주사기 같은 것을 몸 어딘가에 숨겨 가지고 다니는 것 같았다. 「저기 젊은 애들이 있어.」 기욤이 말했다. 우리는 모두 식당으로 들어갔다.

아연 상판이 대어진 바 위에 레드와인이며 화이트와인이든 잔들이 놓여 있었고, 그 앞에 과연 젊은이 여섯 명이 전혀 젊지 않은 사람들과 함께 둘러서 있었다. 창가에서 핀볼 기계를 가지고 놀고 있는, 얼굴에 얽은 자국이 있는 남자와 아주 거칠어 보이는 여자도 눈에 띄었다. 가게 안쪽의 테이블 자리에 앉은 손님 몇 명에게 서빙을 해주는 웨이터는 놀라울 정도로 깔끔해 보였다. 어두침침한 실내, 지저분한 벽, 톱밥으로 뒤덮인 바닥에 대조되어 그의 하얀 재킷은 눈처럼 빛났다. 테이블들 뒤편으로 언뜻 보이는 부엌에는 얼굴에 심술보가 붙은 뚱뚱한 요리사가 있었다. 예의 그 하얗고 길쭉한 요리사 모자를 쓰고 불 꺼진 시가를 입에 문 채 천천히 어슬렁거리는 모습이 꼭 저 밖에서 짐을 잔뜩 싣고 돌아다니는 트럭들과 비슷했다.

바 안쪽에는 오로지 파리에서만 배출되는 — 그것도 아주 많이 배출되는 ─ 그야말로 특출하고 굳센 여자들 중 한 명이 앉아 있었다. 이들을 만약 다른 도시에 데려다 놓으면 산꼭대기에 떨어진 인어처럼 분개하고 동요할 것이다. 파리 곳곳의 가게 계산대 뒤에 앉아, 둥지를 지키는 어미 새가 알을 품듯 금전 등록기를 품고 있는 그녀들은 자기가 있는 곳의 하늘 아래서 일어나는 그 어떤 일도 눈에서 놓치는 법이 없다. 꿈을 꿀 때가 아니라면 그 무엇에도 놀라지 않는 데다 꿈꾸는 법조차 오래전에 잊어버린 여자들이다. 그들은 마음씨가 좋지도 나쁘지도 않으며 다만 때에 따라, 각자의 표현 방식에 따라 차이가 있을 뿐이고, 보통 사람들이 화장실을 가야 할 때를 자연스럽게 알듯 자기 영역에 들어오는 사람들의 모든 것을 알아차리는 듯하다. 머리가 세었든 안 세었든, 뚱뚱하든 날씬하든, 할머니이든 처녀를 갓 떼었든 간에, 이런 부류의 여자들은 하나같이 모든 것을 빨아들이는 기민하고 텅 빈 눈을 하고 있어, 그런 눈으로 젖을 달라고 울었다거나 태양을 바라본 적이 있으리라고는 믿기지 않는다. 그들은 태어날 때부터 지폐에 굶주려 있는 것만 같다. 그래서 금전 등록기 위에 시선이 멈췄을 때가 아니면 좀처럼 시야에 초점을 잡질 못하고 눈을 찡그릴 수밖에 없는 모양이다.

이 여자는 검은색 머리카락에 잿빛이 섞여 있고 얼굴 생김새로 보아 브르타뉴 출신인 듯하다. 바 앞에 서 있는 대부분의 사람들과 마찬가지로 그녀도 조반니와 아는 사이로, 제 나름의 방식으로 그를 좋아하는 것 같다. 그녀는 깊은 골이 패인 커다란 가슴에 조반니를 푹 파묻히게 끌어안고는 굵고 우렁찬 목소리로 외친다.

「Ah, mon pote! Tu es revenue(아, 친구! 돌아왔구나)! 드디어 돌아왔어! Salaud(이 자식)! 이제 부자가 돼서 부자 친구들하고만 노느라고 우리한텐 코빼기도 안 비쳤구나! Canaille(나쁜 놈아)!」

그러고는 우리들, 〈부자 친구들〉을 향해 활짝 웃으며 기분 좋게도 막연한 호의를 내비친다. 하지만 그 막연한 태도는 지어낸 것이다. 그녀는 별로 힘들이지 않고도 우리가 태어난 순간부터 이날 아침까지 살아온 인생 내력을 낱낱이 파악했을 테니까. 우리 중 누가 얼마나 부자인지도 정확히 알아차렸을 테고 그게 내가 아니라는 사실도 뻔히 알 것이다. 그래서인지 그녀가 나를 보는 눈길에는 아주 어렴풋이 애매한 빛이 스쳤다. 하지만 결국에는 모든 진상을 밝혀내리라고 자신한 듯하다.

「알잖아요. 진지하게 일할 때는 놀 시간도 없다니까요.」조반니가 그녀에게서 몸을 떼고 머리카락을 쓸어 넘기며 말한다. 그러자 그녀가 짓궂게 받아친다.

「어이구, 웃기고 있네.」

「하지만 나처럼 젊고 팔팔한 남자라도 피곤할 땐 엄청 피곤하다고요.」조반니의 말에 그녀는 웃음을 터뜨린다. 「그러면 일찍 자야 하고요.」그녀가 또 깔깔 웃는다. 「〈혼자서〉 말이죠.」조반니는 그 말로 모든 것이 증명된다는 듯이 선언한다. 그러자 여자는 안타까운 듯 혀를 차고는 또다시 웃는다.

「그러면 집에 가는 길이야, 아니면 집에서 나오는 길이야?

아침 먹으러 온 거냐, 아니면 자기 전에 술 한잔 하러 온 거냐 이 말이야. 아니, 제기랄. 네 녀석 얼굴이 진지하지가 않잖아. 술이나 마시러 온 거겠지.」

바 앞에 있던 누군가가 말한다. 「아무렴. 그렇게 과로를 했으면 화이트와인 한 병 정도는 마셔 줘야겠지. 굴도 수십 개쯤은 먹어야 할 거고.」

가게 안 사람들 모두가 웃음을 터뜨린다. 다들 우리를 보지 않는 척하면서 보고 있기에 나는 유랑 서커스단의 일원이된 기분이다. 또한 그들 모두 조반니를 무척 자랑스러워하는 기색이다.

「아주 좋은 생각이에요, 친구. 정확히 내가 바라던 것이기도 하고.」 조반니가 그 사람에게 말하고는 우리에게로 몸을 돌린다. 「내 친구들을 소개해야겠네요.」 그가 나와 바 안쪽의 여자를 번갈아 본다. 그의 목소리가 미세하게 반음쯤 낮아진다. 「이쪽은 므시외[7] 기욤이에요. 제 고용주죠. 내가 진지하게 일하는지 아닌지는 이분에게 물어보세요.」

「아, 하지만 나는 이분이 얼마나 진지한지도 의심스러운 걸.」 그녀는 과감한 말을 던지고는 깔깔 웃음으로써 자신의 객기를 무마한다.

그러자 기욤이 바 앞의 젊은 남자들에게서 어렵사리 눈을 돌리고 그녀에게 손을 내밀며 미소 짓는다. 「마담[8] 말씀이 맞습니다. 저보다 저 친구가 훨씬 더 진지하게 일하거든요. 언

---

7 프랑스에서 남성에게 붙이는 경칭.
8 프랑스에서 기혼 여성 또는 지체 높은 여성에게 붙이는 경칭.

젠가는 제 바의 사장 자리도 차지해 버리는 건 아닐까 걱정입니다.」

그녀는 내심 〈해가 서쪽에서 뜨는 날에나 그러겠지〉라고 생각하면서도, 만나서 반갑다며 기욤과 힘차게 악수를 한다.

「이분은 므시외 자크예요. 저희 가게에 오시는 훌륭한 손님들 중 한 분이죠.」

「Enchanté, madame(반갑습니다, 마담).」 자크가 최대한 매력적인 미소를 짓는다. 그녀는 그 미소를 지극히 엉성하게 흉내 내어 화답한다.

「그리고 이쪽은 〈므시외 아메리카〉. 므시외 데이비드라고도 해요. 여기는 마담 클로틸드.」

조반니가 말하고는 뒤로 약간 물러선다. 그의 눈 속에서 타오르는 무언가가 얼굴 전체를 환히 밝히고 있다. 기쁨과 자부심이다.

「Je suis ravie, monsieur(만나서 반가워요, 므시외).」 그녀가 나를 바라보며 악수를 하고 빙긋 웃는다.

나는 이유도 잘 모른 채 덩달아 웃는다. 내 속에 있는 모든 것이 붕붕 날뛰는 것 같다. 조반니가 태평하게 내 어깨에 팔을 두르더니 외친다. 「뭐 맛있는 것 없어요? 우리 배고파요.」

「술부터 먼저 마셔야지!」 자크가 받아친다.

「술은 앉아서 마셔도 되잖아요. 안 그래요?」 조반니가 말한다.

「안 돼.」 기욤이 조반니에게 대꾸한다. 지금 바 앞을 떠난다는 것은 그에게는 약속의 땅에서 끌려 나가는 것이나 마찬가지이리라.「우선 여기 바 앞에 서서, 마담과 함께 술부터 마셔야겠어.」

　바람이 모든 것을 스치고 지나가거나 빛이 미미하게 밝아지는 것처럼, 기욤의 제안은 아주 미세한 변화를 일으켰다. 바 앞에 모인 사람들이 아주 익숙한 연극을 상연하는 하나의 극단이 된 듯 저마다의 배역을 연기하기 시작한 것이다. 마담 클로틸드는 일단 사양했지만, 아주 잠깐만 빼다가 그의 제안을 받아들이고 무언가 비싼 종류의 술을 골랐다. 샴페인이었다. 그녀는 술을 홀짝이며 일부러 지극히 두루뭉술한 대화를 이어 가다, 기욤이 바 앞의 청년들 중 한 명과 본격적인 접촉을 시작하기 직전에 자리에서 사라져 줄 터였다. 한편 청년들은 저마다 눈에 띄지 않는 방식으로 각자의 매력을 과시하고 있었다. 자신과 자신의 〈친구〉가 앞으로 며칠간 얼마만큼의 돈이 필요할지 이미 다 계산했고, 그에 비해 기욤의 가치가 어느 정도인지도 소수점 이하 자리까지 평가했으며, 그들이 기욤을 돈줄로서 얼마나 오래 써먹을 수 있을지, 얼마나 오래 참아 줄 수 있을지까지도 다 판단을 마쳤다. 단 한 가지 남은 문제는 기욤을 〈못되게〉 대할지 아니면 〈친절하게〉 대할지에 대한 것이었지만, 아마도 못된 방식으로 그를 등쳐 먹게 되리라는 것도 그들은 알고 있었다. 또한 자크도 있었다. 자크는 보너스가 될 수도 있고 단순히 아차상 같은 존재로 남을 수도 있었다. 물론 나 역시 그들의 고려 대상이었지만, 내 경우엔 전혀 다른 차원의 문제였다. 번듯한 집도, 푹신한 침대도, 음식도 내줄 수 없는 나는 순수한 애정의 상대가 될 가능성이 있었던 것이다. 하지만 조반니의 môme(애인)에 해당하는 나를 그들이 명예롭게 손에 넣을 방법은 없었다. 그들이 조반니와 내게 호의를 전하고자 한다면, 저 늙은이 두 명을 우리에게서 떼어 내주는 것만이 유일하게 현실적으로 타당한 선택지였다. 그리하여 그들은 모종의 유쾌한 확신에 찬 기운을 내뿜으며 각자가 맡은 연기에 임했고, 자기 이익을 추구하면서도 이타심을 베푸는 기쁨으로 빛을 발했다.

나는 블랙커피와 함께 코냑을 큰 잔으로 시켰다. 조반니는 멀찍이 떨어진 데서 마르[9]를 마시고 있었고, 그의 양옆에는 온 세상의 먼지와 병균은 다 품고 있는 듯한 노인 한 명과, 언젠가 미래에 그 노인처럼 될 성싶은 붉은 머리의 청년 한 명이 있었다. 사실 흐리멍덩한 그 청년의 눈 속에서 미래 같은 실질적인 것은 찾아보기도 힘들었지만 말이다. 하지만 그에게는 어딘가 말과도 같은 섬뜩한 아름다움이 있는 데다 나치 돌격대원 같은 인상도 엿보였다. 그는 은근슬쩍 기욤을 지켜보고 있었고, 기욤과 자크가 자신을 지켜본다는 것도 알고 있었다. 그리고 기욤은 마담 클로틸드와 수다를 떨고 있었다. 두 사람은 졸부들 때문에 모든 것의 수준이 저하되어서 장사하기가 힘들다며, 이 나라에는 드골이 필요하다고 입을 모았다. 다행히도 둘 다 이런 이야기를 너무 많이 해봤기에 별로 주의력을 집중할 필요도 없이 대화가 저절로 흘러가다시피 했다. 자크는 곧 청년들 중 한 명에게 술을 권할 심산이었지만, 그 전에 잠시 내 삼촌 노릇을 하고 싶었던지 내게 말을 걸

9 marc. 포도주를 만들고 남은 포도 찌꺼기를 증류한 브랜디의 일종.

었다.

「기분이 좀 어떤가? 오늘은 자네에게 아주 중요한 날인데.」

「괜찮아요. 당신은요?」

「절세미인을 본 기분이로군.」

「그래요? 어떤 미인인데요?」

「농담이 아니야. 나는 자네를 말하는 거야. 〈자네〉가 바로 그 미인이라고. 오늘 밤 자기 모습이 어땠는지 봤어야 해. 바로 지금 모습도.」

나는 묵묵히 그를 쳐다만 보았다.

「자네가 이제…… 몇 살이더라? 스물여섯, 일곱? 나는 거의 그 두 배는 먹었지. 말해 두겠는데, 자넨 운이 좋은 거야. 이런 일을 지금 겪고 있다는 게 행운인 줄 알라고. 마흔 살이나 그즈음 되어서 이런 일을 겪었다가는 그저 파멸할 뿐, 아무런 희망이 없으니 말이야.」

「제가 무슨 일을 겪고 있는데요?」 내 딴에는 냉소적으로 반문했지만 내 말투는 전혀 냉소적으로 들리지 않았다.

자크는 대답 대신 한숨만 쉬더니, 붉은 머리 청년에게 잠깐 눈길을 던졌다. 그러고는 나를 돌아보았다. 「헬라에게 편지 쓸 거야?」

「평소에도 자주 쓰는데요. 또 쓰겠죠.」

「내 질문은 그 뜻이 아니잖아.」

「오, 저는 헬라에게 편지를 쓸 예정이냐고 물으신 줄 알았는데요.」

「그러면 다시 묻지. 헬라에게 보낼 편지에 어젯밤과 오늘 아침의 일들에 대해서 쓸 건가?」

「굳이 편지에 쓸 만한 일이 뭐가 있었는지 모르겠군요. 그리고 제가 그러든 말든 당신과 무슨 상관이죠?」

그러자 자크는 모종의 절망으로 가득한 표정으로 나를 보았다. 그 전까지는 그에게 있는 줄도 몰랐던 감정이었다. 나는 문득 두려워졌다.「나와는 상관없어. 자네와 상관있지. 그녀에게도 상관이 있고. 그리고 저 딱한 녀석에게도 마찬가지야. 저기 저 녀석은, 자네를 그런 식으로 바라보는 게 사자 아가리에 머리를 집어넣는 짓인 줄도 모르고 있어. 자네는 그 사람들도 나처럼 취급할 작정이야?」

「당신처럼이라뇨?〈당신〉이 여기서 대체 왜 나오는데요? 내가〈당신〉을 어떻게 취급했다고 그래요?」

「나를 아주 부당하게 대했지. 아주 부정직했고.」

이번에야말로 나는 냉소적으로 대꾸했다.「그 말씀은 즉, 이런 뜻인가요? 당신을 공정하고 정직하게 대하려면 내가…… 내…….」

「자네가 나를 조금 덜 경멸했어야 공정한 처사였을 거라는 뜻이야.」

「유감이군요. 하지만 굳이 그 이야기를 꺼내시니 저도 말하자면, 당신 삶의 많은 부분이 실제로 경멸받을 만하다고 생각하는데요.」

「자네 인생에 대해서도 똑같이 말할 수 있어.」자크가 말했다.「사람이 경멸을 사는 데에는 너무나 많은 이유가 있어서 그걸 다 따지려면 머리가 핑핑 돌 정도지. 하지만 진정으로 경멸받을 만한 짓이 뭔지 알아? 그건 다른 사람들의 고통을 업신여기는 거야. 지금 자네 눈앞에 있는 남자가 한때는 자네보다도 더 젊었다는 것, 그리고 눈치채지 못할 만큼 느린 속도로 지금의 비참한 지경에 이르렀다는 것을 자네는 좀 이해할 필요가 있어.」

침묵이 흘렀다. 멀찍이서 조반니의 웃음소리가 우리 사이의 침묵을 위협하듯 들려왔다. 마침내 나는 입을 열었다.

「아니, 당신은 이렇게 사는 것 외에는 달리 방법이 없어요? 어두컴컴한 데서 5분 동안 더러운 짓 하려고 남자애들 앞에 무릎 꿇으면서 평생을 살아야만 하는 거예요?」

「자네 앞에서 무릎 꿇었던 남자들을 생각해 봐. 그동안 뭔가 다른 것을 생각하면서 자기 다리 사이 어둠 속에서 일어나고 있는 일을 모른 척 외면했던 자네 자신도.」

나는 호박색 코냑과 금속 바 표면 여기저기에 동그랗게 맺힌 물기를 노려보았다. 금속 바 저 밑에 갇힌 내 얼굴의 상(像)이 절망적으로 나를 올려다보고 있었다.

「자네는 내가 맺는 관계들이 치욕적이기 때문에 내 인생도 치욕적이라고 생각하지. 그래, 그 관계들은 치욕적이야. 하지만 그게 〈왜〉 그렇게 느껴지는가 하는 의문도 가져 봐야지.」

「왜…… 치욕적인데요?」

「애정이 없으니까. 기쁨도 없고. 고장 난 콘센트에 플러그를 꽂는 것이나 같아. 접촉만 할 뿐 연결되진 않지. 연결되지도 않고, 빛도 안 들어오고, 처음부터 끝까지 접촉뿐이야.」

「왜요?」

「그건 자네 자신에게 물어봐. 그러면 언젠가는 오늘 아침이 괴롭게 기억되지 않는 날이 올 테니.」

나는 조반니를 건너다보았다. 그는 어느 피폐해 보이는, 한때는 아주 예뻤겠지만 이제 다시는 예뻐지지 못할 여자에게 팔을 두르고 있었다.

자크가 내 시선을 좇으며 말을 이었다. 「그는 자네를 무척 좋아해. 벌써부터 말이야. 그런데 자네는 행복하거나 우쭐하기는커녕 두렵고 수치스러운 것 같군. 왜지?」

「이해가 안 되니까요.」 나는 끝내 털어놓았다. 「그가 말하는 우정이 무슨 뜻인지 모르겠어요. 우정이라는 말로 그가 무엇을 의미하는 건지 모르겠다고요.」

자크가 소리 내어 웃었다. 「그가 말하는 우정이 무슨 뜻인지는 몰라도 안전하지 않다는 느낌은 드나 보군. 그것 때문에 자신이 바뀌어 버릴까 봐 두려운 거지. 그러면 자네는 이제까지 어떤 종류의 우정을 나눠 봤나?」

나는 대답하지 않았다.

「같은 의미에서, 또 어떤 종류의 사랑을 해봤나?」

나는 한참을 묵묵부답이었다. 기다리다 못한 자크가 나를 놀렸다. 「나와, 나오라고. 어디에 있는진 몰라도!」[10]

---

10 영어 문화권에서 아이들이 숨바꼭질 놀이를 할 때 흔히 쓰는 표현. 〈나오다come out〉는 동성애자가 자신의 성적 지향을 밝힌다는 뜻의 관용구이기도 하다.

나는 오싹한 한기를 느끼며 피식 웃었다.

자크가 열띤 목소리로 말했다. 「그를 사랑해 줘. 사랑을 하고, 사랑을 받으란 말이야. 세상에 그 외에 중요한 일이 뭐가 있겠나? 그리고 그게 길어야 얼마나 가겠어? 자네 둘 다 남자고, 어디로든 마음대로 갈 수 있는데. 기껏해야 5분일 거야. 장담해. 겨우 5분, 그나마도 대부분의 시간 동안은 어둠 속에서 하게 되겠지. 슬프게도! 만약 자네가 그걸 더럽다고 생각한다면 그건 〈정말로〉 더러운 행위가 될 거야. 스스로 아무런 가치도 두지 않고, 자기 자신과 상대방의 육체를 경멸할 테니까. 하지만 둘이서 함께 그 시간을 전혀 더럽지 않게 만들수도 있어. 서로에게 무언가를 내주고, 그로써 둘 다 더욱 나은 사람으로 영원히 거듭날 수도 있단 말이야. 그러려면 자네가 수치심을 버려야 해. 안전한 곳에서 벗어나야 한다고.」그는 말을 끊고 나를 바라보더니 자신의 코냑 잔을 내려다보았다. 그의 어조가 달라졌다. 「자네는 안전한 곳에 충분히 오래 있었어. 계속 그러다가는 자기 자신의 더러운 몸속에 갇히게 돼. 영원히, 영원히, 영원히…… 나처럼.」그는 코냑을다 마시고, 빈 술잔을 바 위에 소리 나게 내려놓아서 마담 클로틸드의 주의를 끌었다.

그녀는 만면에 웃음을 띠고 재깍 다가왔다. 그와 동시에 기음이 붉은 머리 청년에게 과감히 미소를 보냈다. 마담 클로틸드는 자크의 잔에 코냑을 따라 주고는, 의문스러운 눈길로 나를 보더니 반쯤 찬 내 잔 위에 술병을 가져다 댔다. 나는머뭇거렸다.

「Et pourquoi pas(뭐 어때요)?」 그녀가 미소 지으며 말했다.

결국 나는 잔을 비웠다. 그러자 마담 클로틸드는 술을 따라 준 뒤 아주 잠깐 기욤을 흘긋 눈짓했다. 기욤이 이렇게 외쳤던 것이다. 「Et le rouquin là(그리고 저 빨간 머리도)! 빨간 머리 청년이 마시는 건 뭐죠?」

그 말에 마담 클로틸드가 몸을 휙 돌렸는데, 마치 어느 여배우가 아주 강렬하고 기력 소모가 심한 장면을 연기하다 극도로 절제된 마지막 대사를 읊으려는 듯한 분위기였다.

「On t'offre, Pierre(네게 한잔 사신다는구나, 피에르). 뭘 마시겠니?」

그녀가 위엄 있게 말하며 가게에서 가장 비싼 코냑병을 살짝 들어 올렸다.

「Je prendrai un petit cognac(그럼 코냑 조금만 마실게요).」 피에르가 잠시 뜸을 들이다 웅얼웅얼 대답했다. 이상하게도 이때 그는 얼굴을 붉혔고, 떠오르는 태양의 창백한 빛을 받으니 하늘에서 막 떨어진 천사처럼 보였다.

피에르의 잔을 채워 준 마담 클로틸드는 서서히 꺼져 드는 빛처럼 아름답게 녹아 가는 긴장감 한가운데에서 선반 위의 술병을 갈아 놓은 다음 금전 등록기 쪽으로 돌아갔다. 그곳은 무대의 주변부로서, 사실상 무대 밖이라고 할 수 있었다. 그곳에서 그녀는 남은 샴페인을 마시며 스스로를 추슬렀다. 그녀가 한숨을 쉬고 술을 홀짝거리며 밖에서 천천히 밝아 오는 아침을 흐뭇하게 내다보는 동안, 기욤은 〈je m'excuse un instant, Madame(마담, 잠시 실례하겠습니다)〉이라고 중얼거리고는 우리 뒤를 지나쳐 붉은 머리 청년에게로 건너갔다.

나는 빙그레 웃으며 말했다. 「제 아버지는 전혀 알려 주지 않았던 것들이군요.」

자크가 대답했다. 「자네 아버지든 내 아버지든, 〈누군가〉는 우리에게 말해 줬어야 했어. 사랑 때문에 죽는 사람은 별로 없다고. 오히려 사랑이 없어서 뒈지는 사람들이 훨씬 많다고. 지금도 수많은 사람들이, 시시각각, 온갖 얄궂은 장소에서 뒈지고 있단 말이야! 저기 자네 소년이 오는군. Sois sage. Sois chic(현명하게 처신해. 친절하게 대하라고).」

자크는 몸을 살짝 비키더니 자기 옆에 있던 청년에게 말을 걸었다.

정말로 나의 소년이 오고 있었다. 온통 환한 햇살 속에서 그의 얼굴은 발그레했고, 머리카락이 나부꼈고, 눈은 믿을 수 없을 만큼 샛별처럼 빛났다. 「내가 매너 없게 너무 오래 자리를 비웠지? 많이 심심하진 않았어야 할 텐데.」

「너는 확실히 심심하진 않았나 보네. 크리스마스 아침에 잠에서 깨어난 다섯 살짜리 아이 같은 얼굴인 걸 보니.」

내 말에 그는 반색했다. 익살맞게 입술을 오므리는 표정을 보니 심지어 우쭐하기까지 한 모양이었다. 「그럴 리가 없는데. 나는 크리스마스 아침마다 항상 실망했는걸.」

「아, 아주 이른 아침 말이야. 트리 밑에 뭐가 있는지 확인하기 전에.」

내 마지막 말에 조반니가 의미심장한 눈빛을 짓는다. 그 말에 내가 의도치 않은 double entendre(이중적 의미)가 담겨 있다는 뜻이다. 우리는 웃음을 터뜨린다.

「배고파?」그가 물었다.

「만약 내가 살아 있고 맨정신이었다면 배가 고팠겠지만, 지금은 모르겠군. 너는?」

「우리 둘 다 먹어야 할 것 같은데.」그가 확신이라곤 전혀 없는 투로 말했다. 둘 다 또 웃음을 터뜨렸다.

「그래, 뭐 먹을까?」내가 물었다.

「평소 같았으면 나는 화이트와인과 굴 같은 메뉴는 엄두도 못 냈겠지만, 그런 밤을 보내고 나서 먹는 음식으로는 그게 제격이긴 하지.」

「그럼 그렇게 하자. 아직 테이블로 걸어갈 수 있을 때.」나는 조반니 너머로 기욤과 붉은 머리 청년을 건너다보았다. 둘은 무언가 화젯거리를 찾은 모양이었다. 무슨 대화일지 나로서는 상상할 수도 없었지만. 그리고 자크는 훤칠하고 아주 앳된 외모에 얼굴이 얽은 청년과의 대화에 깊이 몰두하고 있었다. 검은 터틀넥 스웨터를 입어서 실제보다 더 창백하고 말라 보이는 그는 우리가 처음 식당에 들어왔을 때 핀볼 기계를 가지고 놀고 있던 청년이었다. 이름은 이브라고 했다.
「저 사람들도 지금 식사하려나?」나는 조반니에게 물었다.

「지금은 아닐걸. 하지만 조만간 먹긴 먹겠지. 다들 엄청 배가 고프거든.」조반니의 말은 우리 친구들보다는 바 앞의 청년들을 가리키는 뜻인 것 같았다. 우리는 정찬실로 자리를 옮겼다. 그곳엔 아무도 없었고 웨이터도 눈에 띄지 않았다.

「마담 클로틸드! 저희 여기서 식사 좀 할게요.」

조반니가 외치자 마담 클로틸드가 역시 외침으로 화답했고, 곧이어 웨이터가 나타났다. 이만큼 가까이에서 웨이터를 보니 재킷이 멀리서 봤을 때처럼 티 하나 없이 깨끗하지는 않았다. 그리고 조반니의 외침은 자크와 기욤에게 우리가 정찬실에 있다는 사실을 공식적으로 알리는 노릇도 했다. 이제 자크와 기욤을 상대하는 청년들이 느끼기에 두 남자의 애정 공세가 한층 더 거칠어질 것이다.

「빨리 먹고 가자. 오늘 밤에도 나는 일해야 돼.」 조반니가 말했다.

「기욤도 여기서 처음 만났어?」

내 질문에 그는 낯을 찌푸리곤 시선을 떨어트렸다. 「아니. 그 얘기는 하자면 길어.」 그가 씩 웃었다. 「여기서 만난 건 아니야. 어디서 만났냐 하면…….」 조반니가 웃음을 터뜨리곤 말을 맺었다. 「영화관에서!」 우리 둘 다 킬킬 웃었다. 「C'était un film du far west, avec Gary Cooper(게리 쿠퍼가 나오는 서부극이었어).」 이 말도 엄청나게 웃기게 들렸다. 우리는 웨이터가 화이트와인을 가져올 때까지 연신 키들거렸다.

「음, 영화에서 마지막 총성이 울리고, 선의 승리를 찬양하는 음악이 쾅쾅 울려 퍼질 때, 통로로 나오다가 어떤 남자하고 부닥친 거야. 바로 기욤이었지.」 조반니가 눈이 촉촉해진 채로 와인을 홀짝이며 말했다. 「나는 죄송하다고 하고 로비로 나갔어. 그런데 기욤이 나를 따라와서는, 내가 앉았던 좌석에 자기 스카프를 떨어트렸다며 장황한 이야기를 늘어놓더라고. 자기가 내 뒷자리에 앉아 있었고 자기 코트랑 스카프를 내 좌석 등받이에 걸쳐 뒀는데, 내가 앉을 때 자기 스카프가 딸려 내려갔다는 거지. 뭐, 그래서 나는 이 영화관 직원이 아니라고 하고는, 스카프를 어떻게 찾을 수 있을지 말해 줬지. 하지만 화가 나진 않았어. 기욤 이야기가 하도 웃겨서 말이야. 영화관 직원들은 죄다 도둑이라는 둥, 그들이 그 스카프를 봤다면 당연히 가지려고 했을 거라는 둥, 무진장 비싼 거고 어머니가 주신 선물이라는 둥……. 오, 정말이지 그레타 가르보도 저리 가라 할 정도의 명연기였다니까. 그래서 나는 자리로 돌아가 봤는데, 당연히 스카프는 없었어. 그래서 없다고 말했더니만 그 작자가 로비에서 당장 쓰러져 죽으려고 하는 거야. 그 지경이 되니 주변 사람들 반응이 어땠겠어? 모두가 기욤과 내가 동행인 줄 알았단 말이야. 이 작자를 걷어차야 할지, 우리를 구경하는 사람들한테 발길질을 해야 할지 알 수가 없더라고. 하지만 물론 기욤은 아주 잘 차려입고 있었고 나는 아니었으니까, 그래, 일단은 이 로비에서 벗어나야겠다 싶더라. 그래서 카페로 옮겨 가서 테라스 자리에 앉았어. 얼마 있으니 기욤은 스카프를 잃은 설움이며 어머니가 뭐라고 하실지에 대한 걱정 따위는 전부 털어 버리고 나한테 저녁을 같이 먹자고 하더군. 내 대답이야 뻔했지. 싫다고 했어. 그자에게 시달리는 건 그때까지만도 충분했으니까. 하지만 그랬더니 그 카페 테라스에서 또 한바탕 난리법석이 벌어질 판이어서, 나는 며칠 뒤에 저녁 식사를 같이 하자고 약속하지 않을 수가 없었어. 약속만 해두고 안 나갈 작정이었지만.」조반니는 겸연쩍게 빙긋 웃었다.「그런데 막상 그날이 닥치니, 뭘 못 먹은 지 오래돼서 배가 고프지 뭐야.」그가 나를 바라보았다. 그 얼굴에서 나는 이전에 언뜻 스치듯 보았던 무언가를 다시금 목격했다. 그의 아름다움과 허세 이면에 깃든 공포, 그리고 상대방을 기쁘게 해주고 싶은 지독한 열망. 그건 끔찍하게, 끔찍하도록 애틋해서, 손을 뻗어 그를 달래 주고 싶은 충동으로 가슴이 아파 올 정도였다.

웨이터가 굴을 날라 왔다. 우리는 먹기 시작했다. 햇빛이 드는 자리에 앉은 조반니의 검은 머리카락에 와인의 노란 광채와 굴 껍질의 뿌연 무지갯빛이 반사되었다.

「그래서…….」그가 입을 실그러뜨리며 입을 열었다.「당연하지만 저녁 식사는 끔찍했어. 그는 자기 집에서도 난리법석을 떨 수 있는 위인이었으니까. 그런데 알고 보니 기욤이 어느 술집 사장인 데다 프랑스 시민권자라는 거야. 나는 시민도 아니고, 직업도 없고, 취업 허가증도 없었거든. 그러니 그가 내 몸에 손을 못 대게만 할 수 있다면 유용하게 써먹을 수 있겠다 싶었지. 하지만…….」조반니는 또다시 예의 그 표정으로 나를 보았다.「그의 손을 완전히 막아 내는 데 성공하진 못했어. 문어보다도 많은 손을 가진 데다, 도무지 품위라고는 없는 사람이라서. 그래도…….」그는 굴 하나를 입속에 털어넣고는 나와 자신의 와인 잔을 채우며 말을 이었다.「그래도 이제 나는 carte de travail(취업 허가증)가 생겼고, 취직도 했어. 돈도 잘 벌지.」그가 씩 웃었다.「내가 그쪽 장사에 도움이 되나 보더라고. 그래서 기욤은 대체로 나를 가만 놔두고 있어.」그는 바 쪽을 내다보더니, 아이 같으면서도 아주 늙은 노인 같은 슬픔과 당혹감을 비치며 말했다. 「그는 사람이라고 할 수도 없어. 도대체 뭔지 모르겠어. 끔찍한 작자야. 하지만 이제 나는 어엿한 취업 허가증이 있으니까. 일자리는 또 다른 문제지만……」 그는 목재 식탁을 툭툭 두들겼다. 「지금까지 거의 3주째 아무 말썽도 없이 잘 지내고 있어.」

「하지만 언젠가는 말썽이 생길 거라고 생각하나 보군.」 내가 말했다.

「오, 그렇지.」 조반니가 깜짝 놀란 눈으로 나를 보며 재빨리 대답했다. 자신이 한 말들 중 한 마디라도 내가 이해한 것일까 궁금해하는 듯했다. 「조만간 또 말썽이 좀 생기긴 할 거야. 물론 그 사람 성격상 당장 뭘 어떻게 하지는 않겠지만. 내게 화를 낼 만한 구실을 뭔가 만들어 내겠지.」

한동안 우리는 굴 껍데기들에 둘러싸인 채 말없이 앉아 담배를 피우고 와인을 마셨다. 갑자기 무척 피곤해졌다. 나는 우리가 앉아 있는 기묘하고 비틀린 모퉁이 자리를 에워싼 좁은 거리를 바라보았다. 길은 햇살에 물들어 황동빛을 띠었고 내가 절대로 이해하지 못할 사람들로 북적이고 있었다. 불현듯 마음이 저려 왔다. 집에 가고 싶어서 견딜 수가 없었다. 파리의 골목길들 중 한 군데에 있는, 내 밀린 숙박료 청구서를 든 수위가 문앞을 가로막고 있는 여관으로 가고 싶은 것이 아니었다. 저 바다 건너 내 고향으로, 내가 알고 또 이해하는 사물들과 사람들이 있는 곳으로 가고 싶었다. 내가 언제나, 속절없이, 내 영혼이 얼마나 어떻게 비참해지더라도 세상 그

무엇보다도 사랑할 수밖에 없을 사물과 장소와 사람 들에게
로. 이런 감정은 처음이었기에 나는 겁이 났다. 방랑자이자
모험가로서의 나 자신이, 어디에도 뿌리내리지 못한 채 세상
을 떠돌아다니는 내 모습이 선명하게 눈앞에 떠올랐다. 나는
조반니의 얼굴을 돌아보았지만, 그래도 소용은 없었다. 조반
니 역시 내가 속하지 않은 이 이상한 도시의 일부분이었으니
까. 그러고 보면, 지금 내게 벌어지고 있는 일들은 내가 믿고
싶은 방식으로 이상하지는 않았다. 만약 그랬다면 차라리 마
음이 편했을 것이다. 하지만 이건 아예 믿기지가 않을 만큼
이상했다. 비록 내 마음속 깊은 곳에서는 〈창피한 줄 알아!
창피한 줄 알라고!〉라는 외침이 쩌렁쩌렁 울리고 있긴 했지
만, 내가 어느 젊은 남자와 이렇게나 급작스럽게 그리고 흉
측하게 얽히게 되었다는 사실 자체는 그다지 이상하지 않았
다. 정말로 이상한 것은 온갖 인연들이 지독하게 얽히고설키
는 일이 온 세상에서, 끊임없이, 영원히 계속되고 있으며, 내
경우는 그중에서도 극히 조그마한 일부분에 지나지 않는다
는 사실이었다.

「가자.」

조반니의 말에 나는 그와 함께 바로 돌아갔다. 식사값은
조반니가 계산했다. 그때쯤 되니 바에 있는 사람들은 샴페인
한 병을 새로 따서 마시고 있었고 자크와 기욤은 본격적으로
취해 가고 있었다. 추태가 벌어질 게 뻔했는데, 저 참을성 많
은 딱한 청년들이 음식을 얻어먹을 수나 있을지 의문이었다.
조반니는 기욤에게 잠깐 말을 걸고 이따가 가게 문을 열겠다

고 이야기했다. 자크는 창백하고 훤칠한 청년과 대화하느라 너무 바빠서 내게 신경 쓸 여력이 별로 없었으므로, 나는 그에게 간단히 아침 인사만 건네고 조반니와 함께 그곳을 떠났다.

「나는 숙소로 가야겠어. 숙박료를 내야 하거든.」 길거리로 나온 뒤 나는 조반니에게 말했다. 그러자 그는 나를 빤히 쳐다보더니 부드럽게 말했다.

「Mais tu es fou(미쳤구나). 지금 숙소로 돌아가서 뭐 하게? 못생긴 수위를 맞닥뜨린 다음 그 방에 처박혀서 혼자 잠들었다가 나중에 깨어나고 나면, 속은 쓰리고, 입은 쓰고, 확 자살하고 싶기밖에 더 해? 그러지 말고 나랑 같이 가자. 푹 자고 교양인다운 시간에 일어나서 어딘가에서 가볍게 식전주 좀 한 다음 저녁을 먹는 거야. 그러면 훨씬 즐거울걸.」 그가 싱긋 웃으며 덧붙였다. 「틀림없이 그럴 거야.」

「하지만 나는 옷도 챙겨야 해서.」

그가 내 팔을 잡았다. 「당연하지. 하지만 지금 당장 챙길 필요는 없잖아.」 나는 뒤로 물러섰다. 그가 멈칫했다. 「나랑 같이 가자. 그 방 벽지나 여관 수위보다야 내가 훨씬 예쁘잖아. 깨어났을 때는 내가 당신에게 미소 지어 줄 테고. 거긴 그런 것도 없을 텐데.」

「아, tu es vache(너 정말 못됐다).」

「못된 건 당신이지. 내가 아무 도움 없이 혼자서 집까지 가기에는 너무 취했다는 걸 뻔히 알면서 이 외로운 곳에 나를 혼자 버려두고 갈 생각을 하다니.」

서로 짓궂게 쏘아붙이는 게임에 몰두하던 우리는 끝내 웃음을 터뜨렸다. 걷다 보니 세바스토폴 대로에 이르렀다. 「하지만 당신이 조반니를, 이렇게 위험한 시간에, 적대적인 도시 한복판에다 어떻게 내버리고 싶어 하는가 하는 고통스러운 주제로 토론하는 건 이쯤에서 그만하자.」 그러고 보니 조반니도 초조해하고 있는 것 같았다. 길 저편에서 택시 한 대가 우리 쪽으로 천천히 다가왔다. 조반니가 손을 들어 올렸다. 「내 방을 보여 줄게. 어차피 당신은 머지않아 거길 봐야 할 테니.」 택시가 우리 옆에 멈춰 섰다. 조반니는 내가 뒤돌아 도망칠까 봐 더럭 두려워진 듯 나를 먼저 택시 안으로 밀어 넣고는, 내 옆에 올라탄 뒤 기사에게 말했다. 「나시옹으로요.」

　그의 집이 있는 길은 넓었고 규모가 컸다. 우아하다기보다는 점잖은 분위기였고, 꽤 최근에 지어진 아파트들이 들어서 있었으며 길 끝에는 작은 공원이 자리 잡고 있었다. 조반니는 이 길에서 맨 마지막 건물 1층의 뒤편에 위치한 방에 살았다. 우리는 로비와 엘리베이터를 거쳐 짧고 어둑한 복도를 지나 그의 방에 이르렀다. 작은 방 안에 어질러진 물건들의 윤곽만 어렴풋이 보였고 알코올 난로의 탄내가 풍겼다. 조반니가 우리 뒤의 문을 잠갔다. 그리고 잠시 동안 우리는 어스름 속에서 서로를 그저 마주 보았다. 경악과 안도감으로 숨을 몰아쉬면서. 몸이 떨렸다. 당장 저 문을 열고 여기서 뛰쳐나가지 않으면 난 길을 잃는 거야. 그런 생각이 들었다. 하지만 저 문을 열 수 없으리라는 것을 알았다. 너무 늦었다는 것을. 정말로 너무 늦어 버려서 나는 이제 신음하는 것 말고는 아무것도 할 수 없었다. 그가 나를 가까이 끌어당겨, 마치 자기 몸을 내가 날라 갈 수 있도록 건네주듯 내 품 안에 안겨 들었다. 그리고 천천히 나를 이끌고 침대로 향했다. 내 안의 모든 것이 〈안 돼!〉라고 외치고 있었지만 나의 총체는 한숨을 내쉬며 말하고 있었다. 〈돼〉라고.

이곳 프랑스 남부에는 원래 눈이 잘 오지 않는다. 그런데 30분 전부터 눈발이 약하게 흩날리더니 이제는 제법 세차게 쏟아지고 있다. 눈보라라도 칠 법한 기세다. 올겨울 이곳은 날씨가 추운데, 토박이들에게 그런 말을 꺼낼라치면 그들은 내가 못 배워 먹은 외국인이라 그런다고 생각하는 눈치다. 사방에서 동시에 불어닥쳐 모든 것을 꿰뚫는 듯한 바람 앞에서 얼굴이 벌게지는 것은 그들도 마찬가지인데도, 해변가의 아이들처럼 마냥 환하고 명랑한 표정으로 〈날씨 좋지?〉라며 하늘을 올려다보는 것이다. 하지만 하늘은 낮게 내려앉아 있고 그 유명한 남부의 태양은 며칠째 나타나질 않고 있다.

나는 큰 방의 창가를 떠나 저택 안을 가로질러 걷는다. 물이 완전히 차가워지기 전에 면도를 해야겠다는 생각에 부엌에서 거울을 쳐다본다. 그런데 누군가가 밖에서 현관문을 두드리는 소리가 들린다. 막연하고 종잡을 수 없는 희망이 내 안에서 불쑥 치솟지만, 저 사람이 길 건너편 집에서 찾아온 저택 관리인일 뿐이라는 데에 금세 생각이 미친다. 내가 은 식기를 훔치거나 그릇을 깨뜨리거나 가구를 패서 장작으로 쓰지는 않았는지 확인하러 온 것이리라. 아니나 다를까, 그녀가 문을 덜커덩 흔들며 갈라지는 목소리로 〈M'sieu! M'sieu! M'sieu, l'américain(므시외! 므시외! 이보게, 미국인 청년)!〉이라고 외치는 것이 들린다. 대체 뭐가 그렇게 걱정이라고 성가시게 야단인가 싶다.

그런데 막상 내가 문을 여니 그녀는 대번에 방긋 웃는다. 요부와 어머니를 합쳐 놓은 듯한 웃음이다. 관리인은 나이가 지긋한 여자인데, 순수한 프랑스인은 아니고 오래전에 이 나라로 이주한 사람이다. 프랑스와 국경이 맞닿은 이탈리아 변방에서, 그녀 말에 따르면 〈아주 어린 계집애였을 적에〉 건너왔다고 들었다. 이 지역 여자들이 대부분 그렇듯 그녀도 마지막 자식이 어린 시절을 벗어나면서부터 상중(喪中)에 들어간 듯 검은 옷만 입고 다닌다. 헬라는 이곳 아낙네들이 모두 과부인 줄로 오해했지만, 나중에 알고 보니 대다수는 남편이 아직 살아 있었다. 남편이라고는 하지만 아들이나 마찬가지인 남자들이다. 그들은 가끔 이 저택 근처의 너른 들판에서 햇빛을 쬐며 카드 게임을 했는데, 헬라를 볼 때면 그들은 자랑스러운 딸을 걱정스레 지켜보는 아버지들 같으면서도 또 한편으로는 여자를 유심히 뜯어보며 상상을 펼치는 남자들 같은 눈빛이 되곤 했다. 이따금씩 나는 카페 겸 담배 가게에서 그들과 당구를 치고 레드와인을 마시며 어울렸지만, 그 남자들과 있으면 어쩔 수 없이 긴장되었다. 그들의 음담패설, 서글서글한 성격, 유대감, 손과 얼굴과 눈에 고스란히 적혀 있는 그들의 삶 때문이었다. 그들은 나를 이제 막 성인 남자가 된 아들 대하듯이 했지만 그러면서도 멀찌감치 거리를 뒀다. 나는 사실 그 누구에게도 속하지 않을뿐더러, 그들은 내게 무언가 다른 점이 있다는 것을 느끼고 그 이상으로 깊이 파고들 가치가 없다고 생각하는 것 같았다(내 기분 탓인지도 모르지만). 헬라와 같이 길을 걷다가 마주쳤을 때 그들이 아주 정중하게 〈선생, 부인, 안녕하시오〉라고 인사하는 눈빛을 보면 그런 느낌이 들었다. 어쩌면 그들은 정말로 이 검은 옷 입은 여자들의 아들일지도 모른다. 평생 세상을 쿵쿵대며 뛰어다니고 정복하면서 살던 아들들이 이제는 집에서 휴식을 취하고, 야단도 맞고, 죽음을 기다리기 위해, 처음 그들에게 영양분을 주었지만 이제는 다 말라 버린 젖가슴에게로 돌아온 것인지도 모른다.

그녀의 머리에 둘러진 숄 위에도, 속눈썹 위에도, 숄에 채다 가려지지 않고 빠끔히 드러난 검은색과 흰색의 머리카락에도 눈발이 군데군데 묻어 있다. 몸이 조금 구부정하고 숨이 가쁘긴 하지만 그녀는 아직 매우 정정하다.

「Bonjour, monsieur. Vous n'êtes pas malade(안녕하신가, 므시외. 혹시 어디가 아픈겐가)?」

「아뇨. 아픈 덴 없어요. 들어오세요.」

그녀가 들어와서 현관문을 닫고 숄을 목덜미께로 내려뜨린다. 내 손에 들려 있던 술잔에 그녀의 눈길이 닿지만 뭐라고 말을 얹지는 않는다.

「Eh bien, tant mieux(그래, 그렇담 다행이구먼). 며칠째 안 보이길래 물어봤네. 쭉 집 안에 있었나 보지?」

105

그녀가 내 얼굴을 살핀다.

나는 난처하고 부아가 치밀지만, 저토록 기민하면서도 상냥한 시선과 목소리에 대고 핀잔을 줄 수는 없는 일이다. 「네. 날씨가 안 좋아서요.」

「확실히 지금이 8월 중순은 아니지. 하지만 병약자처럼 굴면 못써. 집에 혼자 들어앉아 있는 건 좋지 않아.」

「아침에 떠날 예정입니다. 집 안 기물을 확인하러 오셨나요?」

나는 다급하게 말한다.

「그렇지.」

그녀가 호주머니에서 가재도구 일람표를 끄집어낸다. 내가 처음 여기 도착했을 때 확인하고 서명했던 목록이다. 「오래 안 걸릴 게야. 안쪽에서부터 시작하겠네.」

우리는 부엌으로 발을 옮긴다. 도중에 나는 침실에 들러서 탁자에 술잔을 내려놓는다.

「나 신경 쓰지 말고 마셔도 될 텐데.」 그녀가 내게 고개를 돌리지 않은 채로 말한다. 그래도 어쨌든 나는 잔을 그곳에 놔두고 나온다.

부엌에 들어선다. 부엌은 수상쩍을 만큼 깨끗하고 말끔하다. 「식사는 어디서 했나?」 그녀가 날카롭게 묻는다. 「사람들 말로는 요 며칠 카페에도 통 안 보였다던데. 시내에 갔었나 보지?」

나는 어물어물 대답한다. 「네. 가끔요.」

「걸어서? 버스 운전사도 자네를 못 봤다고 하더구먼.」 이렇게 말하는 내내 그녀는 내가 아니라 부엌을 둘러보며, 짧은 노란색 연필로 손에 든 종이에 표시를 하고 있다.

나는 그녀의 냉소적인 마지막 일침에 아무 대답도 하지 못한다. 이렇게 작은 마을에서는 거의 일거수일투족이 주민들의 집단적 눈과 귀에 노출된다는 사실을 잊고 있었다.

다음으로 그녀는 욕실을 간단히 둘러본다. 나는 말한다. 「오늘 밤 청소할 거예요.」

「아무렴. 처음 들어왔을 때는 모든 게 깨끗했으니.」 우리는 도로 부엌을 거쳐서 걷는다. 그녀는 유리잔 두 개가 없어졌다는 것을 눈치채지 못했다. 내가 깨뜨린 탓이지만, 그녀에게 솔직히 말할 기력이 없다. 떠나기 전에 찬장에 돈을 좀 놔둬야겠다. 손님방에 이르러 그녀가 불을 켠다. 내 더러운 옷가지가 온통 널브러져 있다.

「저건 다 가져갈 거예요.」

나는 애써 웃으며 말한다.

「길 하나만 건너서 우리 집에 오지 그랬어. 식사야 얼마든지 차려 줬을 텐데. 수프 한 그릇하고, 뭔가 영양 보충이 되는 것도 같이. 어차피 날마다 남편 끼니 챙기느라 요리를 하는데 한 사람 몫 더 만드는 게 뭐 대수겠나?」

그 말에 나는 뭉클해지지만 어떻게 표현해야 할지 모르겠다. 만약 그녀와 그녀 남편과 함께 식사를 했다가는 오히려 견디다 못한 내 신경이 아예 끊어지고 말 테지만, 그런 말을 그녀에게 할 수야 없는 일이다.

그녀가 장식용 쿠션 하나를 살펴보며 말한다. 「약혼녀하고 곧 만나겠구먼?」

거짓말을 해야 한다는 것은 안다. 그런데 어쩐지 말이 나오지 않는다. 그녀의 눈을 마주하기가 두렵다. 아까 술잔을 두고 오지 말 걸 그랬다 싶다. 「아뇨. 그녀는 미국으로 갔습니다.」나는 덤덤하게 말한다.

「아이고! 그럼 자네는? 자네는 프랑스에 남고?」그녀가 나를 똑바로 쳐다본다.

「한동안은요.」슬슬 땀이 난다. 그러고 보면 저 여자, 저 이탈리아 출신의 농부는 조반니의 어머니와 여러 면에서 닮았으리라는 생각이 든다. 나는 그녀의 비통한 울부짖음을 듣지 않으려 안간힘을 쓴다. 내일 아침에 자신의 아들이 죽는다는 사실을 안다면, 내가 그에게 무슨 짓을 했는지를 안다면 그녀의 눈에 틀림없이 나타날 감정을 보지 않으려고 안간힘을 쓴다.

하지만 물론 그녀는 조반니의 어머니가 아니다.

「자네처럼 젊은 남자가 이렇게 커다란 집에서 여자도 없이 혼자 앉아 있다니. 그러면 안 좋아. 그러면 안 돼.」그녀는 무척 슬픈 표정으로 무언가 더 말하려다가 입을 다문다. 헬라에 대해 한마디 하고 싶었던 것이리라. 그녀를 비롯해 이 마을 여자들은 아무도 헬라를 좋아하지 않는다. 그녀는 말 대신 손님방의 불을 끄고는 헬라와 내가 썼던 커다란 부부 침실로 걸음을 옮긴다. 아까 내가 술잔을 놔둔 침실은 아니다. 그녀는 매우 깨끗하고 질서 정연한 방 안을 둘러보더니 나를 보고 미소 짓는다.

「최근에 이 방을 안 썼구먼.」

얼굴이 심하게 달아오른다. 그녀가 클클 웃는다.

「다시 행복해질 거야. 이곳을 떠나 새로운 여자를 찾게. 〈좋은〉 여자로. 그래서 결혼도 하고, 애도 낳아야지. 암, 그래야 하고 말고.」 내가 반론을 꺼내기라도 한 듯 그녀는 재차 강조하더니, 내가 뭐라고 대답할 새도 없이 곧바로 말을 잇는다.

「어머니는 어디 계시고?」

「돌아가셨어요.」

「아!」 그녀가 안타까워하며 혀를 쯧쯧 찬다. 「딱해라. 그러면 아버지는? 아버지도 돌아가셨나?」

「아뇨. 미국에 계세요.」

「Pauvre bambino(가엾은 것)!」 그녀가 내 얼굴을 바라본다. 나는 스스로가 도무지 주체가 되지 않는다. 그녀가 어서 나가 주지 않으면 한바탕 눈물이나 욕설을 쏟아 내고야 말 것 같다. 「그렇다고 선원처럼 온 세상을 떠돌아다니며 살 생각은 아니겠지? 그러면 어머님이 무척 슬퍼하실 게야. 언젠가는 가정을 꾸려야지?」

「네, 그럼요. 언젠가는요.」

그녀가 튼튼한 손을 내 팔에 얹는다.

「자네 아버지도 손주들을 보면 얼마나 좋아하시겠나. 어머니는 돌아가셨대도…… 어머니 일은 참으로 안타깝네그려!」 그녀의 검은 눈이 부드러워진다. 그녀는 나를 보면서 동시에 내 너머를 보고 있다. 「우리는 아들이 셋인데, 그중 둘은 전쟁터에서 죽었다네. 전쟁 때문에 돈도 다 잃었고. 늘그막에 조금 평화롭게 살아 보려고 한평생을 뼈 빠지게 일했는데 그렇게 얻은 걸 다 빼앗기다니, 서럽지 않겠는가? 우리 남편은 서러워서 정말로 죽을 뻔했어. 그 이후로 전연 다른 사람이 되어 버렸지.」 그러고 보니 그녀의 눈은 기민하기만 한 것이 아니다. 한스럽기도 하고 무척 슬프기도 하다. 그녀는 어깨를 으쓱하며 말을 잇는다. 「아! 그렇단들 뭘 어쩌겠누. 그냥 생각을 하질 말아야지.」 그녀는 빙긋 웃는다. 「하지만 우리 막내, 그 녀석은 북쪽에 살거든. 재작년에 우리를 보러 내려왔는데, 조그만 아들내미를 데려왔더라고. 조그만 손자. 겨우 네 살이었지. 얼마나 예쁜지! 이름이 마리오라고 해.」 그녀가 손짓을 한다. 「내 남편 이름을 딴 거야. 그때 아들네가 한 열흘쯤 머물렀는데, 우리 둘 다 다시 젊어진 기분이었다네. 남편이 특히 그랬지.」 그녀가 또 미소를 짓는다. 그러고는 얼굴에 웃음을 그대로 띤 채 잠시 서 있다가 불쑥 내게 묻는다. 「자네는 기도를 하나?」

이 시간을 조금이라도 더 견딜 수 있을까, 자신이 없어진다. 나는 더듬더듬 대답한다. 「아, 아뇨. 자주는 안 해요.」

「하지만 신을 믿기는 하고?」

그 질문을 들으니 입가에 미소가 떠오른다. 차라리 그녀를 깔보는 의미의 웃음이라면 좋으련만, 그렇지도 못하다. 「네.」

그런데 내 미소가 그녀에게 어떻게 보였는지, 그녀는 내 대답을 듣고도 안심한 눈치가 아니다. 그녀가 매우 엄하게 말한다. 「기도해야 하네. 꼭 그렇게 하게. 짧은 기도라도 가

끔찍해봐. 초에 불도 붙이고 말이야. 축복받은 성인들의 기도가 없다면, 사람은 이 세상에서 아예 살 수가 없을 거야.」 그녀는 가슴을 살짝 편다. 「자네 어머니 같은 마음으로 하는 말일세. 기분 나쁘게 생각하지 말아.」

「기분 나쁘지 않아요. 정말 상냥하세요. 제게 이런 말씀 해주셔서 정말 고맙습니다.」

그녀는 흡족한 미소를 짓는다. 「남자들에게는 진실을 말해줄 여자가 꼭 필요하단 말이지. 자네 같은 어린애뿐만이 아니라 늙은 남자들도 다 마찬가지야. 남자들이란 하여간 구제불능이야.」 그녀가 또 웃는다. 통상적인 농담 속에 교묘하게 뼈가 들어 있다는 것을 알면서도 나는 그녀에게 휘말려 덩달아 웃을 수밖에 없다. 이제 그녀는 부부 침실 불을 끄고 복도를 걸어 나간다. 다행스럽게도, 그녀가 향하는 곳은 내 술잔을 놔둔 방이다. 당연하지만 이 침실은 상당히 어수선하다. 환히 밝혀진 불 아래 목욕 가운, 책들, 더러운 양말, 안 씻은 유리잔 두 개, 오래된 커피가 반쯤 남아 있는 컵 하나가 여기저기 널려 있다. 침대 위의 이불도 엉망으로 헝클어진 모습이다.

「아침이 되기 전까지는 정리할게요.」 내가 말한다.

「Bien sûr(그래야겠지).」 그녀가 한숨을 쉰다. 「내 충고를 잘 새겨듣게, 므시외. 결혼을 하라고.」 이 말에 어쩐지 그녀도 나도 웃음을 터뜨린다. 나는 잔에 남아 있던 술을 다 마신다.

이제 비품 확인 작업은 거의 막바지다. 우리는 마지막 방에 이른다. 커다란 방. 내가 창문 앞에 술병을 놔둔 그 방이다. 그녀가 술병을 보고는 나를 돌아본다. 「아침이 되기 전에 취해 버리겠는걸.」

「오, 아니에요! 그건 다 안 마시고 가져갈 거예요.」

그럴 리가 없다는 것을 뻔히 알면서도 그녀는 어깨만 으쓱해 보인다. 그러고는 머리에 숄을 두르는데, 그 행동을 하는 모습이 무척 격식 있고 심지어는 약간 수줍어 보인다. 막상 그녀가 떠나려는 것을 보니 나는 어떻게 해서든 그녀를 붙잡고 싶어진다. 그녀가 길 건너편으로 가버리고 나면 밤은 더욱 컴컴하고 그 어느 때보다도 길어질 것이다. 그녀에게 ── 그녀에게? ── 무언가 할 말이 있지만, 그 말이 내 입 밖으로 나올 일은 당연히 없을 것이다. 나는 용서받고 싶은 것 같다. 〈그녀〉가 나를 용서해 주었으면 좋겠다. 하지만 내 죄를 어떻게 표현해야 할지 모르겠다. 묘하지만 어떻게 보면 내 죄는 곧 내가 남자라는 것인데, 이 점에 대해서라면 그녀는 이미 다 알고 있지 않은가. 그녀 앞에서 나는 벌거벗은 느낌이 든다. 아직 덜 자란, 제 어머니 앞에서 벌거벗은 소년이 된 듯한 지독한 기분이다.

그녀가 손을 내민다. 나는 어색하게 그 손을 잡는다.

「Bon voyage, monsieur(잘 가시게, 므시외). 여기서 지내는 동안 행복했기를 바라네. 언젠가 또 우리 마을에 와서 머물다 가게나.」 그녀는 상냥한 눈으로 미소 짓는다. 하지만 이제는 순전히 예의상 짓는 미소다. 사업적 거래를 우아하게 끝맺는 절차인 것이다.

「감사합니다. 이듬해에 또 찾아올까 해요.」그녀가 내 손을 놓는다. 우리는 함께 현관문으로 걸어간다. 그런데 문간에 이르러 그녀가 말한다.

「참! 아침에 나를 굳이 깨우지는 마. 그냥 우편함에 열쇠를 넣어 두면 되네. 이제 나는 그렇게까지 일찍 일어날 이유가 없는 사람이거든.」

「그럼요.」나는 웃으며 문을 연다. 「안녕히 주무세요, 마담.」

「Bonsoir, Monsieur. Adieu(자네도 잘 자게)!」그녀가 어둠 속으로 걸어 나간다. 하지만 내 집과 길 건너편 그녀의 집에서 빛이 새어 나오고 있다. 저 아래 읍내에서 가물거리는 빛들도 보이고, 또 바닷소리가 언뜻 귀를 스친다.

그녀가 내게서 약간 떨어진 데에서 걸음을 멈추더니 몸을 돌린다. 「Souvenez-vous(명심해). 사람은 때때로 기도를 해야 해.」

나는 문을 닫는다.

그녀 덕분에 내가 아침이 밝기 전까지 할 일이 많다는 것을 실감했다. 술을 더 마시기 전에 욕실 청소부터 해야겠다. 나는 곧장 청소를 시작한다. 우선 욕조를 문질러 닦고, 바닥을 걸레질하기 위해 양동이에 물을 받는다. 욕실은 조그맣고 네모진 공간이고 젖빛 유리창이 달려 있다. 여기 있으니 파리에 있던, 폐소 공포증을 불러일으키던 그 방이 떠오른다. 조반니는 그 방을 개조할 거창한 계획을 세워 두고 있었다. 정말로 그 작업에 돌입했던 적도 있었다. 그때 우리는 온 사방에 떨어진 횟가루와 바닥에 쌓인 벽돌들 틈바구니에서 생활했다. 밤중에 벽돌 꾸러미들을 집 밖으로 가지고 나가서 길거리에 버리고 오기도 했다.

그들은 아침 일찍, 아마도 동트기 직전에 조반니를 데려갈 것이다. 그러니 조반니가 일생에 마지막으로 보는 것은 파리의 아침을 뒤덮은 어두침침한 회색 하늘일 것이다. 우리가 술에 취한 채 집으로 비틀비틀 걸어가는 길에 숱하게 올려다보았던, 바로 그 절망적인 아침 하늘.

제2부

1

　내가 기억하기로, 그 방에서는 삶이 바닷속에서 일어나는
것 같았다. 시간은 우리 위를 무심히 흘러갔고 시각도 날짜
도 의미를 잃었다. 처음에는 그와 함께 사는 하루하루가 새
로운 기쁨과 경이를 낳았다. 물론 기쁨 이면에는 괴로움이,
경이 이면에는 두려움이 있었지만, 그 감정들이 활동하기 시
작한 것은 우리의 시작이 한창 무르익고도 절정을 지나 알로
에즙처럼 쓰게 느껴질 무렵이었다. 그때부터 우리는 괴로움
과 두려움이라는 표면 위에서 발을 헛디디고 미끄러지며 균
형도, 품위도, 긍지도 잃어버렸다. 내가 수많은 아침, 한낮,
밤에 보아 왔고 기억했던 조반니의 얼굴이 내 눈앞에서 딱딱
하게 굳어지고 금이 가면서 미처 몰랐던 구석들을 드러냈다.
그의 눈을 밝히던 빛은 번득임으로 변했고, 너르고 아름다운
이마에는 그 아래에 있는 두개골의 윤곽이 조금씩 내비쳤다.
관능적인 입술은 가슴속에서 흘러넘치는 슬픔에 겨워서 안
쪽으로 말려들어 갔다. 그의 얼굴은 낯선 사람의 얼굴로 변
해 가고 있었다. 아니면 내가 그를 볼 때마다 너무 죄책감이

117

들었던 나머지 낯선 사람의 얼굴이기를 바랐던 것이거나. 아무리 그의 얼굴을 외워 두었어도, 내가 그렇게 외워 두었기 때문에 더더욱 선명히 일어나는 변화에는 온전히 대비할 수 없었다.

우리의 하루는 동트기 전에 시작되었다. 나는 기욤의 바가 문 닫기 직전에 슬렁슬렁 찾아가서 술을 마시고 조반니와 같이 일어섰다. 어쩔 때는 폐점 시간 이후에 기욤과 그의 몇몇 친구, 그리고 조반니와 나만 남아서 아침 식사와 음악을 즐기기도 했다. 자크가 함께할 때도 있었다. 조반니와의 첫 만남 이후로 그는 더 자주 오는 것 같았다. 기욤의 바에서 아침을 먹을 때면 보통 오전 7시쯤 그곳을 나왔는데, 가끔 자크는 어디선가 갑작스럽게, 불가사의한 경로로 구입한 자동차를 끌고 와서는 우리를 집까지 태워다 주겠다고 나섰다. 하지만 우리는 거의 항상 그의 제안을 사양하고 강변을 따라 먼 길을 걸어서 가는 편을 택했다.

파리에 봄이 오고 있었다. 오늘 밤 이 저택을 서성이다 보니 그 시절의 센강이 눈앞에 어른거린다. 포석이 깔린 강변 길도, 다리들도. 다리 밑으로 나지막한 보트들이 지나다녔고, 그런 보트에서 빨래를 널고 있는 여자들이 눈에 띄곤 했다. 가끔은 한 젊은 남자가 카누를 타고 힘차게 노를 저어 갔는데 그 모습이 좀 무력하고 어리석어 보였다. 강둑에는 요트, 선상 가옥, 바지선 등이 매여 있었다. 그 길을 따라 쭉 걷다 보면 소방서가 하나 나왔는데 우리가 하도 많이 지나다녀서 그곳 소방관들이 우리와 안면을 틀 정도였다. 나중에 겨울이 돌아오고 조반니가 그 바지선들 중 한 대에 은신했을 때, 그가 어느 날 밤빵 한 덩어리를 가지고 그리로 숨어들어 가더라고 경찰에 귀띔한 사람이 바로 그 소방관들 중 한 명이었다.

걸을수록 나무들은 더 푸르러졌고 강은 아래로 급경사를 이루며 겨울의 갈색 물보라를 일으켰다. 이즈음에 낚시꾼들이 나타났다. 조반니의 말마따나 그들은 그저 무언가 할 일이 필요해서 낚시를 하고 있을 뿐 아무것도 낚지는 못하는 듯했다. 강변길을 따라 늘어선 서적 가판대들은 거의 축제 분위기마저 띠었다. 노점상들은 날씨가 얼른 따뜻해져서 행인들이 가판대의 책을 집어 들고 모서리 접힌 책장들을 한가롭게 넘겨 볼 수 있게 되기를, 그리고 미국이나 덴마크 같은 곳에서 온 관광객들이 자기네 형편에서는 감당도 안 되거나 집에서는 이렇다 할 활용처를 찾지도 못할 채색 판화들을 더 많이 사 가지고 고국으로 돌아가고 싶은 열망에 사로잡히기를 기대하고 있었다. 또한 서로 비슷한 자전거를 탄 젊은 여자와 남자 들이 나란히 지나가기도 했다. 가끔은 그런 남녀가 해 질 무렵 강가에 자전거를 멈춰 세우고 다음 날까지 타지 않을 요량으로 치워 두는 모습도 볼 수 있었다. 이건 조반니가 실직한 이후, 저녁 시간대에 그와 같이 걷던 때의 일이다. 그 시간은 괴로웠다. 조반니는 내가 자신을 떠나리라는 것을 알았지만 그것이 확실한 사실로 굳어질까 봐 두려워서 나를 감히 비난하지도 못했다. 나 역시 감히 그에게 말할 수 없었다. 헬라가 스페인에서 돌아오고 있었고, 아버지가 내게 돈을 부쳐 주시기로 했던 시기였다. 그 돈은 조반니를 돕기는커녕 도리어 그의 방을 벗어나는 데에 쓸 예정이었다. 조반니는 나를 그렇게나 많이 도와주었는데도 불구하고.

매일 아침 하늘과 태양은 점점 더 높아졌고 우리 앞에 펼쳐지는 강물은 더욱 짙은 희망의 물안개를 일으켰다. 노점 서적상들은 나날이 겉옷을 한 겹 더 벗는 듯했고 그에 따라 체형이 끊임없이 기상천외하게 변화하는 것처럼 보였다. 그들이 종내에는 어떤 형상을 취할지 짐작도 되지 않았다. 강변길과 샛길 들로 열려 있는 호텔 객실 창문들 너머로 지배인이 불러들인 칠장이들이 페인트칠을 하는 모습이 보였고, 유제품 상점들 안에서 일하는 여자들이 푸른 스웨터를 벗고 원피스 소매를 걷어 올리고서 튼튼한 팔뚝을 드러낸 것도 눈에 띄었으며, 제과점 안의 빵들은 점점 더 따뜻해 보이고 갓 구운 듯 맛깔스러워 보였다. 어린 학생들은 망토를 벗고 다녔고 무릎이 추위 때문에 빨개지지도 않게 되었다. 사람들의 말소리도 더 많이 들리는 것 같았다. 그 기묘하게 규칙적이면서도 격렬한 언어를 듣다 보면, 때로는 달걀 흰자위를 젓는 소리가 떠올랐고, 또 때로는 현악기가 격정적인 음을 쏟아 낸 후 밑면에서 울리는 잔음이 떠오르기도 했다.

하지만 기욤의 바에서 아침을 먹은 적은 많지 않았다. 기욤이 나를 좋아하지 않았기 때문이다. 보통은 그냥 조반니가 가게 청소를 마치고 옷을 갈아입을 때까지 최대한 조용히 기다리다가, 그와 함께 사람들에게 인사만 남기고 그곳을 떴다. 바의 단골손님들은 점차 우리에게 불쾌한 모성애, 질투심,

위장된 반감이 섞인 묘한 태도를 보였다. 그들은 어쩐지 우리에게는 자기들끼리 대화하듯이 말하지 못했고, 우리 앞에서는 평소와 다른 방식으로 말해야 한다는 압력을 느끼는 것 자체에 스스로 부아가 치미는 모양이었다. 게다가 그들의 삶에서 가장 중대한 핵심이 이때에는 자신들과 아무 상관도 없어진다는 데에도 분노를 느꼈다. 마취제 같은 수다 떨기, 누군가를 유혹해 내는 상상, 서로에 대한 경멸에 젖어 살아가는 자신들의 곤궁한 처지를 이때는 다시금 실감할 수밖에 없었기 때문이다.

아침 식사를 어디서 하든, 어느 길로 걸어가든, 집에 도착했을 때쯤에는 너무 피곤해서 우리는 늘 곧장 잠들었다. 커피를 끓이고 가끔은 코냑도 곁들여서 마셨고, 침대에 걸터앉아 이야기를 나누며 담배를 피웠다. 서로 할 이야기가 무척 많은 것 같았다. 아니면 조반니만 그랬다고 해야 할지도 모르겠다. 내가 아무리 솔직해지려고 해도, 조반니가 나에게 하듯이 그에게 나 자신을 내주려고 아무리 노력해도, 내게는 끝내 털어놓지 못한 무언가가 남아 있었다. 예컨대 헬라에 대해서도 나는 그의 방에서 산 지 한 달이 되도록 제대로 털어놓지 않았다. 그러다 그녀가 조만간 파리에 돌아올 거라는 요지의 편지를 보냈을 때에야 비로소 말하지 않을 수 없었던 것이다.

「거기서 뭐 하는 건데? 혼자서 스페인을 돌아다닌다니?」 조반니가 물었다.

「여행을 좋아하거든.」 내가 대답했다.

「오, 여행하길 좋아하는 사람은 아무도 없어. 여자라면 더더욱. 무언가 다른 이유가 있을 텐데.」 그가 의미심장하게 눈썹을 치켜올렸다. 「혹시 스페인에 애인이 있는데 당신에게 차마 말 못 한 거 아니야? 투우사하고 놀고 있다거나.」

그럴지도 모르지, 하고 나는 생각했다. 「만약 그랬다면 내게 서슴없이 말했을걸.」

조반니가 소리 내어 웃었다. 「미국인들이란 도무지 이해를 못 하겠어.」

「이해하기 어려울 게 뭐가 있는지 모르겠는데. 헬라는 나와 결혼한 사이도 아니고.」

「하지만 애인이잖아. 아니야?」

「그렇지.」

「지금도 애인이야?」

나는 그를 쳐다보았다. 「당연하지.」

「그래, 그런데 당신은 파리에 있고 그녀는 스페인에 있으니 이해가 안 된단 말이야.」 그는 또 다른 생각이 난 듯 재차 물었다. 「나이는 몇인데?」

「나보다 두 살 어려. 그게 왜?」 나는 그를 주의 깊게 지켜보았다.

「유부녀야? 그러니까, 누구 다른 사람하고 결혼했어?」

나는 웃음을 터뜨렸다. 그도 웃었다. 「당연히 아니지.」

「그렇군. 나는 나이가 더 많은 여자일 줄 알았는데. 어딘가에 남편이 따로 있고, 당신과의 관계를 유지하기 위해 가끔씩 남편과 함께 어딜 다녀와야 하는 여자. 그랬다면 꽤 괜찮은 관계가 되었을 거야. 이런 여자들은 어떤 경우엔 굉장히 흥미롭기도 하고, 보통은 돈도 좀 있거든. 스페인 여행을 다녀오면서 당신에게 근사한 선물도 사다 줄 테고 말이야. 하지만 젊은 여자가 혼자서 외국을 이리저리 돌아다닌다? 전혀 마음에 안 드는걸. 다른 여자 찾아봐.」

이 이야기의 모든 것이 굉장히 웃기게 들렸다. 나는 웃음을 멈출 수가 없었다. 「그러는 너는 여자 있어?」

「아직은. 언젠가는 다시 만들 수도 있겠지만.」 그는 반쯤 찡그리고 반쯤 미소 띤 얼굴로 말했다.

「지금으로선 여자들에겐 별로 관심이 없는 것 같아. 왜인지 모르겠네. 예전에는 있었거든. 나중에 다시 관심이 생길지도 모르지.」 그가 어깨를 으쓱했다. 「그냥 당장은 나도 골치 아픈 상황이니 여자들을 감당하기가 좀 번거로워서 그런가 봐. Et puis(그리고)……」

그는 말을 끊었다.

나는 그가 골치 아픈 상황에서 빠져나오기 위해 택한 지금의 방법이 대단히 독특한 것 같다는 말을 하고 싶었지만, 잠시 뜸을 들이다 조심스럽게 다른 말을 꺼냈다. 「여자들을 별로 좋게 평가하지는 않는 모양이네.」

「오, 여자들! 여자들에 대해서는 무슨 입장이랄 것을 가질 필요가 없어. 천만다행이지. 여자들이란 물 같은 거야. 딱 물처럼 유혹적이고, 물처럼 위험하고, 물처럼 바닥이 없어 보이잖아. 안 그래? 그리고 또 그만큼 얕을 수도 있고. 그만큼 더러울 수도 있고……」 그가 멈칫했다. 「여자들을 그다지 좋아하지는 않는 것 같긴 해. 그래, 사실이야. 그래도 사랑해 본 여자, 같이 자본 여자가 한두 명쯤은 있어. 하지만 대부분은…… 여자들과 잘 때는 대체로 몸으로만 관계했던 것 같아.」

「그러다 보면 많이 외로워질 수도 있는데.」내 입에서 나올 줄 몰랐던 말이었다.

조반니도 예상하지 못했던 듯했다. 그는 나를 바라보더니 손을 뻗어 내 뺨을 어루만졌다. 「맞아.」그러고는 말을 돌렸다. 「여자들을 나쁘게 말하고 싶은 건 아니야. 난 여자들을 존경해. 무척. 여자들의 내면세계는 존경스럽잖아. 남자들의 세계와는 다르지.」

「여자들은 그런 관점을 달가워하지 않는 것 같던데.」나는 말했다.

「오, 그렇지. 요즘 여자들은 황당하게도 온갖 견해들과 허튼 생각들로 머릿속을 꽉 채우고 여기저기 설치고 다니면서, 자기네가 남자들과 평등하다고 생각한다지. Quelle rigolade(웃기는 소리지)! 그런 여자들은 아주 반죽음이 되도록 두들겨 패서 누가 이 세상을 지배하는지 알려 줘야 해.」

나는 소리 내어 웃었다. 「네가 알던 여자들은 맞는 걸 좋아했어?」

그가 미소 띤 채 말했다. 「글쎄. 어쨌든 맞는다고 해서 달아나지는 않았지.」우리 둘 다 웃음을 터뜨렸다. 「어쨌든 내가 만난 여자들은 당신의 그 어리석은 여자애처럼 스페인 방방곡곡을 헤매면서 파리로 엽서를 보내거나 하지는 않았어.

대체 무슨 생각으로 그러고 있는 거야? 당신을 원하기는 하는 거야, 원하지 않는 거야?」

「그녀는 스페인에서 생각을 정리하려는 거야.」

조반니가 눈을 휘둥그레 뜨더니 발끈했다. 「스페인으로? 왜 중국으로 가지 않고? 대체 뭐 하는 짓이야? 스페인 남자들을 모조리 시험해 보고 당신과 비교하려고?」

나는 약간 짜증이 났다. 「넌 이해 못 해. 그녀는 아주 지적이고 복잡한 여자야. 어딘가로 떠나서 생각을 하고 싶은 거라고.」

「생각할 게 뭐가 있는데? 솔직히 좀 바보 같아 보이는데. 그냥 어느 침대에서 잘지 마음을 못 정해서 그러는 거겠지. 이 침대에서도 자보고 싶고, 그러면서도 저 침대는 계속 자기 것으로 두고 싶고, 그런 것 아니겠냐고.」

나는 불쑥 말했다. 「만약 그녀가 지금 파리에 있었다면 나는 지금 이렇게 네 방에 있지도 않았을 거야.」

「여기서 살지는 않았을지도 모르지. 하지만 나를 만나기는 했을 거야. 당연하잖아?」

「당연하다고? 그녀에게 들키면 어쩌려고?」

「〈들키〉다니? 들키긴 뭘?」

「오, 그만해. 뭔지는 너도 알잖아.」

그는 아주 진지하게 나를 바라보았다.

「듣다 보니 점점 괴상하네, 그 여자애. 지금 뭐 하는 건데? 당신이 어딜 가든지 쫓아다니기라도 해? 아니면 우리 침대 밑에 잠복시킬 탐정이라도 고용하는 건가? 대체 우리 일이 그녀와 무슨 상관이라고?」

「농담하는 거지?」

「농담 아니야. 난 지극히 진지하다고. 이해할 수 없는 말을 하는 건 당신이야.」그는 신음을 내뱉고 커피를 잔에 더 따르더니 바닥에 놓아둔 코냑병을 집어 들었다. 「당신네가 하는 이야기는 죄다 엄청 복잡하고 광적이야. 살인 사건이 나오는 영국 추리 소설들처럼. 들킨다, 들킨다…… 당신은 자꾸만 그 말을 하는데, 우리가 무슨 범죄자 일당이라도 돼? 우리는 범죄 따윈 저지르지 않았어.」그는 코냑을 따랐다.

「내 말은 그냥, 헬라가 알게 되면 심하게 상처받을 거 아니야. 사람들이 이 일을 두고 온갖 더러운 말들을 떠들어 댈 테니까…….」나는 말을 끊었다. 그의 얼굴을 보니 내 말의 근거가 빈약하다는 것을 알 수 있었다. 나는 방어적으로 덧붙였다. 「게다가 이건 실제로 범죄야. 우리 나라에서는 그래. 나는 여기서 자라지 않았잖아. 거기서 자랐지.」

「더러운 말이 무섭다면 여태까지 어떻게 살아 있을 수나 있었는지 모르겠군. 사람들은 허구한 날 더러운 말을 하잖아. 사람들이 더러운 말을 안 쓰는 경우는 오로지 뭔가 더러운 것에 대해 이야기할 때뿐이야. 적어도 대부분의 사람들은 그래.」그와 나는 서로를 마주 보았다. 조반니는 말은 그렇게 하면서도 그 자신도 내가 말한 사태가 두려운 듯 보였다. 「더구나 당신 나라 사람들이 남의 사생활을 범죄라고 생각한다면 더더욱 유감이네. 그리고 당신 여자 친구는, 여기 돌아오면 항상 당신하고 같이 다니나? 매일매일, 하루 종일? 아니지, 가끔은 당신 혼자서 술 한잔 하러 나가기도 하고 그럴 거 아니야? 혼자서 산책할 때도 있을 테고. 당신 말마따나 생각을 정리하기 위해서라도 말이야. 미국인들은 생각을 아주 많이 하는 것 같으니. 그렇게 생각도 하고 술도 마시고 하다 보면, 지나가는 다른 여자들도 보게 되지 않겠어? 하늘을 올려다보기도 하고, 자기 몸속을 흐르는 피를 느끼기도 하고? 그 모든 게 헬라가 돌아오면 멈춰 버리기라도 한단 말이야? 혼자 술도 안 마시고, 다른 여자도 안 보고, 하늘도 안 보고? 응? 대답해 봐.」

「그녀와 결혼한 건 아니라고 이미 말했잖아. 아무래도 오늘 아침 안으로는 네게 무엇 하나도 납득시킬 수가 없을 모양이다.」

「아니, 어쨌거나 헬라가 여기 있어도 말이야, 당신은 가끔씩 다른 사람들도 만나지 않겠어? 헬라 없이?」

「당연하지.」

「그러면 당신이 그녀를 안 만날 때 뭘 했는지 헬라에게 구구절절 다 알려 줘야 해? 그녀가 그런 요구를 하나?」

나는 한숨을 쉬었다. 어느 시점부터 내 통제를 벗어나 버린 대화를 그저 끝내고만 싶었다. 나는 코냑을 급하게 들이마셨다. 목구멍이 화끈거렸다. 「당연히 그러진 않아.」

「그렇겠지. 당신은 아주 매력적이고 잘생겼고 교양 있는 청년이고, 당신이 성불구자가 아닌 다음에야 그녀가 불평할 거리는 없을 것 같은데. 당신이 걱정할 거리도 없고. 있잖아, mon cher, la vie pratique(내 사랑, 삶을 현실적으로 사는 건)

아주 간단한 일이야. 그냥 살면 돼.」그가 생각에 잠긴 어조로 말을 이었다. 「가끔은 삶이 꼬일 때도 있어. 그건 맞아. 그러면 다른 식으로 살면 되는 거야. 하지만 당신이 살아가는 영국식 멜로드라마 같은 방식으로는 그럴 수가 없겠지. 왜냐, 그러면 삶이 견딜 수 없어지니까.」그는 코냑을 더 따르고는, 내 문제를 자신이 다 해결했다는 양 씩 웃어 보였다. 하지만 그의 미소에는 너무나 어쭙잖은 데가 있어서 나는 마주 웃어 버릴 수밖에 없었다. 조반니는 자신이 냉철하며 나는 그렇지 못하다고, 그래서 내게 삶의 냉혹한 진실을 가르쳐 주고 있다고 믿고 싶어 했다. 그런 믿음은 그에게 매우 중요한 것이었다. 왜냐하면 나는 마음속 깊은 곳에서는 온 힘을 다해 그를 하릴없이 거부하고 있었고, 조반니는 그 사실을 인정하고 싶지 않으면서도 마음속 깊은 곳에서는 알고 있었기 때문이다.

마침내 우리는 흥분을 가라앉혔고, 말이 없어졌다. 그러다 잠이 들었다. 오후 서너 시쯤 깨어났을 때는 흐릿한 햇빛이 어질러진 방 안의 후미진 구석들을 훔쳐보고 있었다. 우리는 일어나서 씻고 면도를 했다. 서로 몸을 부대끼면서, 농담을 주고받으며, 그 방을 벗어나고 싶은 무언의 욕망 때문에 화가 치밀어 오른 채로. 그렇게 우리는 저 밖의 길거리로, 파리로 춤추듯 걸어 나가서 어딘가에서 간단히 식사를 끝냈고, 나는 조반니를 기욤의 바 문 앞까지 바래다주었다.

그러고 나서는 혼자가 되었다. 혼자라서 안심이 되었다. 그 뒤에는 영화를 보러 갔거나, 산책을 했거나, 집에 돌아가

책을 읽었거나, 공원에 앉아서 책을 읽었거나, 카페 테라스 자리에 앉아서 시간을 때웠거나 사람들과 이야기를 나눴거나 편지를 썼던 것 같다. 헬라에게 아무것도 알려 주지 않는 편지를 쓰거나 아니면 아버지에게 돈을 달라고 부탁하는 편지를 쓰거나 했으리라. 뭘 했든지 간에 내 배 속에 들어앉은 또 다른 나는 내 인생에 대한 의문으로 싸늘한 공포에 사로잡혀 있었다.

조반니는 내 안에 애타는 갈망을, 내 안을 갉아먹는 번뇌를 일깨워 놓았다. 그 사실을 깨달은 것은 어느 날 오후, 그를 일터로 데려다주러 몽파르나스 대로를 걷고 있을 때였다. 그날 우리는 체리 1킬로그램을 사 가지고 먹으면서 걸었는데, 둘 다 신이 나서 어린애처럼 꼴사나울 만큼 까불거렸다. 널따란 인도에서 다 큰 남자 둘이서 밀치락달치락하며 체리 씨앗을 서로의 얼굴에 대고 딱총 쏘듯 뱉어 대는 꼴이라니, 남들이 보기에는 터무니없는 장면이었을 것이다. 그때 나는 이렇게 아이 같아지는 것이 내 나이에서는 환상적인 경험이라는 것, 그리고 그로부터 샘솟는 행복은 더더욱 환상적이라는 것을 실감했고, 그 순간에는 정말로 조반니를 사랑했다. 그날 오후 조반니는 그 어느 때보다도 아름다워 보였다. 그의 얼굴을 지켜보노라니 내가 그의 얼굴을 그토록 환히 밝혀 줄 수 있다는 것이 얼마나 큰 의미인지 와닿았고, 이 힘을 잃지 않기 위해서라면 아주 큰 대가도 치를 수 있으리라는 생각이 들었다. 얼음이 깨진 틈으로 강물이 쏟아져 나오듯 나 자신이 그에게로 쏠리는 것 같았다. 그런데 바로 그 순간 우리 사이로 어떤 청년이 지나갔고, 나는 조반니의 아름다움을 그에게 대입해 보았다. 그랬더니 조반니에게 느끼던 감정이 그에게서도 느껴지는 것이었다. 이 상황을 알아차린 조반니는 내 표정을 보더니 더더욱 격하게 웃어 댔다. 나도 얼굴을 붉히며 웃었다. 그러자 그 길이, 빛이, 그의 웃음소리가 악몽의 한 장면으로 변해 버렸다. 나는 나무들과 그 잎사귀들 사이로 비치는 햇빛에만 시선을 고정했다. 슬픔, 수치심, 공황, 막막한 괴로움이 밀려옴과 동시에, 그 청년이 환한 길거리 저편으로 사라져가는 뒷모습을 보려고 고개를 돌리고 싶은 충동을 눌러 참느라 목 근육이 팽팽해졌다. 이런 충동은 내가 동요하는 이유 중 하나였지만 또 한편으로는 내 동요와는 무관하게 일어나는 것이기도 했다. 조반니가 내 안에 깨워 놓은 괴물은 두 번 다시는 잠들지 않을 터였다. 하지만 언젠가는 조반니와 헤어지는 날이 올 텐데, 그러면 그때 가서는 나도 다른 이들과 마찬가지로 온갖 종류의 어린 남자들을 쫓아다니며 온갖 어두운 길들을 헤매고 온갖 어두운 장소들로 찾아들게 되는 것일까?

이 섬뜩한 예감과 함께 내 안에서 조반니에 대한 증오가 솟아났다. 그건 내 사랑만큼이나 강력하고, 또 내 사랑과 동일한 뿌리에서 자라나는 감정이었다.

2

그 방을 어떻게 묘사해야 할지 잘 모르겠다. 이후로 내가 들어가 본 방, 머물러 본 방은 모두 조반니의 방을 연상시키게 되었으니 말이다. 봄이 되기 전에 그를 처음 만났고 여름에 그곳을 떠났으니 그리 긴 시간을 머물렀던 것은 아니다. 그런데도 마치 그 방에서 평생을 보낸 것처럼 느껴진다. 앞서 말했듯 그 방에서는 삶이 바닷속에서 벌어지는 것 같았고, 산이 바다로 변하듯 급격한 변화가 내게 일어났던 것은 분명하다.

우선 그 방은 둘이 살기에는 좁았다. 작은 안뜰이 내다보이는 방이었는데, 말이 좋아서 〈내다보이는〉 것이지, 정확하게는 안뜰의 수풀들이 스스로를 정글이라고 착각하는 양 날마다 점점 더 악의적으로 그 방의 창문 두 개를 뒤덮어 오며 잠식해 가는 형국이었다. 그래서 우리는 대체로 창문을 닫고 지냈다. 아니, 조반니가 그랬다고 해야 하겠지만. 그는 창문에 달 커튼 같은 것은 사지 않았고, 내가 그 방에서 지내는 동안에도 커튼은 사들이지 않았다. 대신 그는 사생활을 보호하기 위해 유리창에 흰색 청소용 광택제를 두껍게 칠해 놓았다. 가끔 창밖에서 아이들이 노는 소리가 들렸고 또 가끔은 창 위에 이상한 형상들이 어른거리곤 했다. 그럴 때면 조반니는 한창 일을 하거나 침대에 누워 있다가도 사냥개처럼 바짝 긴장해서는, 우리의 안전을 위협할 듯한 존재들이 물러날 때까지 꼼짝도 하지 않았다.

그는 방을 개조할 계획을 거창하게 세워 두고 있었고 내가 들어오기 전부터 이미 작업에 착수한 터였다. 그래서 방의 한쪽 벽은 벽지 일부가 찢겨 나간 채 희끗하게 얼룩진 지저분한 맨 벽이 드러나 있었지만, 그 맞은편 벽은 끝까지 손을 대지 못해서 벽지에 온전히 뒤덮인 그대로 남아 있었다. 버팀대로 풍성하게 부풀린 치마를 입은 숙녀와 반바지를 입은 남자가 장미꽃들에 둘러싸여 끊임없이 걷는 그림이 그려진 벽지였다. 바닥에는 뜯긴 벽지들이 펼쳐진 채로, 또는 둘둘 말린 채로 널브러져 먼지를 이고 있었고, 우리의 더러운 빨랫감들과 더불어 조반니의 도구들, 붓들, 기름병과 테레빈유 병 들도 여기저기 굴러다녔다. 우리의 여행 가방들은 무언가 다른 물건 위에 아슬아슬하게 놓여 있어서 열어 볼 엄두가 나지 않았기에, 가끔은 깨끗한 양말 따위의 자질구레한 생활용품은 구태여 꺼내지 않고 며칠쯤 버티기도 했다.

우리를 보러 오는 사람은 자크 외에는 아무도 없었다. 자크도 자주 오지는 않았다. 그 방은 도심에서 한참 떨어져 있었고 전화기도 없었다.

나는 처음 그 방에서 눈을 떴던 오후를 기억했다. 조반니는 내 옆에서 추락한 바윗덩어리처럼 잠잠히, 깊이 잠들어 있었다. 방에 비쳐 드는 햇빛이 너무 희미했기에 시간이 얼마나 된 건가 싶어 불안했다. 나는 살그머니 움직여 담뱃불을 붙였다. 조반니를 깨우고 싶지 않았다. 아직은 그의 눈을 어떻게 마주해야 할지 알 수 없었다. 택시를 타고 여기로 오는 길에 조반니가 자기 방이 너무 더럽다고 이야기했던 게 생각났다. 「어련하겠어.」 그때 나는 대수롭잖게 반응하고는 고개를 돌려 창밖을 내다보았다. 그러고는 둘 다 침묵했는데, 돌이켜 보면 그 침묵에는 어딘가 팽팽하고 괴로운 긴장이 흐르고 있었다. 조반니는 겸연쩍게 쓴웃음을 지으며 이렇게 침묵을 깼다. 「뭔가 시적인 비유를 찾아야겠는걸.」

그러더니 허공에 뜬 비유를 손으로 잡으려는 듯 굵직한 손가락들을 펼쳐 들었다. 나는 그가 하는 양을 지켜보았다.

마침내 조반니는 차창 밖을 빠르게 스쳐가는 길거리를 가리키며 말했다. 「이 도시의 쓰레기들을 봐. 저 온갖 쓰레기들, 저게 다 어디로 갈까? 나도 잘은 모르지만, 아무래도 파리 사람들은 저걸 다 내 방에 가져다 쌓아 놓는 것 같아.」

「설마. 차라리 센강에 던져 버리겠지.」

나는 그렇게만 대답했었다. 그런데 이제 조반니의 방에서 깨어나 방 안을 둘러보노라니, 나는 그때 그가 썼던 비유가 허세이면서 또 한편으로는 소심한 표현이기도 했다는 것을 깨달았다. 이 방에 있는 것들은 파리에 널린 익명의 쓰레기가 아니었다. 이건 조반니가 토해 낸, 조반니 개인의 삶이었다.

내 앞에도, 옆에도, 온 사방에 판지며 가죽으로 된 상자들이 벽처럼 높이 쌓여 있었다. 어떤 것들은 끈으로 매여 있고, 어떤 것들은 자물쇠로 잠겨 있고, 또 어떤 것들은 꽉 차서 터져 나갈 듯했다. 내 앞에 있는 상자 무더기의 맨 꼭대기 상자에는 바이올린 악보들이 넘치도록 수북히 쌓여서 자꾸만 떨어지고 있었다. 바이올린도 있기는 했다. 테이블 위에 우그러지고 금이 간 바이올린 케이스가 놓여 있었는데, 눈으로 보아서는 그게 그 자리에 어제부터 있었는지 1백 년 전부터 있었는지 가늠할 수 없었다. 또한 테이블 위에는 누렇게 변색된 신문지들, 빈 유리병들, 그리고 썩어 들어간 싹눈들이 달린, 쭈글쭈글해진 갈색 감자 한 알이 놓여 있었다. 바닥에 엎질러진 채 말라붙은 레드와인 때문에 공기 중에는 들큰하고 묵직한 냄새가 풍겼다. 하지만 무서운 점은 그 방의 무질서 자체가 아니었다. 무질서의 원인을 파악하려고 해도 통상적인 방법으로는 절대로 찾아낼 수가 없다는 점이었다. 그건 방 주인의 습관이나 환경이나 기질이 아니라, 징벌과 슬픔에서 비롯된 문제였기 때문이다. 어떻게 해서인지는 몰라도 나는 그 사실을 대번에 알아차릴 수 있었다. 아마도 살고 싶었기 때문인 것 같다. 나는 그러한 이해력을 갖추고 초조하게, 주도면밀하게, 치명적이고 불가피한 위험을 맞닥뜨린 사람 특유의 힘을 전력으로 쥐어짜 내며 그 방을 쳐다보았다. 고요한 벽 속 끝없이 계속되는 장미 정원에 갇힌 아득하고 오래된 연인들을 쳐다보았고, 얼음과 불로 이루어진 거대한 한 쌍의 눈처럼 나를 노려보는 창문 두 장을 쳐다보았으며, 악령들의 말이 드문드문 들려오는 먹구름처럼 낮게 내려앉은 천장을 쳐다보았다. 천장 한가운데에는 마치 규정 불가능하고 병든 섹스 같은 누르스름한 전등이 매달려 있었고, 천장은 그 불빛에 가려져서 잘 보이지 않았지만 거기서 배어나는 악의까지 희석되는 것은 아니었다. 저 뭉툭해진 화살 같은, 산산조각 난 꽃 같은 불빛 아래에 조반니의 영혼을 에워싼 공포가 도사리고 있었다. 나는 조반니가 왜 나를 원했는지, 어째서 이 최후의 피난처로 나를 데려왔는지 이해가 되었다. 그는 내가 이 방을 파괴해 주고 그에게 새롭고 더 나은 삶을 주기를 바랐던 것이다. 그건 즉 나의 삶일 수밖에 없었고, 조반니의 삶을 바꿔 주기 위해서는 우선 내 삶이 그 방의 일부가 되어야만 했다.

하지만 나 또한 너무나 복잡한 동기에 따라 그의 방에 들어가 살기 시작한 터였고, 그의 희망과 열망은 나하고는 거의 무관한 문제였던 데다가, 나 자신의 절박한 처지에 너무나 깊이 빠져 있었다. 그래서 처음에는 조반니가 일하러 간 시간에 주부 노릇을 하는 데에서 일종의 상상적인 기쁨을 찾았다. 신문, 유리병, 그 외에도 어마어마하게 쌓인 쓰레기를 내다 버렸고, 헤아릴 수 없이 많은 상자들과 여행 가방들의 내용물을 살펴보고 처분했다. 하지만 나는 주부가 아니다. 남자들은 주부가 되려야 될 수가 없다. 내가 느끼던 기쁨도 진실하거나 깊은 감정은 아니었다. 그러나 조반니는 고마움이 담긴 특유의 겸손한 미소를 지으며, 내가 거기 있어 주는 것이 얼마나 경이로운지, 내가 어떻게 그의 곁에서 사랑으로 그리고 뛰어난 수완으로 어둠을 막아 주고 있는지를 최대한 갖은 수단과 방법으로 이야기해 주었다. 그는 내 덕분에 자신이 어떻게 바뀌었는지, 내 사랑이 자신을 어떤 식으로 변화시켰는지, 자신이 어떻게 일을 하고 어떻게 노래를 부르며 어떻게 나를 아끼면서 살고 있는지 매일같이 내게 보여 주려 했다. 나는 엄청나게 혼란스러웠다. 때로는 이런 생각이 들었다. 〈이게 내 삶이잖아. 맞서 싸우는 건 그만둬. 맞서지 말라고.〉 또는 이렇게 생각도 했다. 〈나는 행복한걸. 그는 나를 사랑하고. 나는 안전해.〉 가끔 그가 가까이 있지 않을 때면 〈다시는 내게 손대지 못하게 해야겠어〉라고 생각했지만, 그러다가도 막상 그가 나를 만지면 〈뭐 어때. 몸이 닿는 것뿐인데. 금방 끝날 거야〉라는 생각이 들었다. 그리고 끝난 후, 나는 어둠 속에 누워 그의 숨소리에 귀를 기울이며 그의 손을 만지는 꿈을 꾸었다. 조반니의 손을, 또는 아무의 손이라도, 나를 으스러뜨리고 다시 온전하게 만들어 줄 힘을 가진 사람의 손길을 꿈꿨다.

오후에 늦은 아침 식사를 하고 나면 나는 푸른 담배 연기에 휩싸여 있는 조반니의 얼굴을 뒤로하고 혼자서 오페라 극장 근처의 아메리칸 익스프레스 사무소에 다녀오곤 했다. 내게 온 우편물이 있는지 확인하기 위해서였다. 조반니가 동행할 때도 있었지만 그런 경우는 드물었다. 그는 그토록 많은 미국인들 틈에 둘러싸여 있는 것을 견딜 수 없다며, 그들이 하나같이 비슷비슷해 보인다고 했다. 조반니에게는 정말로 그렇게 보였을 것이다. 하지만 내 눈엔 비슷하지 않았다. 그들 모두에게 무언가 미국인으로서의 공통점이 있기는 하겠지만 그게 정확히 무엇인지는 꼬집어 말할 수 없었다. 어쨌든 그 공통점은 나 또한 공유하는 특징일 테고, 조반니가 내게 끌린 것도 어느 정도는 그 특징 때문임을 나는 알고 있었다. 조반니는 내게 불만을 표출할 때면 vrai américain(진정한 미국인)이라고 불렀고, 반대로 나 때문에 기쁠 때는 내가 미국인도 아니라고 했다. 두 가지 경우 모두 나는 조반니에게는 없는 내밀한 약점을 찔린 듯해서 부아가 치밀었다. 그에게 미국인으로 불리는 것이 분한(그리고 이런 일에 부아를 내는 나 자신이 분한) 까닭은 내가 미국인이라는 정체성 외에는 아무것도 아닌 존재처럼 느껴지기 때문이었고, 미국인이 아니라는 말을 듣는 게 분한 까닭은 내가 그냥 아무것도 아닌 존재처럼 느껴지기 때문이었다.

그럼에도 불구하고 어느 유난히 눈부시던 한여름 날 오후, 아메리칸 익스프레스 사무소에 걸어 들어가자마자 나는 눈앞의 사람들이 다 한 사람처럼 보인다는 사실을 인정하지 않을 수 없었다. 그들은 하나같이 활달했으며 너무나 명랑해서 보는 이에게 불안감을 자아낼 정도였다. 고향에서라면 그들의 말씨, 말버릇, 억양 등을 아무런 어려움 없이 구분했을 테지만, 이제는 아무리 열심히 귀를 기울여도 죄다 어디 네브래스카에서 막 도착한 사람들의 말처럼만 들렸다. 고향에서라면 눈에 들어왔을 그들의 옷은 보이지 않고 전부 똑같은 백화점에서 샀을 게 뻔한 가방, 카메라, 벨트, 모자 따위만 눈에 박혔다. 고향에서라면 여자들 한 명 한 명이 여성으로서 얼마나 성숙한지 느껴졌을 텐데, 여기서 보니 그중에서 가장 두드러지게 여성적이라고 할 만한 여자도 어쩐지 얼음처럼 차갑게 굳었거나 뜨거운 뙤약볕에 말라비틀어진 성(性)의 모조품에 가까워 보였고, 심지어 할머니들조차도 자기 육체와 아무런 접점이 없는 것처럼 보였다. 그리고 남자들의 공통된 특징은 나이를 먹을 줄 모르는 사람들 같다는 점이었다. 그들이 풍기는 비누 냄새는 그 이상의 내밀한 냄새를 드러낼 위험이나 그러한 위급 상황으로부터 그들을 지켜 줄 방부제와 같은 기능을 하는 듯했다. 미소 띤 아내와 함께 로마행 차표를 끊고 있는 어느 60대 남자의 눈 속에서는 아직 더럽혀지지도, 훼손되지도, 변하지도 않은 소년이 빛나고 있었다. 그 옆의 아내는 아내라기보다는 아들에게 오트밀을 더 먹으라고 억지로 입안에 밀어 넣는 어머니 같았고, 아들에게 보여 주겠다고 약속한 영화를 보여 주러 가듯이 로마 여행을 떠나려는 것 같았다. 그러나 내 눈에 보이는 것은 진실의 일부분일 뿐이리라는, 어쩌면 중요한 부분조차 아닐지도 모른다는 생각도 들었다. 저들의 얼굴, 옷차림, 억양, 무례함 이면에는 미처 인정받지도, 지각되지도 못한 힘과 슬픔이 깃들어 있었으니까. 그것은 곧 발명가의 힘이요, 단절된 자의 슬픔이었다.

나는 우편 창구 앞에 줄을 섰다. 내 앞에 선 젊은 여자 둘은 유럽에 정착할 요량으로 독일로 가서 미국 정부와 관련된 일을 구하려 하고 있었다. 둘이서 불안하고 열띤 목소리로 나지막이 주고받는 대화를 듣자 하니, 그중 한 명은 스위스 남자와 사랑에 빠진 모양이었다. 그녀의 친구는 어떤 원칙에 대해 〈절대로 물러서지 말라〉고 조언하는 중이었고, 사랑에 빠진 여자 쪽은 고개를 연신 주억거렸지만 친구의 말에 수긍한다기보다는 얼떨떨한 눈치였다. 말문이 막힌 듯 어물거리는 양을 보니 뭔가 더 하고 싶은 말이 있지만 어떻게 표현해야 할지 모르는 듯했다. 〈이 문제에서는 바보처럼 굴면 안 된단 말이야〉라고 친구가 말하자, 그녀는 〈알았어, 알았어〉라고 대꾸했다. 바보처럼 굴고 싶지 않은 것까지는 분명하지만 바보라는 낱말이 무슨 뜻인지는 알 수 없게 되어 버렸고 앞으로도 영영 모를 것 같은 얼굴이었다.

내게 온 편지는 두 통이 있었다. 한 통은 아버지, 한 통은 헬라의 것이었다. 한동안 엽서만 보내던 헬라가 모처럼 편지를 보낸 것을 보면 중요한 내용일 듯싶었다. 차마 읽어 볼 엄두가 나지 않았다. 나는 아버지의 편지봉투부터 먼저 뜯고, 끊임없이 열리고 닫히는 출입문 옆에서, 양달에서 겨우 벗어난 지점에 서서 편지를 읽었다.

우리 대장부에게

집에는 영영 안 돌아올 거니? 단지 내 욕심 때문에 너를 재촉하는 것만은 아니다만, 그래도 진심으로 네가 보고 싶구나. 그만큼 오래 떠나 있었으면 이제는 충분하지 않니. 거기서 대체 뭘 하고 있는지는, 네가 좀처럼 편지에 구체적으로 써주지를 않으니 나로서는 짐작도 할 수가 없구나. 하지만 거기서 그렇게 넋 놓고 지내면서 세상이 굴러가는 것을 내버려 두고만 있었던 나날을 머잖아 후회하게 될 게다. 그곳에는 네가 할 일이 아무것도 없어. 너는 딱 돼지고기를 넣은 베이크트 빈스 요리처럼 뼛속들이 미국인이잖니. 너는 더 이상 그렇게 생각하고 싶지 않을지는 몰라도. 그리고 이런 말 너무 고깝게 듣지 않기를 바란다만, 만약 네가 공부를 하고 있는 거라면, 그러기에는 조금 늦은 나이라는 충고도 해야겠다. 너도 곧 서른이니 말이다. 나도 늙어 가고 있고, 내게는 오로지 너밖에 없단다. 그러니 얼굴 좀 보여 주렴.

　너는 돈을 보내 달라고 거듭 부탁하는데도 보내 주지 않는 내가 박정하다고 생각하고 있겠지. 너를 굶겨서 항복시킬 작정으로 이러는 것은 아니란다. 네가 정말로 필요한 것이 있으면 누구보다도 내가 먼저 나서서 너를 도울 거야. 하지만 얼마 있지도 않은 네 돈을 거기서 다 써버리고 빈털터리가 된 채로 고향에 돌아오게 해서야, 아버지로서 너를 위하는 방법이라고 할 수 없지 않겠니. 도대체 거기서 뭘 하고 있는 거냐? 이 아비에게도 비밀을 좀 알려 주지 않으련? 못 믿을지도 모르겠지만, 나도 너처럼 젊은 시절이 있었단다.

그다음에는 새어머니가 어떻게 지내는지, 나를 얼마나 보고 싶어 하는지에 대한 이야기와, 내 친구들 몇몇의 소식과 근황이 적혀 있었다. 아버지는 내가 계속 집에 돌아가지 않으니 두려운 기색이 역력했다. 내 부재가 무슨 의미인지 이해할 수 없기 때문이리라. 하지만 사실 아버지의 삶 자체가 점점 더 어두워지고 막막해져 가는 의혹의 연속일 텐데, 그 의혹들을 입 밖으로 꺼내지도 못하는 데다 설령 꺼내려고 한대도 어떻게 표현해야 할지조차 모를 터였다. 아버지가 내게 정말로 하고 싶은 질문과 부탁은 편지에 적혀 있지도 않았다. 〈여자 때문이니, 데이비드? 그렇다면 집으로 데려오거라. 어떤 여자라도 괜찮아. 일단 데려오기만 하면 네가 가정을 꾸리게 도와주마.〉 아버지가 이 질문을 차마 꺼내지 못한 까닭은 내게서 나올 부정적인 대답을 견딜 수 없기 때문이었다. 그러면 우리가 얼마나 남남이 되었는지 드러나고야 말 테니까. 나는 편지를 접어서 호주머니에 집어넣었다. 그리고 햇빛이 비치는 널따란 이국의 대로를 잠시 바라보았다.

하얀 제복을 갖춰 입은 한 해군이 길을 건너오고 있었다. 건들건들 걷는 몸놀림도, 많은 일을 한꺼번에 서둘러 이뤄내야 하는 사람처럼 희망차고 기세등등한 분위기도 전형적인 해군다웠다. 무심결에 그를 쳐다보노라니 내가 바로 저 청년이었으면 좋겠다는 생각이 들었다. 그는 어쩐지 나보다— 그 어떤 과거의 나보다도 더욱 — 어려 보였고, 금발에는 더욱 금빛이 돌았고, 용모는 더욱 아름다웠으며, 자신의 남성성을 자기 피부처럼 당연스럽게 둘러 입고 다니는 듯했다. 그를 보니 집 생각이 났다. 어쩌면 집이라는 것은 장소가 아니라, 그저 돌이킬 수 없는 어떤 상태를 가리키는 개념인지도 모른다. 저 해군이 어떤 식으로 술을 마시는지, 친구들과 어떻게 어울리는지, 고통 때문에 그리고 여자 때문에 어떤 당혹감을 느끼는지 나는 익히 알고 있었다. 아버지도 한때는 저랬던 걸까, 나도 저런 적이 있기는 했던가 싶어서 의아해 졌다. 하지만 큰길을 성큼성큼 가로질러 오는 저 청년은 그 야말로 빛 자체처럼만 보여서, 그에게도 선조나 친인척 같은 관계가 있으리라고는 상상이 잘 되지 않았다. 그런데 어느덧 내 옆에 나란히 서는 위치에까지 온 그가 내 눈에서 훤히 드 러나는 공황을 읽었는지, 경멸이 섞인 음탕하고도 의미심장 한 시선을 던졌다. 그는 불과 몇 시간 전에도 남자에 몸이 달 아서 옷을 한껏 빼입은 호색광 여자라든지 숙녀인 체하려 애 쓰는 창녀에게 딱 저런 시선을 던졌을 것 같았다. 이대로 나 와 눈이 마주친 채 1초라도 더 지나면 저 눈부신 빛과 아름다 움 속에서 반드시 어떤 말이 터져 나올 거라는 확신이 들었 다. 〈어이, 나 네 녀석 알아〉쯤의 말이 한층 무자비한 표현을 입고 튀어나오고야 말리라. 얼굴이 화끈 달아올랐다. 나는 애써 냉랭한 눈길로 그 청년 너머를 주시하며 허둥지둥 그의 옆을 지나갔다. 가슴이 싸늘하게 굳고 떨려 왔다. 사실 나는 그 해군을 생각했다기보다는 내 호주머니 속 편지에 대한, 그리고 헬라와 조반니에 대한 상념에 빠져 있었는데, 그에게 그런 시선을 받다니 허를 찔린 기분이었다. 뒤도 돌아보지 못하고 내처 길 건너편까지 다다른 나는 그가 내게서 도대체 무엇을 보았기에 그렇게 즉각적인 경멸을 내비쳤던 것일까 아연해졌다. 걸음걸이나 손동작이나 목소리 같은 것이 우스 꽝스럽게 비쳐질 만큼 어린 나이도 아닌데 ─ 어차피 목소리 는 입 밖에 낸 적도 없었지만. 무언가 다른 이유가 있을 터였

다. 하지만 내게는 그것이 보이지 않았다. 감히 볼 수가 없을
것이다. 태양을 맨눈으로 쳐다보는 짓이나 마찬가지일 테니
까. 하지만 널따란 인도를 지나가는 사람들 중 남자든 여자
든 그 누구에게도 눈을 두지 못한 채 걸음을 재촉하다 보니,
그 해군이 내 무방비한 눈동자에서 본 것이 무엇인지 알겠다
는 생각이 들었다. 질투심과 욕망이었다. 나 역시 자크의 눈
에서 그 감정을 더러 보았고, 그때마다 내가 취했던 반응을
그 해군은 그대로 보여 준 셈이었다. 하지만 만약 내가 그럼
에도 여전히 애정을 느낄 수 있고 그것이 내 눈에 드러났다
하더라도 달라지는 것은 아무것도 없었을 것이다. 내가 하릴
없이 바라보게 되는 청년들에게는 애정이 욕정보다도 훨씬
더 공포스러울 테니까.

　나는 계획보다 먼 데까지 걸어갔다. 아직 나를 지켜보고
있을지도 모르는 해군의 눈앞에서 차마 발길을 멈출 수 없었
다. 결국 센강 근처의 피라미드 거리에 이르러서야 나는 한
카페 테이블에 앉아 헬라의 편지를 뜯었다.

　자기야, 스페인은 이제껏 가본 나라들 중 가장 마음에
들어. 그런데 내가 가장 좋아하는 도시는 여전히 파리인가
봐. 다시금 그 어리석은 사람들 틈에 섞여서 지하철을 타
러 달려가고, 버스에 뛰어오르고, 오토바이를 피해 몸을
날리고, 교통 체증에 시달리고, 그 온갖 해괴한 공원들에
있는 온갖 괴상한 조각상들을 숭배하고 싶은 마음이 간절
해. 콩코르드 광장에 있던 그 수상쩍은 여자들이 그리워서

눈물이 다 난다니까. 스페인은 그곳과는 전혀 달라. 스페인을 뭐라고 정의하든 간에 경박스러운 구석이라곤 전혀 없는 나라인 건 확실해. 나는 스페인에서 평생 살 수도 있을 것 같아. 정말로. 만약 파리에 가본 적이 없다면 말이야. 스페인은 아주 아름답고, 돌이며 바위가 많고, 화창하고 고독한 곳이야. 하지만 올리브오일, 생선, 캐스터네츠, 탬버린에도 차차 질리는 때가 오지. 다른 사람들은 어떨지 몰라도 나는 질렸어. 이제는 집으로 돌아가고 싶어. 파리로. 희한하지, 나는 원래 어딘가를 집이라고 생각해 본 적이 없는 사람인데.

그동안 내겐 아무 일도 없었어. 당신에겐 다행스러운 소식일 거야. 솔직히 나 스스로도 다행이라고 생각해. 스페인 사람들은 괜찮지만, 당연하게도 대부분은 지독하게 가난해. 내가 만나 볼 만한 남자들은 다 그렇더라고. 그리고 관광객들은 또 싫더라. 그들은 대부분 영국이나 미국에서 온 알코올 중독자들인데, 가족들이 떨어져 지내 달라고 돈까지 쥐여 주고 여행 보냈다지 뭐야. (나도 가족이 있었으면 좋겠네.) 지금 나는 마요르카에 있어. 그럭저럭 예쁜 곳이긴 하지만, 정말로 예쁜 곳이 되려면 여기서 연금 받고 사는 과부들을 죄다 바다로 던져 버리고 드라이마티니 마시는 걸 불법으로 지정해야 할 거야. 정말이지 이런 꼴은 처음 봤어! 늙다리 할망구들이 술을 퍼마시면서 바지 입은 사내라면 누구에게든 다 추파를 던져 댄다니까. 특히 열여덟 살쯤 된 사내애라면 말할 것도 없고. 뭐, 그래서 나는 나 자신에게 이렇게 말했어. 헬라, 이 아가씨야, 저 꼴을 잘 봐. 저게 네 미래가 될지도 몰라……. 문제는 내가 나 자신을 지나치게 사랑한다는 거야. 그래서 이젠 그 일, 그러니까 나를 사랑하는 일을 두 사람이 같이 하면 어떨까 해. 그러면 어떻게 되나 한번 봐야겠어. (이렇게 결정하고 나니 기분이 좋네. 당신 기분도 좋아졌길 바라, 김블[11] 갑옷을 입은 기사님.)

예전에 바르셀로나에서 만난 어느 영국인 가족이 있는데, 그들과 같이 세비야에 가기로 했어. 참 따분한 여행이 될 테지만 그래도 꼼짝없이 따라가야 하는 처지야. 그 사람들은 스페인을 열렬히 사랑하는데, 내게 투우를 보여 주고 싶대서 말이야. 나는 여태껏 이 나라를 돌아다니면서도 그걸 한 번도 못 봤거든. 사실 무척 친절한 사람들이기는 해. 남편은 BBC 방송사에서 일하는 무슨 시인인가 하는 남자고, 아내는 그를 사모하고 잘 내조하는 여자고. 정말로 친절하지. 그런데 그 아들이 완전히 미친놈이야. 자기가 나한테 홀딱 반했다는 망상에 빠져 있어. 하지만 그는 너무 영국스러운 남자일뿐더러, 또 너무, 너무 어려. 나는 내일 이곳을 떠날 예정이야. 그러고 나서 열흘간의 여행이 끝나면, 그들은 잉글랜드로, 나는 당신에게로 갈 거야!

나는 편지를 접었다. 내가 이 편지를 수많은 낮과 밤에 걸쳐 기다려 왔다는 것을 비로소 깨달았다. 그때 웨이터가 와

11 Gimbel. 20세기 초중반에 유명했던 미국의 백화점 브랜드.

서 무엇을 마시겠느냐고 물었다. 식전주나 한잔 할 생각이었는데, 자축이라도 해야겠다는 기괴한 충동에 휩쓸려 탄산수에 탄 스카치위스키를 주문해 버렸다. 그 어느 때보다도 미국적으로 보이는 그 술을 앞에 두고 앉아서 나는 파리의 해괴한 정경을 바라보았다. 델 듯이 뜨거운 햇볕 아래 어수선하게 펼쳐진 그 도시의 풍경이 마치 내 마음의 풍경 같았다. 이제부터 나 자신이 무엇을 할까 궁금해졌다.

이때까지만 해도 두려움을 느끼지는 않았던 것 같다. 아니, 두려움 따위는 전혀 없었다고 해야 맞으리라. 듣기로는 사람이 총에 맞으면 잠시간 아무런 고통도 느껴지지 않는다고 하던데, 마치 그런 느낌이었다. 오히려 일종의 안도감이 들었다. 직접 결정을 내려야 하는 책임이 내 손을 벗어난 것 같았다. 조반니와 나의 목가적인 생활이 언제까지고 지속될 수는 없다는 것은 우리 둘 다 익히 알고 있지 않았느냐고, 나는 스스로를 타일렀다. 내가 조반니를 속였던 것도 아니다. 헬라에 대해서 다 알려 주지 않았던가. 그녀가 언젠가는 파리로 돌아오리라는 것은 조반니도 아는 사실이었다. 이제 그녀가 돌아오고 나면 조반니와 함께하던 삶은 끝날 것이다. 언젠가 내가 겪었던 — 많은 남자들이 한 번쯤 겪었던 그렇고 그런 일로 남을 것이다. 나는 술값을 내고 일어나서 몽파르나스로 향하는 강변길을 걸었다.

기분이 들떴다. 그런데 라스파유를 거쳐 몽파르나스의 카페들 방향으로 걷다 보니 이곳을 헬라와 함께, 또 조반니와 함께 걷던 기억을 떠올리지 않으려야 않을 수가 없었다. 그리고 내딛는 걸음마다 눈앞에서 끈질기게 어른어른 빛나는 얼굴은 그녀가 아니라 조반니의 얼굴이었다. 그가 헬라의 소식을 어떻게 받아들일지 염려되었다. 그가 나와 싸우려 들지는 않겠지만, 그의 얼굴에서 내가 무엇을 보게 될지가 두려웠던 것이다. 거기서 고통을 보게 될까 봐. 하지만 그것조차 내 공포의 진짜 원인은 아니었다. 진짜 공포는 마음속에 파묻힌 채로 나를 몽파르나스로 몰아가고 있었다. 여자를 만나고 싶었다. 아무 여자라도 좋으니.

그러나 카페의 테라스 자리들은 이상하게도 한산했다. 나는 길 양편을 느릿느릿 오고 가며 테이블들을 둘러보았지만 아는 사람은 아무도 눈에 띄지 않았다. 결국엔 〈클로즈리 데 릴라〉 카페에까지 이르러 그곳에 혼자 자리를 잡고 술을 마셨다. 편지들을 다시 읽어 보았다. 당장 조반니를 찾아가서 헤어지자고 말할까 싶었지만, 아직 기욤의 바는 문을 열지 않았을 테고 이 시간대에 조반니가 파리의 어디에 있을지는 아무도 모르는 일이었다. 나는 다시 느릿느릿 길거리로 걸어 나갔다. 여자 두 명이 보였다. 프랑스 매춘부들이었는데, 그다지 매력적이지는 않았다. 내가 겨우 저 정도 수준은 아니지 않느냐고, 나는 나 자신을 다잡으며 카페 〈셀렉트〉로 가서 테라스 자리에 앉았다. 그리고 길거리를 지나다니는 사람들을 지켜보며 술을 마셨다. 한참을 그러고 있었지만 아는 여자는 나타나지 않았다.

그러다 마침내 나타난 여자는 그리 잘 아는 사이는 아니었다. 수라는 이름의 여자인데 금발에 약간 통통한 체격으로,

예쁜 외모는 아니었지만 매년 〈미스 라인골트〉[12]로 뽑히는 여자들 특유의 특징을 갖추고 있었다. 금발 곱슬머리를 아주 짧게 잘랐고 가슴은 작고 엉덩이는 컸으며, 거의 항상 꽉 끼는 청바지를 입고 다녔는데 자신의 외모나 관능에 전혀 신경 쓰지 않는다고 온 세상에 알리기 위해서인 게 분명했다. 필라델피아의 대단한 부잣집 출신이라고 들었던 것 같았다. 가끔 술에 취하면 그녀는 부모에 대한 악담을 늘어놓았지만, 또 다른 식으로 취하면 부모가 검소하고 서로에 대한 신의가 깊다며 격찬을 늘어놓았다. 나는 수를 보게 되어서 실망스러운 한편 안심도 되었다. 수가 눈앞에 나타나자마자 나는 그녀의 옷을 모조리 벗겨 보는 상상을 했다.

「이리 와서 앉아요. 한잔하죠.」

「웬일이야, 정말 반갑네요!」 그녀가 다가와 앉으며 외치고는 웨이터를 찾아 주위를 두리번거렸다. 「요새 도통 안 보이던데. 어디 있었던 거예요?」 그녀는 웨이터를 찾기를 포기하고 내 쪽으로 몸을 기울이며 상냥하게 웃었다.

「그냥 잘 지냈죠. 당신은요?」

「오, 나요! 나야 언제나 아무 일도 없죠.」 수는 특유의 포식 동물 같으면서도 연약한 입술의 양쪽 끝을 실그러뜨리며 말했다. 농담 반 진담 반이라는 뜻이었다. 「나는 워낙 벽돌담처럼 생겨 먹은 사람이잖아요.」 우리 둘 다 웃음을 터뜨렸다. 그녀는 나를 응시하며 화제를 돌렸다. 「사람들 말로는 당신

---

12 당시 유통되던 미국의 맥주 브랜드 라인골트에서 해마다 소비자 투표 형식으로 선출했던 여성 모델. 전형적인 독일 미녀 이미지의 여성들이었다.

이 요즘 파리 시내에서 한참 떨어진 외곽 지역에 산다던데요. 동물원 근처에.」

「그쪽에 하녀 방을 구했거든요. 아주 싼 방이에요.」

「혼자 사는 거예요?」

조반니에 대해 알고 물은 걸까, 모르고 물은 걸까. 나는 이마에 땀이 맺히는 느낌이 들었다.「그런 셈이죠.」

「그런 셈? 그게 대체 무슨 뜻이에요? 원숭이라도 키우는 거야, 뭐야?」

나는 빙긋 웃었다.「아니, 아는 프랑스 남자애 때문에 그래요. 자기 애인이랑 살긴 하는데, 하도 자주 싸워서 내 방을 아예 자기 방처럼 들락거리거든요. 애인한테 쫓겨나면 이틀쯤은 나하고 같이 자요.」

「아! Chagrin d'amour(사랑의 고통이란)!」

「그래도 걔는 재밌게 지내고 있어요. 아주 즐겁다더군요.」 나는 그녀를 건너다보았다.「당신은 안 그런가요?」

「돌담은 워낙 튼튼해서 뚫릴 일도 없으니 괜찮아요.」

웨이터가 도착했다. 나는 수에게 과감한 질문을 던졌다.「그건 무기에 따라 다르지 않나요?」

「술은 어떤 걸로 사줄 생각이에요?」

「어떤 걸 원하시죠?」

우리는 둘 다 씩 웃고 있었다. 웨이터는 우리를 내려다보며 서서 〈joie de vivre(좋을 때다)〉라고 말하는 듯 불퉁한 표정을 지었다.

「나는…….」

그녀는 꼭 끼는 청바지 같은 빛깔의 눈동자 위에 드리워진 속눈썹을 깜빡거리며 말했다. 「리카르[13] 마실게요. 얼음 엄청 많이 넣고.」

「Deux ricards avec beaucoup de la glace(리카르 두 잔하고 얼음 많이 주세요).」

내 말에 웨이터가 〈oui, monsieur(네, 므시외)〉라고 답했다. 그는 우리 둘을 경멸할 게 뻔했다. 문득 조반니가 생각났다. 매일 저녁 그의 입에서 〈oui, monsieur(네, 므시외)〉라는 말이 얼마나 많이 나올까. 그런 맥락 없는 생각이 머릿속을 스쳐 가면서 또 다른 맥락 없는 생각들이 뒤를 이었다. 조반니의 존재가, 그의 개인적인 삶과 고통이 새삼 새롭게 와닿았고, 밤에 같이 누워 있을 때 그의 안에서 급류처럼 흐르던 모든 것의 기억이 되살아나는 것이었다.

「그럼 계속하죠.」 내가 말했다.

「계속하다뇨? 뭘?」

수가 눈을 휘둥그레 뜨며 되물었다. 교태를 부리면서 한편으로는 냉정해지려 애쓰고 있는 것이다. 나는 내가 굉장히 잔인한 짓을 하고 있다는 느낌이 들었다.

하지만 멈출 수가 없었다. 「돌담에 대해 얘기하고 있었잖아요. 그걸 어떻게 뚫을 수 있는지.」

그녀가 바보스러운 웃음을 흘렸다. 「당신이 돌담에 그렇게 관심이 많은 줄은 몰랐는데요.」

13 아니스 열매가 들어간 독한 술인 파스티스pastis의 한 종류로, 당시 프랑스에서 큰 인기를 모았던 브랜드.

「내겐 당신이 모르는 면이 아주 많아요. 몰랐던 것을 발견하는 것, 재미있지 않아요?」

그때 웨이터가 우리가 주문한 술을 내왔다. 그녀는 불만스러운 눈길로 자기 술잔을 쳐다보았다. 「솔직히…….」 그녀가 그 눈빛 그대로 내게 시선을 돌렸다. 「난 별로 안 그래요.」

「오, 그런 말을 하기엔 아직 너무 젊은걸요. 만사가 새로운 발견의 연속일 텐데.」

그녀는 잠시 침묵했다. 그러다 술을 한 모금 마시고는 마침내 입을 뗐다. 「내가 견딜 수 있는 선에서 할 수 있는 발견은 이미 다 한 것 같아요.」 그러나 나는 그녀의 허벅지가 청바지 천의 압박을 거슬러 움직이는 것을 눈여겨보았다.

「하지만 언제까지고 벽돌로 남아 있을 순 없잖아요.」

「왜 그럴 수 없다는 건지 모르겠는데요. 어떻게 하면 그러지 않을 수 있는지도 모르겠고.」

「아가씨, 나는 지금 그쪽에게 제안을 하고 있는 거예요.」

그녀는 술잔을 다시 집어 들고 조금씩 마시면서 밖의 길거리를 똑바로 응시했다. 「무슨 제안이요?」

「내게 술 한잔 대접해 달라고요. Chez toi(당신 집에서).」

그녀가 나를 돌아보았다. 「우리 집에는 아무것도 없을 텐데요.」

「가는 길에 뭐 사 가면 되죠.」

그녀는 한참 나를 쳐다보았다. 나는 시선을 떨구지 않으려 안간힘을 썼다. 수가 끝내 말했다. 「난 그러면 안 된다고 봐요.」

「왜요?」

그녀는 고리버들 의자 위에서 하릴없이 몸을 살짝 뒤척였다. 「몰라요. 모르겠어요. 당신이 뭘 원하는 건지.」

나는 소리 내어 웃었다. 「일단 나를 집으로 데려가 봐요. 그러면 알려 줄 테니.」

「당신 지금 억지 쓰는 것 같아요.」 그렇게 말하는 그녀의 눈빛과 목소리에서 처음으로 진심이 배어났다.

「글쎄, 내가 보기엔 당신이야말로 억지를 쓰는 것 같은데요.」 나는 그녀에게 소년 같으면서도 고집스러운 미소를 지어 보였다. 아니, 그렇게 보이기를 바랐다. 「내가 한 말의 어디가 그렇게 억지스럽다는 건지 모르겠군요. 나는 내 패를 전부 내놨어요. 당신은 아직 숨기고 있고. 남자가 당신에게 끌린다고 말하고 있는데, 어째서 그게 억지라고 생각하죠?」

「오, 그만 좀 해요. 당신 그냥 더위 먹은 거예요.」 수는 술잔을 비웠다.

「더위하곤 아무 상관 없는 일이에요.」

그녀는 묵묵부답이었다. 나는 조급하게 덧붙였다. 「그냥 여기서 한 잔 더 마실지, 그쪽 집에서 더 마실지만 결정하면 돼요.」

그녀가 갑자기 손가락을 맞부딪쳐 딱 소리를 냈다. 명랑한 분위기를 자아내려는 의도였겠지만 별 효과는 없었다. 「그럼 따라와요. 후회할 게 뻔하지만. 그런데 마실 건 정말로 당신이 사야 해요. 우리 집엔 진짜 아무것도 없으니까요. 그리고 그렇게 하면…….」 그녀는 잠깐 뜸을 들이다 말을 맺었다. 「그러면 나도 이 거래에서 뭔가 얻는 게 있는 셈이 되겠죠.」

막상 이 순간이 되니 도리어 내가 엄청나게 주저되었다. 나는 그녀의 눈을 피하려고 일부러 과장스럽게 웨이터를 부르는 시늉을 했다. 웨이터가 여전히 불퉁한 표정으로 다가왔다. 나는 술값을 치른 뒤, 수와 함께 일어서서 그녀의 작은 아파트가 있는 세브르 거리로 향했다.

그녀의 집은 어두침침했고 가구가 빽빽히 들어차 있었다. 「내 가구는 하나도 없어요. 전부 집주인 거예요. 나이 지긋한 프랑스 아주머니인데, 지금은 신경 치료를 받으러 몬테카를로에 가 있어요.」 수도 나처럼 매우 초조해 보였다. 그녀의 초조함이 내게는 잠시나마 큰 도움이 될 듯싶었다. 나는 오는 길에 산 작은 코냑병을 대리석 테이블 위에 내려놓은 뒤 그녀를 품에 안았다. 왠지 몰라도 지금이 저녁 7시라는 생각이 뇌리에서 떠나질 않았다. 곧 해가 강 너머로 떨어질 테고, 파리의 밤이 또다시 시작될 것이며, 조반니는 지금쯤 일터에 있으리라는 생각이.

그녀의 몸은 아주 컸고, 액체처럼 물컹거려서 꺼림칙했다. 액체 같기는 하지만 정작 흐르지는 못하는 몸이었다. 그녀의 안은 단단하고 빽빽했으며 강고한 불신이 느껴졌다. 나 같은 남자들을 너무 많이 겪고 생겨난, 이제 와서는 결코 허물 수 없을 정도의 불신이었다. 우리가 하려는 일이 결코 아름답게 전개될 리가 없었다.

그때 그녀도 같은 것을 느꼈는지, 내게서 몸을 떨어트렸다. 「술부터 한잔 마셔요. 물론 당신이 바쁘지 않다면. 꼭 필요한 시간 이상으로 당신을 붙들어 두지는 않을게요.」

그녀는 미소를 지었다. 나도 미소 지었다. 그 순간 우리는 더 이상 가까워질 수 없을 만큼 가까워져 있었다. 한 쌍의 도둑처럼.「한 잔 말고 여러 잔 마시죠.」

「너무 많이는 안 돼요.」그녀는 의미심장하지만 바보스러운 웃음을 지었다. 왕년에 은막의 여왕이었으나 이제는 완전히 망가져 버린 배우가 긴 잠적기 끝에 잔인한 카메라들을 다시금 마주하며 짓는 웃음 같았다.

그녀는 코냑병을 들고 부엌으로, 자기만의 은신처로 사라졌다.「편안하게 있어요. 신발 벗고, 양말도 벗고.」그녀가 부엌에서 외쳤다.「내 책들도 좀 봐요. 세상에 책이 없었다면 어떻게 살았을까, 난 그런 생각이 자주 들더라고요.」

나는 신발을 벗고 소파에 누웠다. 생각을 하지 않으려고 애썼지만 어쩔 수 없이 생각이 밀려들었다. 내가 조반니와 했던 것은 지금 수와 하려는 짓에 비하면야 부도덕하다고 할 수도 없으리라는 생각이었다.

수가 커다란 브랜디 잔 두 개를 들고 돌아와 내 옆에 다가앉았다. 우리는 술잔을 만졌고, 술을 조금 마셨다. 그러는 내내 그녀는 나를 지켜보고 있었다. 나는 그녀의 가슴을 만졌다. 그러자 그녀가 입술을 벌리더니, 굉장히 서투르게 술잔을 내려놓고는 내 위에 몸을 뉘었다. 그건 깊은 절망의 몸짓이었다. 그녀는 내가 아니라 돌아오지 않을 옛 연인에게 자신을 내어 주고 있었던 것이다.

그리고 나는 ── 그 어두운 곳에서 수와 관계하면서 나는 많은 생각을 했다. 그녀가 피임은 했을까, 만약 수와 나 사이에 아이가 생긴다면 어떨까. 도피하려고 벌인 행동 때문에 도리어 인생을 얽매이게 되리라고 생각하니 하마터면 발작적인 웃음이 터져 나올 뻔했다. 또 그녀가 피우던 담배 위에 청바지를 벗어 두지는 않았나 생각했고, 이 집 열쇠를 다른 누군가가 갖고 있지 않을까, 부실한 벽 너머로 우리 소리가 들리지 않을까, 잠시 뒤면 우리가 서로를 얼마나 미워하게 될까도 생각했다. 나는 마치 `일거리를 처리하듯이 수를 대하고 있었다. 대단히 인상 깊은 솜씨로 완수해야만 하는 어떤 일을 맡은 것처럼 말이다. 그러나 마음속 맨 밑바닥에서는 내가 그녀에게 무언가 끔찍한 짓을 저지르고 있다는 것을 알았고, 내 명예를 지키기 위해서라도 그 사실이 지나치게 노골적으로 불거지지 않도록 노력하지 않을 수 없었다. 이 소름 끼치는 사랑의 행위를 통해 나는 내가 경멸하는 것이 적어도 그녀는 아니라는, 즉 〈그녀의〉 육체는 아니라는 점을 알리려고 애썼다. 우리가 다시 몸을 바로 세웠을 때 내가 차마 마주 볼 수 없는 것은 그녀가 아닐 테니까. 그런데 또 한편으로 마음속 맨 밑바닥에서는, 내가 이제까지 품었던 두려움이 과장스럽고 근거 없는, 가식적인 감정이나 마찬가지였다는 것도 깨닫고 있었다. 내가 두려워해 온 것의 정체는 사실 내 몸과는 전혀 무관한 다른 무언가였음이 시시각각 분명해져만 갔기 때문이다. 수는 헬라가 아니었고, 헬라가 돌아오면 벌어질 일에 대한 공포는 수로 인해 잦아들기는커녕 더욱 강하게, 현실적으로 지각되는 것이었다. 그런데 그 와중에도 내가 수에게 펼치는 행위들은 지나치게 잘 먹혀들어서, 내가 그녀에게 공을 들이며 느끼는 여러 감정들을 그녀는 거의 알아차리지 못하고 있었다. 나는 그런 수를 경멸하지 않으려 노력하며, 그녀의 비명 소리와 내 등을 두들기는 그녀의 손짓으로 이루어진 그물 사이를 헤치고 나아갔다. 그리고 그녀의 허벅지와 다리의 느낌으로 미루어 내가 언제쯤 자유로워질 수 있을지를 가늠했다. 〈이제 거의 끝이야.〉 그녀의 흐느낌이 더더욱 높고도 날카롭게 치솟았고, 내 등허리와 그 위에 맺힌 차가운 땀의 감촉이 지독하게도 선명히 의식되었고, 〈아, 이제 좀 가버려, 끝내 버리잔 말이야〉라는 생각과 동시에 절정이 닥쳐왔다. 그녀와 나 자신이 증오스러웠다. 비로소 모든 것이 끝났다. 내 눈앞에 다시금 어둠과 조그마한 방의 정경이 밀려들었다. 나는 오로지 그곳을 나가고 싶은 생각뿐이었다.

그녀는 한참을 가만히 누워서 움직이지 않았다. 밖에 찾아온 밤이 느껴졌다. 밤이 나를 부르고 있었다. 나는 마침내 몸을 기대앉고 담배 한 개비를 찾았다.

「술 마저 마실까?」

그녀가 그렇게 묻더니 일어나 앉고는 침대 옆 램프의 스위치를 켰다. 내가 줄곧 두려워했던 순간이 오고야 만 것이다. 그런데 그녀는 내 눈에서 아무것도 보지 못한 기색이었다. 오히려 내가 이 감옥 같은 집에 갇힌 그녀를 구출하러 백마를 타고 머나먼 길을 달려오기라도 했다는 듯한 눈빛으로 나를 바라보고 있었다. 그녀가 술잔을 집어 들었다.

「À la votre(건배해요).」

내 말에 그녀가 킥킥 웃었다. 「À la *votre*? À la tienne, chéri(건배해요? 그래, 건배하자, 자기)!」 그녀가 내게 몸을 기울여 입을 맞췄다. 그런데 그 순간 무언가를 느꼈는지 몸을 도로 젖히더니 나를 쳐다보았다. 그래도 아직 눈빛까지 경직된 것은 아니었다. 수는 가벼운 어조로 물었다. 「우리 나중에 또 이렇게 같이 놀 수 있을까?」

나는 애써 소리 내어 웃었다. 「왜 안 되겠어. 필요한 장난감 일체는 둘 다 상비하고 있는데.」

그녀는 아무 대답도 하지 않았다. 「같이 식사라도 할래? 오늘 밤에?」

「미안. 정말로 미안하지만, 수, 오늘은 내가 약속이 있어.」

「그렇구나. 그럼 내일은?」

「저기, 수. 나는 약속 잡는 걸 정말 싫어해. 그냥 언젠가 불시에 너를 놀라게 해줄게.」

그녀는 남은 술을 다 마시고는 말했다. 「그럴 것 같지 않은데.」

그녀가 일어나서 걸음을 옮겼다. 「옷 입고 와서 바래다줄게.」

내 앞에서 수가 사라지고 곧이어 물소리가 들렸다. 나는 여전히 알몸에 양말만 신은 채로 앉아 있었다. 브랜디를 한 잔 더 따랐다. 몇 분 전만 해도 나를 부르는 것 같던 저 밤으로 나가기가 이제는 무서워졌다.

수는 원피스를 입고 제대로 된 신발을 신고 돌아왔다. 머리도 풍성하게 부풀린 듯했다. 그렇게 하니 확실히 더 예뻐 보이긴 했다. 더 소녀 같은, 여학생 같은 분위기가 났다. 나는 일어나서 옷을 하나씩 꿰어 입으며 말했다. 「보기 좋네.」

그녀는 할 말이 아주 많은데 억지로 삼키는 기색이 역력했다. 안간힘을 쓰는 것이 얼굴에 다 드러나서 차마 지켜보기가 민망할 정도였다. 그러다 마침내 이렇게 말했다. 「혹시 나중에 또 외로워지거든, 나를 찾아와도 괜찮을 것 같아.」 그녀의 얼굴에는 내가 한 번도 본 적 없는 기이한 미소가 떠올라 있었다. 고통, 앙심, 굴욕감으로 찌푸려진 얼굴 위에 환하고 소녀스러운 경쾌함을 서투르게 덧발라 놓은 표정이었다. 그 경쾌함은 그녀의 물컹물컹한 몸속에 든 해골처럼 뻣뻣했다. 만약 운명이 허락한다면 수는 그 미소만으로 나를 죽일 수도 있을 것 같았다.

「창가에 촛불을 켜둬.」[14]

내 말을 끝으로 그녀는 문을 열었다. 우리는 거리로 걸어 나갔다.

---

14 서양에서는 여행 중인 가족이나 손님을 환영하고 행운을 비는 의미에서 촛불이 창밖으로 보이도록 놔두는 풍습이 있다.

3

나는 가장 가까운 교차로에서 수와 헤어졌다. 그녀를 돌려
보내기 위해 어린 남학생처럼 어설픈 변명을 웅얼웅얼 늘어
놓고선, 대로 건너편 카페들 쪽으로 걸어가는 그녀의 둔중한
뒷모습을 지켜보았다.

무엇을 해야 할지, 어디로 가야 할지 알 수가 없었다. 일단
은 강변을 따라 천천히 집 쪽으로 걸음을 옮겼다.

내게 죽음이 현실로 다가온 것은 아마 이때가 인생에서 처
음이었던 것 같다. 나는 나 이전에 저 강물을 내려다보았고
저 아래에 잠들었을 사람들을 생각했다. 그들이 궁금했다.
어떻게 그럴 수 있었는지, 물리적인 행위 그 자체를 어떻게
할 수 있었는지. 누구나 그렇겠지만 나도 한참 더 어렸을 적
에 자살을 생각한 적이 있었다. 하지만 그때 내게 자살은 복
수의 한 수단으로서, 세상 때문에 내가 얼마나 고통스러웠는
지를 세상에 알리기 위한 방법이었다. 하지만 이날 저녁 집
으로 천천히 걸어가는 나를 둘러쌌던 정적은 아득히 먼 소년
시절 휘몰아쳤던 폭풍과는 전혀 달랐다. 나는 그저 살 나날

이 끝났기 때문에 죽은 사람들이 궁금했다. 내가 살 나날은 과연 어떻게 끝날지 짐작되지 않았다.

내가 너무나 사랑하는 도시, 파리는 완벽하게 고요했다. 초저녁인데도 길거리엔 사람이 거의 없었다. 그러나 내 아래에는 — 다리 저 아래, 강기슭을 따라 쭉 드리워진 강둑의 그림자 속에서 잠자고, 포옹하고, 성교하고, 술을 마시고, 지상을 뒤덮어 오는 밤을 올려다보는 연인들과 폐인들이 일제히 한숨지으며 몸서리치는 소리가 들리는 것만 같았다. 내가 지나는 길에 있는 집들의 벽 너머에서는 프랑스 국민들이 식탁의 그릇들을 치우고, 어린 장 피에르와 마리를 침대에 누이는가 하면, 그들의 돈, 가게, 교회, 불안정한 나라에 얽힌 끝없는 문제들 때문에 낯을 찌푸리고 있었다. 그 벽들과 덧창달린 창문들은 그들을 안에 품고서 어둠으로부터, 이 기나긴 밤의 기나긴 신음으로부터 보호해 주었다. 그리고 10년 뒤에는 그 어렸던 장 피에르 또는 마리가 나처럼 이렇게 강가를 거닐며 자신이 어쩌다 안전망을 벗어나 추락해 버렸는가 돌이켜 보며 아연해할지도 모를 일이었다. 얼마나 먼 길을 거쳐 여기까지 왔던가, 결국엔 파멸하기 위해서!

그러나 강에서 몸을 돌려 집으로 향하는 긴 거리로 걸어가며 내가 또 생각한 것은, 그럼에도 내가 아이를 갖고 싶어 한다는 사실이었다. 다시 저 안으로 들어가고 싶었다. 밝고 안전한 곳에서, 내 남성성을 의문의 여지 없이 인정받으며, 내여자가 아이들을 침대에 누이는 모습을 보고 싶었다. 밤마다 같은 침대, 같은 팔 안에서 잠들고, 아침이면 내가 어디에 있는지 아는 채로 깨어나고 싶었다. 내게 한결같은 지반이 되어 줄 여자가 있기를, 그 땅 위에서 내가 언제나 새롭게 거듭날 수 있기를 바랐다. 한때는 나도 그렇게 살았다. 아니, 그렇게 살 뻔했다. 다시 그때로 돌아갈 수 있었다. 내 소망을 실현시킬 수 있는 것이다. 나 자신으로 돌아가기 위해 내가 할 일은 다만, 잠깐 큰 힘을 들이는 것뿐이었다.

복도를 걸어가다 보니 조반니의 방문 밑에서 새어 나오는 불빛이 보였다. 내가 열쇠 구멍에 열쇠를 밀어 넣기도 전에 문이 안에서 열리고, 그 너머에 서 있던 조반니가 웃음을 터뜨렸다. 그는 눈 위에 머리카락을 흩트린 채 손에는 코냑이 든 유리잔을 들고 있었다. 유쾌하기 그지없어 보이는 그의 얼굴 앞에서 나는 순간 어안이 벙벙했지만, 다시 보니 그건 유쾌함이 아니었다. 히스테리와 절망의 표정이었다.

집에서 대체 뭐 하고 있었느냐고 물을 새도 없이 조반니가 내 목을 한 손으로 꽉 붙들고 나를 방 안으로 끌어당겼다. 그는 떨고 있었다. 「어디 있었던 거야? 여기저기 다 찾아다녔잖아.」 나는 몸을 살짝 떨어트리며 그의 얼굴을 살폈다.

「출근 안 했어?」

「응. 술이나 마시자. 코냑 한 병 사왔어. 내 자유를 축하하기 위해서.」 그가 코냑을 한 잔 더 따랐다. 나는 제자리에서 움직일 수가 없었다. 그러자 그가 다시 가까이 다가와 내 손 안에 술잔을 들이밀었다.

「조반니. 무슨 일이야?」

그는 아무 대답도 않고 별안간 침대 가장자리에 걸터앉더니 몸을 수그렸다. 그제야 나는 그가 격한 분노에 사로잡힌 상태이기도 하다는 것을 알아차렸다. 「Ils sont sale, les gens, tu sais(사람들은 말이야, 너무 더러워. 그치)?」 그가 나를 올려다보았다. 그 눈에 눈물이 가득 고여 있었다. 「그냥 다 더럽다고. 싸그리 다. 저열하고 야비하고 더러운 인간들.」 그는 손을 뻗어 나를 자기 옆의 바닥에 당겨 앉혔다. 「당신만 빼고. Tous, sauf toi(전부 다 그런데, 당신만 빼고).」 조반니가 내 얼굴을 두 손으로 잡았다. 그토록 부드러운 손길이 그렇게까지 공포스럽게 느껴졌던 적은 그 전에도, 그 후에도 없었다. 「Ne me laisse pas tomber, je t'en prie(제발 나를 떠나지 마, 부탁이야).」 그는 그렇게 말하고 내 입에 키스했다. 이상하게 집요하고 부드러운 키스였다.

그와의 접촉이 내게 욕망을 불러일으키지 않은 적은 한 번도 없었고 이번에도 그랬지만, 그의 뜨겁고 들큰한 숨결에 욕지기가 치밀기도 했다. 나는 최대한 조심스럽게 그에게서 물러난 다음 술을 마셨다. 「조반니, 뭐가 어떻게 된 건지 말을 해봐. 무슨 일이 있었던 거야?」

「해고당했어. 기욤한테. Il m'a mis à la porte(기욤이 나를 잘라 버렸다고).」 그가 또 소리 내어 웃더니 일어나서 조그마한 방 안을 서성거렸다. 「자기 가게에 다시는 오지 말래. 나더러 깡패, 도둑, 지저분한 부랑자 녀석이라며, 내가 자기 돈을 훔칠 속셈으로 졸졸 쫓아다니는 거랬어. 내가 〈기욤〉을 쫓아다닌다니! 어느 날 밤 그놈이랑 자고 나서 도둑질을 할 작정이었다니! 빌어먹을!」 그가 또 웃음을 터뜨렸다.

나는 아무 말도 할 수가 없었다. 방의 벽들이 나를 점점 가까이 에워싸는 것만 같았다. 조반니는 흰 칠이 된 창문 앞에서 나를 등지고 서서 말했다. 「사람들이 다 보는 앞에서 이딴 소리를 하더군. 가게 1층에서 말이야. 일부러 손님들이 올 때까지 기다린 거야. 죽여 버리고 싶었어. 기욤도, 그 인간들도 전부 다.」 그는 방 한가운데로 돌아와 코냑을 한 잔 더 따르고는 단숨에 들이켰다. 그러더니 유리잔을 벽에다 힘껏 집어 던졌다. 쨍그랑 하는 소리와 함께 잔이 박살 나고 우리의 침대와 바닥 위에 유리 파편이 온통 흩어졌다. 나는 꼼짝도 못하고 얼어붙었지만 그건 잠깐이었다. 물속을 걷는 듯 발을 휘감는 저항감을 느끼며, 그러면서도 내 발이 아주 빠르게 움직이는 것을 보며, 나는 그에게 달려들어 어깨를 붙잡았다. 그가 울기 시작했다. 나는 그를 끌어안았다. 그 몸에서 배어 나는 시큼한 땀처럼 내게 스며드는 그의 고통이 느껴져서, 안타까워서 심장이 터질 것만 같았다. 그런데 마음 한편에서는 뜨악스러운 회의감과 경멸감이 들었고, 예전에는 어째서 그를 강하다고 생각했던가 싶어 의아하기도 했다.

그가 내게서 물러나더니 벽지가 벗겨진 벽에 기대어 앉았다. 나는 그 앞에 마주 앉았다.

「난 평상시와 같은 시간에 출근했어. 오늘은 아주 기분이 좋았어. 도착했을 때 기욤은 없었고, 나는 평소처럼 바를 닦고 간단히 뭐 좀 마시고 간식을 먹었지. 그러다 기욤이 왔는데, 딱 보니 분위기가 굉장히 험악해 보이더군. 어디서 또 어린 남자애한테 굴욕이라도 당하고 왔던 거겠지.」 그가 피식 웃었다. 「기욤이 포악한 기분일 때를 어떻게 알 수 있는지 알아? 우습게도, 그가 아주 점잖게 구는 것이야말로 위험 신호야. 그는 뭔가 모욕적인 일을 당하면, 그래서 자기 자신이 얼마나 역겹고 외로운 인간인지를 잠깐이라도 자각하면, 자기가 원래는 프랑스에서 가장 유서 깊은 명문가의 일원이라는 사실이 새삼 떠오르나 봐. 그 가문의 이름이 자기 대에서 끝장나리라는 생각도 아마 하겠지. 그러면 그 기분을 떨쳐 내기 위해 빨리 무슨 조치를 취하려고 드는 거야. 엄청난 소란을 피우거나, 엄청나게 예쁜 남자애를 후리거나, 술에 취하거나, 싸움을 일으키거나, 모아 둔 더러운 사진들을 들여다보거나.」 조반니가 말을 끊더니 일어나서 다시 방 안을 서성거렸다. 「오늘은 무슨 일이 있었는지는 몰라도, 아무튼 그는 바에 도착했을 땐 굉장히 사무적인 태도로 행동하려 했어. 내 일솜씨를 가지고 트집을 잡으려 하더군. 하지만 아무것도 흠잡을 데가 없자 위층으로 올라가 버리더니, 잠시 뒤에 나를 불렀어. 나는 바 위에 그놈이 차려 놓은 아지트에 올라가는 건 딱 질색이었어. 거기만 가면 꼭 소동이 벌어졌으니까. 그래도 어쩔 수 없으니 올라가 봤는데, 그가 거기서 실내용 가운을 걸치고 향수 범벅을 하고 있는 거야. 왠지는 모르겠지만 그 꼴을 보니 화가 나더라. 자기가 무슨 대단한 요부라도 되는 양 나를 바라보는데…… 추한 인간이, 추하게 말이야, 꼭 쉬어 빠진 우유 같은 몸뚱이를 해가지고선! 그러더니 하는 말이, 데이비드는 요즘 어떻게 지내냐는 거야. 나는 좀 놀랐지. 기욤이 당신을 입에 올린 적은 한 번도 없었으니까. 나는 그냥 잘 지낸다고만 했어. 그랬더니 아직 둘이 같이 사느냐고 묻더군. 그 질문에 뭔가 거짓말을 지어내야 했는지도 모르지만, 나는 그딴 역겨운 늙다리 호모한테 거짓말을 둘러 댈 이유 따윈 없다는 생각에, 〈그럼요〉 하고 대꾸하고 말았어. 그래도 차분하게 말하려고 노력했고. 그런데 그 인간이 그때부터 끔찍한 질문들을 던져 대더라고. 나는 그 꼴을 보는 것도, 그의 말을 듣는 것도 신물이 났어. 그냥 후딱 담판을 짓는 게 최선이겠다 싶어서, 남에게 그런 건 묻는 게 아니다, 심지어 사제나 의사라도 그런 질문들은 못 한다, 부끄러운 줄 알라고 면박을 줬지. 어쩌면 기욤은 내게서 그런 말이 나오기를 기다리고 있었는지도 몰라. 그때부터 화를 내면서, 자기가 나를 길거리 인생에서 건져 주지 않았냐는 둥, et il a fait ceci et il a fait cela(이것도 해줬고 저것도 해줬다는 둥), 나를 사랑스럽다고 생각해서, parce qu'il m'adorait(나를 귀여워해서) 그 모든 걸 해줬더니만, 내가 은혜도 모르고 예의 없이 군다는 둥 어쩌고저쩌고 막 퍼부어 대는 거야. 이때 내가 너무 요령 없이 처신했던 것 같기는 해. 예전 같았으면 그러지 않았겠지. 불과 몇 달 전에 이런 일이 벌어졌더라면, 나는 기욤이 비명을 지르고 내 발에 키스하도록 만들었을 거야. Je te jure(정말로)! 하지만 이제는 그러고 싶지 않았어. 정말이지 그 작자와 더럽게 놀기는 싫었단 말이야. 어디까지나 진지하게 상대하고 싶었어. 그래서 이런 식으로 말했어. 나는 당신에게 거짓말한 적은 한 번도 없다, 당신과 연애할 마음은 없다고 항상 말하지 않았느냐, 그럼에도 내게 일자리를 준 건 당신이었다……. 나는 아주 열심히 일했고, 당신에게 정직했고, 설령 내가…… 나는…… 당신이 나에게 느끼는 감정을 내가 똑같이 느끼지 않는다고 해서 내 잘못은 아니지 않느냐……. 그러자 기욤은 예전에 한 번, 자기와 나 사이에 딱 한 번 있었던 일을 들먹이더군. 그때도 나는 허락하고 싶지 않았지만, 너무 허기가 졌던 데다, 토악질을 참느라 진까지 뺐더니 힘들었단 말이야. 그래도 나는 기욤에게 여전히 차분하게, 논리적으로 대응하고 싶었어. 그래서 이렇게 대답했지. 〈Mais à ce moment là je n'avais pas un copain(그때는 내게 친구가 없었잖아요). 하지만 이제 나는 혼자가 아니에요. Je suis avec un gars maintenant(같이 사는 남자가 있다고요).〉 이렇게 말하면 그가 이해해 줄 줄 알았어. 로맨스라든지, 서로에게만 충실한 사랑에 대한 꿈 같은 것에는 껌뻑 죽는 사람이었으니까. 그런데 이번에는 아니더라. 기욤은 웃음을 터뜨리더니 당신을 두고 또 몇 마디 악담을 퍼붓고는, 그냥 미국인 남자일 뿐인데 뭘 그러냐며, 데이비드는 고국에서라면 엄두도 못 낼 짓들을 프랑스에서 즐기고 있는 것뿐이고 금방 나를 떠나 버릴 사람이라고 했어. 그쯤 되니 나는 열받아서 쏘아붙였지. 〈내가 받는 봉급에 당신 험담 들어 주는 것까지 포함되어 있진 않은데요.〉 그때 아래층에서 누가 바쪽으로 오는 소리가 들리길래, 나는 더 이상 아무 말도 않고 거기서 나가 버렸어.」

그가 내 앞에 멈춰 서더니 미소 지으며 물었다. 「코냑 좀 더 마셔도 될까? 이번에는 안 깨뜨릴게.」

나는 내 잔을 넘겨주었다. 그는 남아 있던 술을 다 비운 뒤 잔을 돌려주고는 내 얼굴을 살폈다. 「겁내지 마. 우린 괜찮을 거야. 난 두렵지 않아.」 그는 어두워진 눈빛으로 다시 창문 쪽을 돌아보았다.

「그래서, 난 그걸로 끝이길 바라며 바에서 일이나 했어. 기욤에 대해서나, 그가 위층에서 무슨 생각을 하고 있을지, 뭘 하고 있을지는 생각하지 않으려고 애를 썼지. 슬슬 식전주 마시러들 오는 시간이라 엄청 바빴어. 그런데 위층에서 탕하는 문소리가 들리길래, 그 순간 나는 알았지. 올 것이 왔구나, 뭔가 끔찍한 일이 터지고야 말았구나. 이윽고 그가 프랑스인 사업가처럼 쫙 빼입은 모습으로 바에 들이닥쳤어. 화가 나서 얼굴이 창백하게 질린 채로 아무에게도 말을 걸지 않고 곧장 나한테 다가왔으니, 당연히 사람들의 이목이 우리에게 쏠렸지. 그가 무슨 짓을 하려는 건지 다들 궁금해하는 분위기였어. 그리고 솔직히 나는 그가 나를 때리거나, 아예 미쳐서 주머니에 넣어 둔 권총이라도 꺼내는 게 아닐까 싶었거든. 그러니 분명 겁에 질린 표정이었을 테고, 그런 내 반응도 남들 보기에는 흥미진진했을 거야. 기욤은 바 안쪽으로 들어오더니 나더러 tapette(남창), 도둑년이라고 부르면서, 당장 나가지 않으면 경찰을 불러서 철창에 처넣겠다고 하더라고. 나는 너무 놀라서 아무 말도 못했고, 기욤은 점점 더 언성을 높이고 사람들은 더더욱 귀를 기울이고…… 있잖아, 그때 난 엄청나게 높은 데에서 하염없이, 하염없이 떨어져 내리는 기분이었어. 한참 동안 화도 나지 않았고, 불처럼 뜨거운 눈물이 왈칵 치솟더군. 숨도 잘 쉬어지지 않았어. 그자가 나한테 정말로 이런 짓을 하고 있다는 게 믿기지가 않았어. 〈제가 뭘 했는데요? 대체 뭘 했다고 이러세요?〉 연신 그렇게 물었지만 그는 대답도 않고, 엄청나게 큰 목소리로, 총성처럼 쩌렁쩌렁 울리는 소리로 고함을 치는 거야. 〈Mais tu sais, salop(스스로 잘 알잖아, 이 쌍년아)! 뭘 모르는 척이야!〉 그의 말이 무슨 뜻인지는 아무도 몰랐지만, 그 상황은 예전에 영화관 로비에서 나와 기욤이 처음 만났을 때와 똑같았어. 기억나지? 주위 사람 모두가 기욤이 옳고 내가 잘못했다고, 내가 뭔가 나쁜 짓을 했나 보다고 지레짐작하는 상황 말이야. 그런 다음 그는 금전 등록기로 가서 돈을 한 움큼 꺼내서 나한테 들이밀었는데, 그 시간대에 금전 등록기에 현금이 많이 들었을 리가 없다는 것이야 기욤이나 나나 뻔히 아는 사실이었지. 〈가져가! 가져가라고! 밤중에 네놈한테 도둑맞느니 차라리 직접 주는 게 낫지! 이제 꺼져!〉 그가 그렇게 외친 순간, 오, 그때 가게 안 사람들의 얼굴이 어땠는지, 당신도 직접 봤어야 해. 깊은 깨달음이라도 얻은 것 같은, 참담해하는 그 표정들이라니. 이제야 다 알겠다는 듯이, 처음부터 이럴 줄 알았다는 듯이, 저 바텐더하고 아무 관계도 맺지 않길 잘했다는 듯이. 아! Les encules(그 씹새끼들)! 더러운 쓰레기 자식들! Les gonzesses(잡년들 같으니)!」 조반니가 또 눈물을 흘렸다. 이번에는 분노 때문이었다. 「결국 난 기욤을 후려쳤어. 그러자 사람들이 떼로 달려들어 나를 붙잡았고…… 그다음부터는 뭐가 어떻게 됐는지 모르겠지만, 정신을 차려 보니 나는 찢어진 지폐들을 든 채로 길거리에 나와 있고 사람들이 나를 쳐다보고 있었어. 어떻게 해야 할지 막막하더라. 그대로 발길을 돌리기는 싫었지만, 거기서 무슨 일을 더 벌였다가는 경찰이 올 테고 기욤이 나를 감옥에 넣을 게 뻔하니 어쩔 수 없었어. 하지만 언젠가는 다시 그놈을 보고 말 거야. 맹세컨대, 그날에는……!」

그는 말을 끊고는 바닥에 주저앉아 벽을 쳐다보았다. 그러다 내게 고개를 돌렸다. 한참을 묵묵히 나를 바라보던 그가 입을 열더니 아주 천천히 말했다. 「만약 당신이 없었다면, 조반니는 오늘로 끝장이었을 거야.」

나는 일어섰다. 「어리석게 굴지 마. 그렇게까지 비참해할 일은 아니잖아.」 나는 멈칫했다가 말을 이었다. 「기욤은 역겹지. 그 새끼들은 다 그래. 하지만 오늘 있었던 일이 네 인생 최악의 사건은 아니지 않아?」

조반니는 내 말을 못 들은 듯이 엉뚱한 대답을 했다. 「나쁜 일은 겪으면 겪을수록 사람을 약하게 하는 것 같아. 그래서 점점 더 서 있기가 어려워지고…….」 그가 나를 올려다보았다. 「그래, 최악의 일은 옛날에 이미 일어났지. 그때부터 줄곧 내 인생은 끔찍했어. 당신은 나를 떠나지 않을 거지, 그렇지?」

「당연하지.」 나는 소리 내어 웃고는 이불 위에 떨어진 유리 조각들을 방바닥에 털어 냈다.

「당신이 떠난다면 나는 어떻게 될지 모르겠어.」 이때 처음으로 나는 그의 목소리에서 위협적인 기운을 느꼈다. 아니면 내가 그렇게 받아들였을 뿐인지도 모르지만. 「나는 너무 오랫동안 혼자였어. 또다시 혼자가 된다면 살 수 있을 것 같지 않아.」

「이제는 혼자가 아니잖아.」 나는 그가 또 나를 만질까 봐, 그러면 견딜 수가 없을 것 같아서 재빨리 말을 돌렸다. 「나가서 좀 걸을까? 이리 와, 잠깐이라도 이 방에서 나가자.」 나는 빙긋 웃으며 미식축구를 할 때처럼 거친 태도로 그의 목을 철썩 쳤다. 그러자 순간적으로 그와 몸이 엉겨붙었다. 나는 그를 밀어내고 말했다. 「내가 술 사줄게.」

「그러고 나서 다시 나를 집으로 데려다줄 거지?」

「그럼. 데려다줘야지.」

「Je t'aime, tu sais(사랑해, 알지)?」

「Je le sais, mon vieux(알아, 이 녀석아).」

조반니는 세면대로 가서 세수를 하고 머리를 빗었다. 나는 뒤에서 그를 지켜보았다. 그는 거울 속에 비친 나를 보며 활짝 웃었는데, 그 모습이 불현듯 아름답고 행복해 보였고, 또 젊어 보였다. 그 앞에서 나는 평생 그 어느 때보다도 무력하고 늙어 버린 느낌이었다.

「그래도 우린 괜찮을 거야! 안 그래?」 그가 외쳤다.

「그럼.」

그는 거울에서 몸을 돌렸다. 다시금 진지해진 얼굴이었다. 「하지만 사실, 새로 취직하려면 시간이 얼마나 걸릴지 모르겠어. 그런데 우리는 돈이 거의 없잖아. 혹시 돈 가진 것 있어? 오늘 뉴욕에서 돈 들어왔어?」

나는 침착하게 말했다. 「돈은 안 왔어. 하지만 내게 주머닛돈이 조금 있긴 해.」 나는 가진 돈을 전부 꺼내 테이블에 올려놓았다. 「4천 프랑 정도야.」

「나는…….」

그가 호주머니에서 지폐와 동전 들을 끄집어내 냅다 흩뿌렸다. 그러더니 어깨를 으쓱하고는 나를 향해 씩 미소 지었다. 숨이 멎도록 달콤하고 속절없고도 애틋한, 바로 그 특유의 미소였다. 「Je m'excuse(미안해). 좀 화가 나서 그만.」 그는 바닥에 엎드려 돈을 주워 모은 다음, 테이블 위에 내가 둔 지폐 뭉치와 나란히 올려놓았다. 찢어진 지폐 조각들을 이어 붙이면 3천 프랑쯤은 건질 수 있을 듯했다. 그 작업은 나중에 하기로 했다. 당장 쓸 수 있는 돈은 9천 프랑 정도였다.

「우리가 부자는 못 되네. 그래도 내일 끼니 정도는 때울 수 있을 거야.」 조반니가 암담한 투로 말했다.

나는 어쩐지 그가 근심하는 것이 싫었다. 그 얼굴에 떠오른 표정을 가만히 두고 볼 수가 없었다. 「내일 아버지에게 다시 편지를 써볼게. 뭔가 거짓말이라도 해서. 먹힐 만한 거짓말을 지어내서 어떻게든 돈을 보내게 만들겠어.」 나는 끌리듯이 그에게 다가가 어깨 위에 두 손을 얹었다. 그리고 애써 그의 눈을 들여다보며 미소를 지었다. 그 순간 내 안에서 유다와 구세주가 조우한 것만 같았다. 「무서워하지 마. 걱정하지 마.」

조반니를 공포로부터 지켜 주고 싶은 강렬한 열정에 사로잡힌 채 그를 코앞에서 마주하고 서 있으니, 결정의 책임이 또다시 내 손을 벗어난 느낌이 들었다. 그 순간에는 아버지도, 헬라도 실재하지 않기 때문이다. 하지만 조반니에 대한 열정보다도 더욱 실재적으로 내게 와닿은 것은 도리어 나에게는 아무것도 실재하지 않는다는, 이제 두 번 다시 그 무엇도 진짜일 수 없으리라는 절망감이었다. 만약 내게 현실이라는 것이 있다면 그건 오로지, 어딘가로 추락하는 바로 이 느낌일 뿐일 터였다.

밤은 점점 이울어 가고, 시계 초침이 움직일 때마다 내 심장 밑바닥에서 피가 부글부글 끓어오른다. 이 저택에서 내가 무엇을 하건, 조반니가 곧 맞닥뜨릴 거대한 칼날과도 같이 적나라한 은빛의 고통이 나를 집어삼키고야 말 것이다. 내 사형 집행인들은 여기에 나와 함께 있다. 나와 함께 서성거리고, 물건을 씻고, 짐을 꾸리고, 술을 마시고 있다. 어디를 봐도 그들이 보인다. 벽에도, 창문에도, 거울에도, 물에도, 바깥의 밤에도 ─ 그들은 어디에나 있다. 바로 지금 감옥 안에 누워 있을 조반니는 그들을 소리쳐 부르고 있을까. 나도 소리칠 수도 있지만, 그래 봤자 듣는 이는 아무도 없을 것이다. 조반니는 해명하려고 했었다. 나도 해명하고 싶다. 용서를 구하고 싶다. 내 죄에 이름을 붙이고 직시할 수만 있다면, 무엇이라도 어디의 누구라도 나를 용서해 줄 힘이 있이 있다면.

죄책감? 아니, 죄책감을 느낄 수 있었다면 차라리 나았을 것이다. 순수의 종말은 곧 죄책감의 종말이기도 하다.

이제 와서 이런 말이 어떻게 들릴지 몰라도 고백해야겠다.

나는 그를 사랑했다. 다시는 누군가를 그처럼 사랑할 수는 없을 것이다. 이 사실이 내게 큰 안도감을 줄 수도 있었으리라. 하지만 그럴 수가 없는 까닭은, 조반니에게 칼날이 떨어지는 순간 그가 느낄 감정이 ─ 감정을 느끼기나 한다면 ─ 다름 아닌 안도감이리라는 것을 나는 잘 알기 때문이다.

나는 집 안을 서성인다. 이리저리 서성거리며 교도소를 생각한다. 오래전, 조반니를 만나기도 전의 과거에, 자크의 집에서 열린 파티에 갔다가 한 사내가 반평생을 교도소에서 보냈다는 이유로 축하받는 것을 본 적이 있다. 그는 수감 생활에 대한 책을 썼고, 그 책으로 교도소 당국의 심기를 불편하게 함과 동시에 문학상을 수상한 바 있었다.[15] 그러나 이 남자의 인생은 이미 끝난 뒤였다. 그가 즐겨 하던 말에 따르면, 교도소에서의 삶은 아예 사는 것이라고 할 수가 없으므로 수형자에게 내려질 수 있는 자비로운 판결은 오로지 사형밖에 없다고 했다. 그 말을 들으며 나는 그가 여전히 교도소에서 나오지 못한 셈이라고 생각했다. 그에게 실재하는 세상은 오로지 교도소뿐이었고, 그 외의 주제에 대해서는 아무 말도 하지 못했기 때문이다. 그는 몸짓 하나하나가, 심지어 담뱃불을 붙이는 동작까지도 조심스러웠고, 그의 시선이 닿는 곳이면 어디든 담벼락이 서 있는 것 같았다. 그리고 그의 얼굴빛은 어둠과 습기를 연상시켜서, 살갗을 잘라 보면 버섯처럼 갈라지지 않을까 싶을 정도였다. 그는 철창, 철문, 문에 난 감시용 구멍, 복도 양쪽 끝에서 불빛을 받으며 서 있던 교도관

15 프랑스 작가 장 주네(1910~1986)를 뜻한다.

들의 세세한 특징들을 그리운 듯이 열성적으로 묘사했다. 감방들은 세 층에 걸쳐 겹겹이 늘어서 있고 모든 것이 탁한 청회색을 띤다. 시설 관계자들이 서 있는 곳에만 빛이 들 뿐 그 외에는 모든 것이 어둑하고 싸늘하다. 공기 중에는 주먹으로 철문을 두들기는 소리의 여운이 마치 광기의 가능성처럼 맴돌고 있어, 금방이라도 둔중하게 쾅쾅 울리는 소음이 터져 나올 것만 같다. 교도관들이 움직이고, 중얼거리고, 복도를 서성거리고, 계단을 쿵쿵거리며 오르내린다. 그들은 검은 옷을 입는다. 그들은 총을 들고 다닌다. 그들은 늘 겁에 질려 있으며, 친절하게 구는 경우는 거의 없다. 3층으로 된 감방들 아래에 있는 교도소 중심부, 그 거대하고 차가운 심장부에서는, 당국의 신뢰를 받는 죄수들이 수레를 끌고 다니고, 사무실을 들락날락하고, 교도관들의 비위를 맞춰 담배며 술이며 섹스를 얻어 내느라고 언제나 법석거린다. 그러다 밤이 깊어지면 교도소 전체에 두런거리는 말소리가 번진다. 어떻게 해서인지는 몰라도 모두가 알고 있다. 다음 날 이른 아침이면 교도소 안마당에 사신(死神)이 찾아오리라는 것을. 아주 이른 새벽, 모범수들이 커다란 음식물 쓰레기통을 실은 수레를 끌고 복도를 다니기 시작하기도 전에, 검은 옷을 입은 남자 셋이 소리 없이 복도로 걸어올 테고, 그중 한 명이 어느 감방의 자물쇠에 열쇠를 넣어 돌릴 것이다. 그리고 누군가를 붙잡고 서둘러 어딘가로 데려갈 것이다. 우선은 사제에게, 그 다음에는 오로지 그 죄수에게만 열릴 문을 향해. 그곳에서 그가 판자 위에 엎드린 채 고꾸라져 목에 칼을 맞기 전, 어쩌면 아침 햇빛을 잠깐 볼 수 있을지도 모른다.

조반니의 감방은 얼마나 클까. 그가 살던 방보다 더 클까. 춥기로는 감방이 더 추울 것이다. 그가 혼자 지낼지, 두세 명과 같이 지낼지도 궁금하다. 카드 게임을 하거나, 담배를 피우거나, 대화를 나누거나, 편지를 쓰고 있을까? 편지를 쓴다면 누구에게? 아니면 이리저리 서성거리고 있을까. 곧 밝아올 아침이 그의 일생에서 마지막 아침이 되리라는 것을 그는 과연 알고 있을까. (보통은 모른다고 한다. 변호사가 사형수의 가족이나 친구 들에게 집행일을 전해 주지만 사형수 본인에게는 알려 주지 않는 게 상례다.) 그날이 언제일지 생각하고는 있을까. 알든 모르든, 생각을 하든 안 하든, 겁에 질려 있을 것은 분명하다. 다른 이들과 같이 있든 아니든 간에 그가 외로울 것도 분명하다. 감방 창가에 서 있는 그의 뒷모습을 떠올려 본다. 어쩌면 그 창문으로는 교도소 건물의 맞은편 구역만 보일지도 모른다. 아니면, 고개를 조금 더 뺏으면 높다란 담벼락 너머로 바깥 길거리를 아주 조금이나마 내다볼 수 있을지도. 머리를 깎았을지 아니면 길렀을지 모르겠다. 모르긴 몰라도 아마 깎았으리라. 그러면 면도는 했을까. 생각이 여기에까지 이르자 그의 온갖 세세한 면들에 대한 궁금증이 머릿속에 밀려든다. 그와 내가 얼마나 친밀했는지를 보여 주는 증거이자 그 친밀함의 소산인 궁금증. 이를테면, 그가 요의(尿意)를 느낄지, 오늘 식사는 했는지, 몸이 땀에 젖어 있을지 아니면 건조할지. 혹시 수감 생활 동안 누군가와 섹스한 적은 있었을지. 그 의문을 떠올리니 무언가가 나를 뒤

흔드는 기분이 든다. 사막을 뒹구는 어느 동물의 사체처럼 나 자신이 바싹 말라붙어 흔들거리는 기분이다. 나는 오늘 밤 조반니가 누군가의 팔에 안겨 있기를 바라는 것 같다. 지금 내 곁에도 누군가가 있었으면 좋겠다. 그랬다면 밤새도록 그 사람과 섹스하면서, 조반니와 함께 나도 밤새도록 허덕였을 것이다.

조반니가 실직했던 시절 우리는 마냥 뭉그적거렸다. 등산하다가 재난을 당해 낭떠러지 위에서 끊어져 가는 밧줄 하나에 위태롭게 매달린 지경이 되었는데도 뭉그적거리고만 있는 사람들처럼. 나는 아버지에게 편지를 쓰지 않았다. 하루이틀 미루기만 했다. 일단 쓰기만 한다면 지나칠 만큼 완벽한 편지가 되었을 것이다. 아버지에게 어떤 거짓말을 해야 할지도, 그 거짓말이 먹히리라는 것도 뻔히 알고 있었다. 다만 문제는 그것이 과연 거짓말로만 그칠지 확신이 서지 않는다는 점이었다. 날마다 우리는 그 방에서 빈둥거렸고, 조반니는 방을 개조하는 작업을 재개했다. 괴상하게도 그는 책장을 벽 속에 붙박으면 멋지겠다는 발상에 사로잡혀서는, 벽을 뚫다가 내부의 벽돌 벽이 나오자 급기야 벽돌까지 두들겨 부수기 시작했다. 고된 일인 데다 미친 짓이었다. 하지만 나로서는 그를 말릴 힘도, 그럴 마음도 없었다. 어떻게 보면 조반니는 나를 위해, 나에 대한 사랑을 증명하기 위해 그러는 것이었으니까. 그는 내가 그 방에서 자신과 함께 머물러 주기를 바랐다. 아마도 우리를 점점 더 바싹 포위해 들어오는 벽들을 밀어내기 위해, 그러면서도 넘어뜨리지는 않기 위해 온 힘을 다하고 있었던 것 같다.

지금은 — 당연하지만 지금에 와서 돌이켜 보면 그 나날들 속에 매우 아름다운 무언가가 있었음을 알겠다. 하지만 당시에는 너무나 고통스러웠다. 그때 나는 조반니에게 붙들려 바다 밑바닥으로 끌려 내려가는 기분이었다. 그는 좀처럼 일자리를 구하지 못했다. 사실 일자리를 구하려고 제대로 노력하지도 않았고 그러려야 그럴 수도 없었다. 너무 큰 상처를 받았다고 할까, 그래서 낯선 사람들의 시선을 받으면 상처에 소금을 치는 듯 쓰라렸기 때문이었다. 이 차가운 초록빛 지구 위에서 그를 걱정하고, 그의 말과 침묵을 이해하고, 그의 팔을 알고, 품속에 칼을 갖고 다니지 않는 사람은 오로지 나밖에 없었다. 그를 구원하는 일이 내 몫인 것 같았고 나는 그 부담을 견딜 수가 없었다.

그리고 돈도 떨어져 갔다. 아니, 떨어진다기보다는, 매우 빠른 속도로 바닥났다. 매일 아침 조반니는 공황을 애써 억누르는 목소리로 내게 묻곤 했다. 「오늘 아메리칸 익스프레스에 갈 거야?」

그러면 나는 대답하곤 했다. 「가야지.」

「오늘은 돈이 와 있을까?」

「글쎄.」

「뉴욕 사람들, 당신 돈 가지고 대체 뭘 하는 건데?」

그래도, 그럼에도 나는 편지를 쓸 수 없었다. 대신 자크에게 찾아가서 또다시 1만 프랑을 빌렸다. 그에게는 조반니와 내가 요즘 사정이 어렵다고, 하지만 곧 해결될 거라고 말해 두었다.

「정말 친절한 분이시네.」 조반니가 말했다.

「가끔 아주 좋은 사람이 〈될 수도〉 있는 사람이긴 하지.」 우리는 오데옹 극장 근처의 한 카페 테라스에 앉아서 그런 대화를 나누고 있었다. 나는 조반니를 건너다보며, 만약 자크가 그를 내게서 빼앗아 간다면 얼마나 좋을까 하는 생각을 잠깐 했다.

「무슨 생각해?」

조반니가 물었다. 순간 두렵고 무안해진 나는 이렇게 둘러 댔다. 「파리를 벗어나고 싶다는 생각.」

「그럼 어디로 가게?」

「오, 글쎄. 어디든지. 어쨌거나 이 도시에는 신물이 나.」 내 입에서 불쑥 튀어나온 격한 말에 조반니도, 나 자신도 놀랐 다. 「이 케케묵은 돌 더미들도, 빌어먹을 거만한 인간들도 지 긋지긋해. 여기서는 무엇이든 손을 대기만 하면 부스러져 버 린다고.」

「그건 그렇지.」

조반니가 심각한 표정으로 말했다. 그는 나를 무섭도록 유 심히 뜯어보고 있었다. 나는 억지로 그를 마주 보고 미소 지 었다.

「여기서 잠시 벗어나면 좋을 것 같지 않아?」

「아!」 그가 짐짓 체념하는 투로 두 손바닥을 들어 올렸다. 「나야 당신이 가는 데면 어디라도 좋아. 나는 당신처럼 그렇게 갑자기 파리에 대해 강한 감정에 사로잡히지는 않아. 원래부터 여기를 그다지 좋아한 적도 없었고.」

나는 스스로 무슨 말을 하는지도 모른 채 무심결에 말했다. 「시골로 떠날 수도 있겠지. 아니면 스페인이라든지.」

그가 가볍게 받아쳤다. 「아, 애인이 그리운 모양이군.」

그 말에 죄책감과 짜증, 북받치는 사랑과 고통이 동시에 치밀어 올랐다. 조반니를 걷어차고 싶으면서도 품에 안아 주고도 싶었다. 나는 퉁명스럽게 대꾸했다. 「그래서 스페인에 가고 싶다는 게 아니야. 그냥 구경하고 싶다고. 이 도시는 물가도 비싸잖아.」

그의 목소리가 경쾌해졌다. 「뭐, 그럼 스페인에 가자. 거기라면 이탈리아와 비슷할 수도 있겠네.」

「차라리 이탈리아로 갈래? 고향에 다시 가보고 싶진 않아?」

「나한테는 이제 고향이 없는 것 같은데.」 그가 미소 지으며 잠깐 뜸을 들이더니 덧붙였다. 「됐어, 이탈리아는 안 갈래. 당신도 미국에는 가고 싶지 않을 거 아니야. 나도 아마 당신과 같은 이유 때문이겠지.」

「하지만 나는 미국에 갈 건데.」 내가 재빨리 말했다. 그러자 조반니가 나를 보았다. 「내 말은, 머잖아 언젠간 그리로 돌아가기는 할 거라고.」

「언젠간 온갖 나쁜 일이 벌어지겠네. 언젠가는.」

「그게 왜 나빠?」

그가 미소 지으며 말했다. 「왜냐하면, 고향에 돌아가고 나면 그곳이 더 이상 고향이 아니라는 것을 알게 될 테니까. 그러면 정말 곤란해지잖아. 하지만 여기 있는 동안에는 늘 〈언젠간 돌아갈 거야〉라고 생각할 수 있지.」그가 내 엄지손가락을 만지작거리며 싱긋 웃었다.「N'est-ce pas(그렇지 않아)?」

「완벽한 논리네. 내가 고향에 가지 않아야만 고향이 존재할 수 있다, 이거로군.」

그가 킥킥거리며 말했다.「뭐, 사실 그렇잖아? 고향이라는 건 떠나야만 생기고, 일단 떠나고 나면 다시는 돌아갈 수 없는 곳이야.」

「이 비슷한 노래를 들어 본 것 같은데.」

「아, 그렇겠지. 분명 또 듣게 될 거야. 이런 종류의 노래는 어디에선가는, 누군가는 언제나 부르고 있거든.」

우리는 자리에서 일어나 카페 밖으로 걸어 나갔다.「하지만 내가 귀를 닫고 있으면 어떻게 될까?」나는 태평스럽게 물었다.

그는 한참 동안 아무 대답이 없었다. 그러더니 이렇게 말했다.「가끔 보면, 당신은 말이야, 교통사고를 피하려고 감옥에 들어가고 싶어 하는 사람 같아.」

나는 날카롭게 대꾸했다.「그건 나보다는 너에 훨씬 가까운 것 같은데.」

「무슨 뜻이야?」

「네 방 말이야. 그 흉측한 방. 왜 그렇게 오랫동안 거기서 파묻혀 지내는 건데?」

「파묻혀 지낸다고? 미안하지만, mon cher Américain(내 사랑 미국인 씨), 파리는 뉴욕 같지 않아. 여기는 나 같은 청년들을 위한 궁전들이 잔뜩 널려 있지 않단 말이야. 내가 베르사유궁에라도 들어가 살아야 하겠어?」

「그래도 그렇지, 거기 말고 어디 다른 방도 있을 거 아니야.」

「Ça ne manque pas, les chambres(방이야 많지). 세상은 방으로 꽉 차 있으니. 큰 방, 작은 방, 둥근 방, 네모난 방, 높다란 방, 나지막한 방…… 갖가지 방이 다 있지! 그중 조반니가 어떤 방에서 살아야 할 것 같은데? 내가 지금 이 방을 구하기까지 얼마나 오래 걸렸는지 알기나 해? 그리고 언제부터, 대체 언제부터…….」그가 말을 끊고는 내 가슴을 검지로 툭툭 두드렸다. 「그 방을 그렇게 싫어한 거야? 언제부터? 어제부터? 아니면 처음부터 쭉? Dis-moi(말해 봐).」

나는 그를 마주 보며 우물거렸다. 「싫어하는 건 아니야. 나는…… 네 기분을 상하게 할 뜻은 없었어.」

조반니가 두 손을 옆구리에 떨어뜨리곤 눈을 휘둥그레 떴다. 그러더니 웃음을 터뜨렸다. 「〈기분을 상하게〉 했다고! 그렇게 미국적인 예의까지 차려 가면서 말할 건 또 뭐야? 지금 누구 낯선 사람 대하는 거야?」

「내 말은 그냥, 우리가 어딘가로 이사 갔으면 좋겠다는 거야.」

「이사야 가면 되지. 내일 당장 가자! 호텔로 들어가지 뭐. 그걸 원하는 거야? 르 크리용 호텔[16]이라든지?」

16 콩코르드 광장에 있는 고급 호텔.

나는 잠자코 한숨만 쉬었다. 우리는 다시 걸음을 옮겼다.

잠시 뒤 조반니가 벌컥 소리쳤다. 「나도 알아, 안다고! 당신이 파리를 떠나고 싶어 하고, 내 방에서도 나가고 싶어 한다는 거! 아, 정말 못됐어. Comme tu es méchant(어떻게 이렇게 매정할 수가 있어)!」

「그건 오해야. 오해라고.」

그는 혼자 쓴웃음을 지었다. 「J'espère bien(그랬으면 좋겠네).」

이후에 그의 방으로 돌아온 뒤, 나는 조반니가 벽 속에서 빼낸 벽돌들을 자루에 넣는 일을 도와주었다. 한창 일하다 말고 그가 물었다. 「당신 여자 친구 말이야, 최근에 연락 왔었어?」

「최근에는 없었어.」 나는 눈을 들지 않고 말했다. 「하지만 당장 오늘이나 내일에라도 파리에 나타날 수 있을 것 같아.」

조반니가 몸을 일으켜 방 한가운데, 불빛 아래 서서 나를 내려다보았다. 나도 일어서면서 희미한 미소를 지었다. 마음 한편에서는 막연하고 기묘한 두려움이 느껴졌다.

「Viens m'embrasser(이리 와서 키스해 줘).」

그가 말했다. 그 손에 벽돌이 들려 있다는 것, 그리고 나 역시 벽돌 하나를 손에 쥐고 있다는 것이 선명하게 의식되었다. 정말이지 그 순간에는 내가 그에게 가주지 않으면 서로가 서로를 벽돌로 때려 죽일 것 같았다.

그럼에도 나는 선뜻 움직이지 못했다. 우리는 좁은 간격을 사이에 둔 채 서로를 쳐다보기만 했다. 그 간극은 맹렬히 솟

구치는 불길처럼 위험천만했다.

「이리 와.」그가 다시 말했다.

나는 벽돌을 떨어트리고 그에게 건너갔다. 그 즉시 조반니의 손에 있던 벽돌도 떨어지는 소리가 들렸다. 이런 순간이면 우리는 그저 보통의 살인보다 덜 중대하고, 더 오래 걸리고, 끊임없이 계속되는 살인 행위를 서로에게 저지르고 또당해 내고 있는 것 같았다.

4

마침내 기다리던 편지가 왔다. 헬라가 파리에 도착할 날짜와 시간을 알리는 편지였다. 나는 조반니에게는 말하지 않고 그날 혼자서 그녀를 마중하러 기차역까지 걸어갔다.

헬라를 보면 내 마음속에서 무언가 즉각적이고 결정적인 변화가 일어나, 내가 어디에 있는지 그리고 어디에 있어야 하는지를 확실히 알게 되리라고 기대했었다. 그런데 아무 일도 일어나지 않았다. 그녀를 대번에 알아보기는 했다. 녹색 옷을 입고 전보다 머리가 더 짧아진 헬라는 아직 나를 못 본 채로, 그을린 얼굴에 예의 그 눈부신 웃음을 띠고 있었다. 내가 그녀에게 느끼는 사랑은 전보다 줄어든 것 같지 않았다. 하지만 그 사랑의 크기가 애초에 어느 정도였는지는 여전히 가늠이 되지 않았다.

그녀는 승강장 위에서 사내애처럼 다리를 넓게 벌린 특유의 자세로 서서 두 손을 모아 쥐고 있었다. 그러다 나를 발견하고는 그 자리에서 꼼짝도 하지 않고 미소만 지었다. 잠시 동안 우리는 그저 서로를 마주 보았다.

「Eh bien, t'embrasse pas ta femme(뭐야, 당신 여자에게 키스해 주지 않을 거야)?」

나는 그녀를 끌어안았다. 그러자 비로소 무언가 변화가 일어났다. 그녀를 만나서 기쁜 마음이 벅차오르는 것이었다. 둥글게 벌린 두 팔 안에 헬라를 안고 있으니 내 품이 집이고, 나는 집에 돌아온 그녀를 반갑게 맞이하는 것만 같았다. 늘 그랬듯 그녀는 내 팔 안에 쏙 들어맞았고, 그 느낌이 얼마나 감격스럽던지 나는 그녀가 없는 동안 내 품이 텅 비어 있었던 듯 느껴졌다.

높다랗고 어둑한 승강장 차양 아래, 연기를 뿜는 기차 바로 옆에서, 온통 북적거리는 인파 틈에 끼인 채로 나는 헬라를 꼭 껴안고 있었다. 그녀에게서는 바람과 바다 냄새 그리고 우주의 냄새가 났고, 경이롭게 살아 숨 쉬는 그 몸은 응당히 내게 투항할 기미가 느껴졌다.

그녀가 내게서 물러났다. 눈이 촉촉히 젖어 있었다. 「어디 좀 봐봐.」 그녀는 나를 한 발짝 너머로 밀어내고 얼굴을 찬찬히 뜯어보았다. 「아, 근사해라. 당신 다시 보니까 너무 행복해.」

나는 그녀의 코에 가볍게 입을 맞췄다. 일단 첫 번째 검사는 무사히 통과한 것 같았다. 나는 헬라의 짐들을 들어 주면서 그녀와 함께 출구 쪽으로 향했다. 「여행 괜찮았어? 세비야는 어땠어? 투우는? 투우사도 만나 봤어? 전부 다 이야기해 줘.」

그녀가 웃음을 터뜨렸다. 「전부 다 말하라니, 너무 무리한 요구잖아. 여기까지 오는 여행은 끔찍했어. 난 기차가 정말 싫거든. 마음 같아선 훌쩍 날아와 버리고 싶었지만, 스페인 비행기를 한번 타본 적이 있는데 그것도 두 번 할 짓이 못 되더라고. 얼마나 흔들거리던지, 공중을 달리는 포드 모델 T[17]에 앉아 있는 것 같더라니까. 혹시 정말로 포드 모델 T를 가져다 비행기로 만든 건 아닌가 몰라. 난 그냥 가만히 앉아 기도하면서 브랜디나 마시는 수밖에 없었지. 정말이지 다시는 땅을 못 볼 줄 알았어.」 우리는 개찰구를 통과해 역 밖의 길거리로 나왔다. 헬라는 기쁜 얼굴로 주변의 모든 것을 둘러보았다. 카페들, 고고한 사람들, 요란하게 부릉거리는 자동차들, 푸른 망토를 걸친 교통경찰과 그가 든 반짝이는 흰색 경봉까지도. 잠시 침묵하던 그녀가 말했다. 「파리로 돌아오는 건 늘 멋진 일이야. 어디에서 오는 길이든 간에.」 우리는 택시 한 대를 잡아탔다. 택시 기사는 과격하게 차를 회전시켜서 길에 줄지어 늘어선 차량들 사이로 끼어들었다. 「내 생각엔 말이야, 설령 지독한 슬픔에 빠져 있는 사람이라도 일단 여기로 돌아오면…… 치유되는 느낌이 들 것 같아.」

「파리가 과연 우리에게 그런 힘을 발휘하는지 시험할 일은 없었으면 좋겠네.」

내 말에 그녀는 밝으면서도 울적한 미소를 지었다. 「그러게.」 그러고는 별안간 내 얼굴을 두 손으로 잡고 키스했다. 그녀의 눈에 의구심이 가득했다. 자신의 의문에 즉시 대답을 받고 싶어 애달파하는 기색이 역력했다. 하지만 나는 아직

17 세계 최초의 대량 생산 자동차로 1908년부터 판매되었다.

대답할 수 없었다. 다만 그녀를 끌어안고 눈을 감은 채 마주 키스해 주었다. 우리 사이의 모든 것이 예전 그대로이면서도 한편으로는 예전과 전혀 달랐다.

나는 아직 조반니에 대해 생각하지 말자고, 그에 대해서는 걱정하지 말자고 스스로를 다잡았다. 뭐가 어떻게 되든 오늘 밤 나는 헬라와 같이 있어야 하고 그 무엇도 우리를 갈라놓지 않아야 하니까. 하지만 사실 그럴 수는 없다는 것을 잘 알고 있었다. 조반니 때문에 우리는 이미 갈라져 있었다. 내가 왜 이렇게 늦게까지 돌아오지 않는지 걱정하며 그 방에서 혼자 앉아 있을 그를 생각하지 않으려고 나는 안간힘을 썼다.

투르농 거리에 있는 헬라의 숙소에서 우리는 같이 앉아 푼다도르[18]를 맛보았다. 「너무 달다. 스페인 사람들은 이런 술을 마시나 보지?」

「정작 스페인 사람들이 이 술을 마시는 건 한 번도 못 봤어.」 그녀가 깔깔 웃으며 말했다. 「그들은 와인을 마셔. 나는 진피즈를 마셨고. 스페인에서는 어쩐지 진피즈가 건강에 좋은 술처럼 느껴지지 뭐야.」 그녀가 또 웃음을 터뜨렸다.

나는 헬라를 연신 끌어안고 키스하면서 그녀에게 들어갈 길을 찾아 헤맸다. 불 꺼진 익숙한 방에 들어가려고 전깃불 스위치를 더듬어 찾는 것처럼. 또한 그렇게 키스함으로써 나는 그녀에게 나 자신을 던질, 또는 던지는 데 실패하고야 말 순간을 마냥 미루고만 있었다. 그런데 헬라는 우리 사이의 애매한 거북함이 다 자기 탓이고 자기가 풀어야 할 문제라고

18 스페인에서 생산되는 브랜디.

생각하는 것 같았다. 그녀는 그동안 내 편지가 점점 뜸해졌던 것을 기억할 터였다. 한창 스페인을 여행하던 중에는 내 편지에 별로 신경 쓰지 않았을지도 모르지만, 막판에 결정을 내리고 나서부터는 불안해졌을 것이다. 혹시 내가 자신과 정반대의 결정을 내린 것은 아닐까, 나를 너무 오래 방치해 둔 것은 아닌가 하고 말이다.

그녀는 타고난 기질이 직설적이고 조급했다. 명확하지 않은 상황에 처하면 힘들어하는 성격이었다. 그럼에도 이때만큼은 내게서 어떤 말이나 신호가 나오기를 애써 기다리며, 강한 욕망의 고삐를 단단히 붙들어 쥐고 있었다.

나는 그녀가 고삐를 놓게 만들고 싶었다. 어쩐지 그녀를 가지지 않으면 내 혀가 끝내 움직이지 않을 것 같았다. 조반니의 영상을, 그와 맞닿은 감촉의 생생함을 헬라를 통해 불태워 없애고 싶었다. 불로 불을 몰아내려고 했던 셈이다. 그러나 마음 한편에서는 내가 하려는 행동이 무엇인지에 대한 자각도 있었기에, 나는 이러지도 저러지도 못하고 갈팡질팡하고 있었다. 결국엔 그녀가 미소 지으며 내게 물었다. 「내가 너무 오래 떠나 있었지?」

「글쎄. 긴 시간이긴 했지.」 내가 말했다.

「무척 외로운 시간이기도 했어.」 뜻밖의 말이었다. 그녀는 모로 누운 채 내게서 몸을 살짝 틀어 창밖을 바라보았다. 「난 방향을 잃은 느낌이었어. 테니스공처럼 이리저리 튀어 다니는 듯한…… 이러다 어디에 도착하게 될까 하는 의문이 들더라. 뭐라고 할까, 어딘가에서 배를 놓쳐 버린 것 같았어.」 그녀는 나를 돌아보고 말을 이었다. 「내가 말하는 배가 뭔지 당신도 알 거야. 내 고향에서는 그런 내용으로 영화도 만들지. 놓쳤을 때는 그냥 보트인 줄 알았는데, 실제로는 보물선이었다는 이야기.」 나는 그녀의 얼굴을 살폈다. 그 어느 때보다도 차분한 얼굴이었다.

「스페인이 전혀 마음에 들지 않았던 거야?」 초조해진 내가 물었다.

그러자 그녀는 조바심이 나는 듯 머리카락을 한 손으로 쓸어 넘겼다. 「오, 당연히 마음에 들었지. 안 들 리가 없잖아? 얼마나 아름다운 곳인데. 다만 거기서 내가 뭘 하고 있는지 알 수가 없었다는 얘기야. 난 이제 특별한 목적 없이 여기저기를 배회하는 건 지겨워졌어.」

나는 담뱃불을 붙이고 비쭉 웃었다. 「하지만 당신이 스페인에 간 건 내게서 벗어나기 위해서였잖아. 기억나?」

그녀가 미소 지으며 내 뺨을 어루만졌다. 「내가 당신에게 좀 너무했지, 그렇지?」

「아주 솔직하긴 했지.」 나는 자리에서 일어나 그녀에게서 약간 물러났다. 「그래서 생각은 많이 해봤어, 헬라?」

「그 얘긴 편지에 썼잖아. 기억 안 나는 거야?」

그 순간 주위가 완벽한 정적에 잠긴 듯했다. 심지어 밖에서 들려오던 희미한 소음들마저도 멎어 버렸다. 그녀를 등지고 있는데도 나를 보는 그녀의 시선이 느껴졌다. 그녀의 기다림을 느낄 수 있었다. 모든 것이 나를 기다리고 있는 것 같았다.

「그 편지를 어떻게 해석해야 할지 애매했거든.」나는 그녀에게 말하면서 생각하고 있었다. 〈어쩌면 아무것도 밝히지 않고도 잘 빠져나갈 수 있을지도 몰라〉라고. 「당신 말투가 굉장히, 뭐라고 할까, 데면데면해서…… 나와 한배를 타는 것이 기쁘다는 뜻인지, 유감스럽다는 뜻인지 긴가민가하더라고.」

「오, 하지만 우리는 늘 서로 데면데면했잖아. 나로선 그 얘기는 그런 식으로 꺼낼 수밖에 없었어. 자칫 당신이 난처해질까 봐…… 모르겠어?」

내가 하고 싶었던 말은, 그녀가 나를 위해서라기보다는 그저 당장 손에 닿는 사람이 나였기 때문에 나를 절박한 처지에서 구제해 준 것 아니냐는 의문이었다. 하지만 그렇게 말할 순 없었다. 설령 내 의문이 사실이라 할지라도, 그녀는 자신이 그랬던 줄도 모를 것 같았다.

「하지만 당신 생각이 예전과는 다를 수도 있겠지. 만약 그렇다면 그렇다고 말해 줘.」헬라가 조심스럽게 말했다. 그러고는 내 대답을 기다리며 침묵하더니, 재차 입을 열었다. 「있잖아, 나는 자유 여성이 되려고 애는 쓰지만 실은 그런 여자가 못 되나 봐. 난 그냥 매일 밤 집에 와줄 남자가 있었으면 좋겠어. 나를 임신시킬까 봐 두려워할 필요 없이 함께 잠들 수 있는 남자가 있었으면 좋겠다고. 아니, 젠장, 난 임신도 하고 싶어. 애를 갖고 싶단 말이야. 어떻게 보면 내가 잘할 수 있는 일은 결국 그것뿐이잖아.」또 침묵이 흘렀다. 「당신도 이런 걸 원해?」

나는 대답했다. 「응. 늘 원했던 바야.」

190

나는 재빨리 그녀에게 몸을 돌렸다. 마치 어떤 우악스러운 손이 내 어깨를 잡아 돌린 듯이. 방 안이 어둑해지고 있었다. 침대 위에 누워서 나를 바라보는 그녀의 입술은 살짝 열려 있었고 두 눈은 한 쌍의 불빛 같았다. 그녀의 몸이, 그리고 내 몸이 너무나 선명하게 의식되었다. 나는 그녀에게 다가가서 젖가슴에 머리를 기댔다. 거기 숨어서 가만히 누워 있고만 싶었다. 하지만 저 깊은 곳에서 그녀가 튼튼한 성곽 도시의 성문들을 열고 영광의 왕을 받아들일 준비를 하러 분주히 움직이는 기척이 느껴졌다.

나는 편지를 썼다.

사랑하는 아버지, 더 이상 비밀로 하지 않을게요. 실은 제게 결혼하고 싶은 여자 친구가 생겼답니다. 그동안 아버지께 숨기고 싶지는 않았는데, 단지 그녀가 저와 결혼할 의사가 있는지 확신이 서지 않아서 말씀드리지 못했을 뿐이에요. 하지만 그녀가, 그 딱하고 어리석은 여자가 결국엔 그 위험한 일을 감수하겠답니다. 저희는 여기 있는 동안 식을 올린 다음 여유를 두고 천천히 집으로 돌아갈까해요. 혹시 염려하실까 봐 말씀드리자면, 프랑스 여자는 아니에요(아버지가 프랑스 사람들을 싫어하시지야 않겠지만, 그들에게는 우리 같은 장점이 없을 거라고 생각하실 것 같아서요. 또 그게 사실이기도 하고요). 아무튼 그녀의 이름은 헬라 링컨이라고 해요. 미니애폴리스 출신이고, 부모님 두 분 다 아직 거기 사시는데 아버지는 어느 회사의 고문 변호사로 일하시고, 어머니는 그냥 주부시래요. 헬라는 여기서 신혼여행을 하고 싶다는데, 저야 당연히 그녀가 원하는 대로 해주고 싶을 따름이죠. 자, 그러니 이제 사랑하는 아들이 애써 벌어 놓은 돈을 좀 보내 주시겠어요? Tout de suite. 프랑스어로 〈당장〉이라는 뜻이랍니다.

헬라의 사진을 동봉하기는 했지만 그보단 실물이 훨씬 멋진 여자예요. 그녀는 두어 해 전 그림을 공부하러 여기로 왔다더군요. 그런데 자신이 그림에 재능이 없다는 것을 깨닫고 센강에 투신하려고 했는데, 그때 마침 저를 만났고, 나머지는 뭐, 말씀드리지 않아도 괜찮겠죠. 아버지, 그녀를 보면 분명 좋아하실 거예요. 헬라도 아버지를 좋아할 테고요. 그녀는 이미 저를 무척 행복한 남자로 만들어 주었답니다.

헬라가 파리에 온 지 사흘째 되던 날, 그녀는 우연히 조반니와 마주쳤다. 그 사흘 동안 나는 조반니를 보지도 않았고 그의 이름을 입에 올린 적도 없었다.

그동안 헬라는 나와 함께 매일같이 온종일 파리를 돌아다니면서, 한 가지 주제를 두고 전에 없이 엄청나게 긴 토론을 벌였다. 바로 〈여자〉라는 주제였다. 그녀는 여자로 살기가 힘들다고 주장했다.

「여자로 사는 게 뭐가 그렇게 힘든지 모르겠는데. 적어도 남자를 얻고 나면 별로 힘들 게 없잖아.」

「바로 그게 문제야. 남자가 꼭 필요한 처지라서 굴욕적이 겠다는 생각은 안 들어?」

「오, 설마. 내가 아는 여자들은 아무도 굴욕적이라고 생각 안 하는 것 같던데.」

「뭐, 그러면 당신은 한 번도 그 여자들을 그런 식으로 생각해 본 적이 없다는 뜻이네.」

「그런 적 없지. 그들도 그런 적 없기를 바라. 그런데 〈당신〉은 왜? 뭐가 불만인데?」

「나야 〈불만〉은 없지.」 그녀는 익살맞은 모차르트풍 곡조의 콧노래를 흥얼거리곤 말을 이었다.

「불만은 전혀 없어. 하지만 뭐라고 할까, 사람이 자기 자신으로 살 수 있게 되기도 전에 생판 누군지도 모를 남한테, 그것도 징그러운 털북숭이한테 자신을 의탁해야 한다면 말이야. 좀 곤란하지 않겠어?」

「그 말은 좀 별론데. 언제부터 내가 징그러웠던 거야? 또 언제부터 내가 생판 남이었지? 내 털이 좀 자란 건 사실이지만, 이건 당신 잘못이잖아. 당신에게서 도무지 떨어질 수가 없어서 면도도 못 했다고.」 나는 빙긋 웃고 그녀에게 키스했다.

「음, 지금이야 당신이 나한테 남은 아니겠지. 하지만 한때는 남이었고, 언젠가는 반드시 또 남이 될 거야. 그것도 여러 번.」

「그렇게 따지면 당신도 내게 남이 될 텐데?」

「그럴까?」 그녀가 재빨리 밝은 웃음을 띠며 되물었다. 「하지만 내가 말하는 여자로서의 삶이라는 건 이런 거야. 우리가 지금 결혼해서 50년을 같이 산다고 쳐. 그런데 그 세월 내내 당신은 단 한 순간도 나를 이해하지 못하면서도, 내가 남이라는 것조차 모르고 살 수도 있다는 거야.」

「하지만 만약 당신이 〈나〉를 이해하지 못하면? 그러면 당신은 그런 줄 알까?」

「내 생각엔, 여자들은 어차피 남자가 항상 남으로 느껴지는 것 같아. 그리고 남에게 자기 신세를 의탁한다는 건 뭔가 끔찍한 일이고.」

「하지만 남자들의 신세도 마찬가지로 여자들 손에 달려 있는걸. 그 생각은 안 해봤어?」

「아! 남자 신세가 여자 손에 달려 있다? 남자들은 그렇게 생각하길 좋아하는 것 같더라. 그러면 자기 안의 여성 혐오자를 달랠 수 있기 때문이겠지. 하지만 한 〈남자〉가 정말로 한 〈여자〉에게 휘둘리는 신세가 되면, 어쩐지 그 남자는 더 이상 남자가 아닌 셈이 되던걸. 그리고 여자 쪽은 오히려 더더욱 확실히 덫에 빠져 버리고.」

「그 말인즉슨, 당신은 나를 휘두를 수 없다는 거야? 그런데 나는 당신을 휘두를 수 있고?」 나는 웃음을 터뜨렸다. 「헬라, 당신이 누구에게라도 휘둘리는 모습을 한번 볼 수나 있다면 좋겠는데.」

「웃든 말든 맘대로 해.」 그녀가 농담조로 말했다. 「하지만 내 말엔 확실히 생각해 볼 부분이 있다고. 스페인에서 지내는 동안 난 깨달았어. 내가 자유롭지 못하다는 것. 내가 누군가에게 소속되기 전에는…… 아니, 〈헌신〉하기 전에는, 난 자유로울 수가 없다는 것.」

「누군가에게? 〈무언가〉에게는 아니고?」

그녀는 잠시 침묵하다가 대답했다. 「글쎄. 여자들은 그냥 자동적으로 무언가에 소속될 수밖에 없는 것 같은데. 그러다가 그걸 포기하기도 하지. 남자에게 소속될 수 있는 기회가 오면 언제라도. 물론 여자들은 이 사실을 차마 인정하지 못해. 그렇다고 막상 자신이 가지고 있던 걸 정말로 포기할 수 있는 여자도 별로 없고. 그냥 이러지도 저러지도 못한 채 죽어 버리고 마는 거야…… 아니, 내 말은 이게 아니야.」 그녀가 잠깐 뜸을 들이다 말을 맺었다. 「〈내가〉 그러다 죽을 뻔했다는 얘기야.」

「뭘 원하는 거야, 헬라? 지금은 무엇을 가졌기에 그렇게 달라진 거야?」

헬라는 깔깔 웃었다. 「내가 뭘 가지고 말고의 문제가 아니야. 심지어 내가 뭘 원하는지의 문제도 아니고. 중요한 건 〈당신〉이 〈나〉를 가졌다는 거지. 그러니 이제 나는…… 당신의 충성스럽고 다정한 종이 될 수 있어.」

서늘한 한기가 느껴졌다. 나는 짐짓 어리둥절한 듯이 머리를 흔들었다.

「무슨 말을 하는 건지 모르겠어.」

「그냥, 내 인생 이야기를 하는 거야. 이제 내겐 당신이 생겼잖아. 내가 돌보고, 먹이고, 괴롭히고, 속이고, 사랑할 사람. 내가 견뎌 내야 할 사람. 이제부터 나는 여자로서의 처지를 한탄하면서 즐겁게 시간을 보낼 수 있게 된 거야. 그 대신 내가 여자가 〈아닐〉까 봐 무서워할 일은 없겠지.」 그녀는 내 표정을 보더니 깔깔 웃었다. 「오, 난 그 외에도 할 일이 많아! 이를테면 내 지성도 갈고닦아야지. 읽고, 논쟁하고, 생각하고, 기타 등등……. 그러면서도 당신의 생각에 대해서는 생각하지 않는다는 점을 분명하게 밝힐 테야. 그러면 설령 혼란이 생기더라도 당신은 분명 만족하겠지. 결국 한낱 여자의 유한한 정신세계일 뿐이로구나, 하고. 그리고 만약 신께서 자비로우시다면, 당신은 나를 점점 더 사랑할 테고 우리는 아주 행복할 거야.」 그녀가 또 웃고는 말했다. 「이걸로 괜히 골치 썩일 것 없어, 여보. 내가 알아서 할 테니.」

그녀의 유쾌함에는 전염성이 있었다. 나는 다시금 고개를 흔들며 덩달아 웃음을 흘렸다. 「당신은 참 사랑스러워. 난 도무지 이해를 못 하겠다.」

「거봐.」 그녀가 깔깔거리며 말했다.

「괜찮아. 우리 둘 다 그 생각으로 피신하면 되는 거야. 오리들이 물가로 가서 쉬듯이.」 이때 우리 옆에 나타난 서점을 보고 헬라는 발걸음을 멈췄다. 「잠깐 들어가 볼까? 사고 싶은 책이 있어서.」 서점으로 들어가면서 그녀는 한마디를 덧붙였다. 「그냥 소소한 책이야.」

나는 그녀가 서점 주인 여자에게 걸어가 말을 붙이는 모습을 즐겁게 지켜보았다. 그러다 맨 뒤쪽 서가로 슬렁슬렁 걸어갔다. 그곳에는 한 남자가 나를 등진 채 잡지 한 권을 뒤적이고 있었다. 내가 그의 뒤에 서자, 남자는 잡지를 덮고 제자리에 내려놓고는 몸을 돌렸다. 그때 나도, 그도 서로를 대번에 알아보았다. 그는 자크였다.

「이런! 이게 누구야! 우린 자네가 미국으로 돌아간 건가 생각하던 참이었는데.」

나는 소리 내어 웃곤 대답했다. 「저요? 아니에요, 아직 파리에 있어요. 그동안 좀 바빴을 뿐이에요.」 그런데 문득 섬뜩한 의혹이 들었다. 「그런데 〈우리〉라니요?」

자크는 굳은 입매에 고집스러운 미소를 띠었다.

「아, 자네 애인 말이야. 듣자 하니 자네가 그 친구를 음식도, 돈도, 심지어는 담배 한 개비도 없이 그 방에 혼자 내버려 두고 떠난 모양이던데. 그가 건물 관리인에게 부탁해 통화료를 방세에 달아 두고 겨우 내게 전화를 걸었더라고. 불쌍한 녀석, 금방이라도 가스 오븐에 머리를 집어넣고 자살할 듯한 목소리던데.」 그가 실소를 흘리고 덧붙였다. 「그것도 가스 오븐이 있어야 하는 일이지만.」

나는 그를 노려보았다. 자크는 일부러 아무 말도 없이 나를 마주 보기만 했다. 그에게 뭐라 할 말이 떠오르지 않았다.

「그래서 차에 먹을 걸 좀 챙겨 넣고 얼른 그에게 찾아가 봤지. 그는 자네 시체를 찾아 강을 수색해야 한다고 주장하더군. 그래서 내가 말렸어. 나도 미국인들의 습성을 잘 모르긴 하지만 너도 마찬가지로 모르지 않느냐, 데이비드가 강에 뛰어들었을 리는 없다, 그저 생각을 정리하려고 떠났을 것이다…… 이제 보니 내 말이 딱 맞았군그래. 생각을 너무 많이

하다 보니 이제는 옛날 사람들이 무슨 생각을 했는지도 참고해야겠다 싶었나 보지? 자네가 수고를 아끼지 않고 선뜻 읽을 수 있을 만한 책이 딱 한 가지 있기는 해. 사드 후작의 책.」

「조반니는 지금 어딨죠?」

「헬라가 묵는 여관 이름을 내가 오늘에야 겨우 기억해 내서 말이야. 조반니가 자네에게서 헬라가 곧 돌아올 거라는 얘기를 들었다기에, 나와 같이 그 여관으로 찾아가 보면 어떻겠냐는 기막힌 아이디어를 일러 주었거든. 그래서 그는 지금 그 용건으로 잠깐 외출했다네. 곧 여기에 도착할 거야.」

그때 헬라가 책을 가지고 돌아왔다. 나는 어색하게 말했다. 「두 사람, 구면이죠. 헬라, 자크 기억하지?」

그녀는 자크를 기억했고, 자신이 그를 싫어했다는 것도 기억했다. 그녀는 예의 바르게 미소 지으며 손을 내밀었다. 「안녕하세요.」

「Je suis ravi, mademoiselle(다시 뵈어 영광입니다, 마드무아젤).[19]」 자크는 헬라가 자신을 싫어한다는 사실을 눈치챘을 뿐 아니라 재미있게 여기고 있었다. 그래서 그녀의 반감을 확실히 해주기 위해, 더 나아가 그 순간 나에게 품었던 진심 어린 증오심을 표출하기 위해, 그녀의 손등 위에 몸을 깊이 숙이곤 터무니없이 과도하고 불쾌한 방식으로 여성스러운 제스처를 취했다. 나는 재앙이 닥치는 광경을 아주 먼 곳에서 하릴없이 구경하는 사람처럼 두 사람을 바라보고만 있었다. 그가 장난스러운 표정으로 나를 돌아보고는 조잘조

19 프랑스에서 비혼 여성에게 붙이는 경칭.

잘 말했다. 「어쩐지 데이비드가 우리를 피해 잠적하더라니, 당신이 돌아와서 그런 거였군요.」

「네?」 헬라가 되묻더니 내게 가까이 다가와 손을 잡았다. 「이 사람이 아주 무례하게 굴었네요. 제가 알았더라면 절대로 허락하지 않았을 텐데요. 난 우리가 잠적하고 있는 줄도 몰랐어요. 이이가 자기 얘기를 통 해주지 않아서요.」 그녀가 씩 웃었다.

자크는 그녀를 보며 말했다. 「그야, 데이비드는 당신과 같이 있으면 그보다 훨씬 흥미진진한 이야깃거리들을 꺼내느라 바쁠 테니까요. 오랜 친구들을 피하는 이유를 설명할 틈이 없을 법도 하겠지요.」

나는 조반니가 도착하기 전에 그곳을 나가야 한다는 생각으로 안절부절못하고 있었다. 「그나저나 저희가 아직 저녁을 안 먹어서요. 나중에 또 만나면 어떨까요?」 나는 힘겹게 웃음 지으며 말했다. 자크에게 제발 선의를 베풀어 달라고 간청하는 의미의 웃음이었다.

그런데 바로 그때 서점 출입문에 달린 조그마한 종이 딸랑 울려서 손님이 들어왔음을 알렸다. 「아, 조반니가 왔군.」 자크가 말했다. 아나나 다를까, 내 등 뒤에 우뚝 멈춰 서서 나를 쳐다보는 조반니의 존재가 느껴졌다. 그와 동시에 내 손을 잡은 헬라의 손과 온몸이 흠칫 움츠러드는 느낌이 들었고, 애써 평정을 유지하는 그녀의 얼굴에도 미처 숨기지 못한 위축감이 드러났다. 조반니가 분노, 안도, 채 다 흘리지 못한 눈물까지 가득 머금은 탁한 목소리로 고함을 질러 댔다.

「대체 어딨었던 거야? 죽은 줄 알았잖아! 차에 치였거나 강에 빠져 죽어 버린 줄 알았다고! 요 며칠 어디서 뭘 하고 있었던 거야?」

그런데 희한하게도, 그런 조반니 앞에서 나는 미소가 나왔다. 게다가 스스로도 놀랄 만큼 침착했다. 「조반니, 내 약혼녀를 소개할게. 마드무아젤 헬라라고 해. 헬라, 여기는 므시외 조반니.」

내게 격한 말을 쏟아 내다가 뒤늦게 헬라를 인지한 조반니는 내 말을 듣고 그만 아연해졌다. 그는 잠잠하고도 정중히 헬라의 손을 잡았다. 그녀를 흔들림 없이 응시하는 검은 눈동자는 마치 여자라는 존재를 생전 처음 보는 듯했다.

「Enchanté, mademoiselle(반갑습니다, 마드무아젤).」공허하고 싸늘한 목소리였다. 그는 잠깐 나를 보더니 다시 헬라를 돌아보았다. 그리고 우리 네 사람은 정지 화면을 위해 포즈를 취하는 배우들처럼 가만히 서서 움직이지 않았다.

자크가 말했다. 「그래, 이렇게 다 같이 모였으니 술이라도 한잔해야겠군요. 딱 한 잔만 하고 가시죠.」자크는 헬라가 정중하게 거절할 틈을 주지 않으려고 그녀의 팔짱을 꼈다. 「오랜 친구들이 뭉치는 기회가 날마다 오는 것은 아니니까요.」그는 조반니와 나를 앞세우고, 헬라를 이끌고서 우리 모두를 억지로 몰고 갔다. 조반니가 문을 열자 예의 그 딸랑 하는 종소리가 사악하게도 울려 퍼졌고, 바깥의 저녁 공기가 불길처럼 우리에게로 불어닥쳤다. 우리는 강가를 벗어나 대로 쪽으로 향했다.

「나는 이사를 갈 때는 건물 관리인에게 언질이라도 해두는데. 그래야 최소한 우편물을 어디로 전달할지 정도는 알 거 아니야.」

조반니의 말에 나는 짜증이 확 치솟았다. 그는 면도를 하고 말끔한 흰색 셔츠에 넥타이를 매고 있었다. 넥타이는 자크의 것이 틀림없었다. 「네가 불평할 게 뭐가 있는지 모르겠는데. 어디로 가면 되는지는 너도 뻔히 알고 있었잖아.」

그런데 그 순간 조반니가 내게 짓는 표정을 보니 분노는 싹 가시고 울고 싶은 기분이 들었다. 「당신 잔인해. Tu n'est pas chic du tout(너무 잔인하다고).」 조반니는 그 이상 아무 말도 하지 않았다. 우리는 잠자코 대로로 걸어갔다. 뒤에서 자크가 뭐라고 두런거리는 소리가 들려왔다. 길모퉁이에 이르러 우리 둘은 걸음을 멈추고 자크와 헬라가 따라오기를 기다렸다.

「자기야, 난 안 될 것 같아.」 헬라가 내게 다가오며 말했다. 「당신은 친구분들과 같이 더 있어도 괜찮아. 하지만 난 도저히 안 되겠어. 몸이 안 좋아서.」 그녀가 조반니를 돌아보았다. 「정말 미안해요. 실은 제가 스페인에서 이제 막 돌아온 참이어서요. 기차에서 내린 이후로 거의 앉지도 못했더니, 오늘밤은 정말이지 잠을 자지 않으면 안 되겠어요. 다음에 꼭 뵈어요.」 헬라는 미소 지으며 그에게 손을 내밀었다. 하지만 조반니는 그 손을 못 본 눈치였다.

「그러면 나는 헬라를 바래다주고 다시 올게. 네가 어디에 있을지 알려만 준다면.」

내 말에 조반니는 날카로운 웃음을 내뱉었다. 「우리야 우리 구역에 있겠지. 찾기 어렵진 않을 거야.」

한편 자크는 헬라에게 인사했다. 「몸이 안 좋으시다니 유감입니다. 다음을 기약하죠.」

그는 헬라가 여전히 머뭇머뭇 내밀고 있던 손 위에 다시금 몸을 굽히고 손등에 입을 맞췄다. 그런 뒤 몸을 세우고는 나를 향해 얼굴을 찌푸려 보였다. 「언젠가 꼭 헬라와 함께 우리 집에 저녁 식사 하러 와. 약혼녀를 우리에게 숨길 필요는 없잖아.」

조반니가 거들었다. 「전혀 그럴 필요 없죠. 약혼녀분이 아주 매력적이신걸요. 그러니…….」 그러고는 빙긋 웃으며 헬라를 돌아보았다. 「저희도 매력적으로 굴도록 노력하겠습니다.」

「음, 그럼 이따가 봐.」

나는 헬라의 팔을 잡아당겼다. 그러자 조반니가 독기 서린 눈에 금방이라도 눈물을 머금을 듯한 표정으로 당부했다. 「만약 돌아왔는데 내가 여기 없으면, 난 집에 있을 거야. 어디인지 기억하지? 동물원 근처야.」

「기억해.」

나는 우리 밖으로 도망쳐 나가는 동물처럼 뒷걸음질을 쳤다. 「나중에 보자. 안녕.」

「이따 봐.」 조반니가 인사했다.

뒤돌아 걸어가는 우리의 등을 쳐다보는 그들의 시선이 느껴졌다. 헬라는 아무 말도 하지 않았다. 아마 나와 마찬가지로 어떤 말도 꺼낼 엄두가 나지 않았던 것이리라. 한참이 지나고 나서야 그녀는 입을 열었다. 「그 남자, 난 정말 못 견디겠어. 소름이 끼쳐.」 그리고 잠깐 뜸을 들이다 덧붙였다. 「나 없는 동안 당신이 그 사람과 그렇게 많이 어울렸는 줄은 몰랐어.」

「그런 적 없어.」 나는 걸음을 멈추고 담배에 불을 붙였다. 어떤 식으로든 손을 바쁘게 놀리고 싶어서, 그리고 잠시라도 간섭받지 않고 나만의 영역 안에 있고 싶어서였다. 나는 헬라의 눈빛을 살펴보았다. 그녀는 나를 의심하는 기색은 아니었다. 다만 심란해하고 있었다.

「그리고 조반니는 또 누구야?」 우리가 다시 걸음을 옮겼을 때 그녀가 묻고는 짧게 웃음을 흘렸다. 「그러고 보니 여태 당신이 어디 사는지도 안 물어봤네. 그 사람하고 같이 사는 거야?」

「파리 외곽에 있는 하녀 방 하나를 같이 쓰고 있었어.」

「그럼 당신이 나빴네. 예고도 없이 그렇게 오래 집을 비우다니.」

「나, 참. 걔는 룸메이트일 뿐이라고. 이틀쯤 외박 좀 했기로서니 걔가 강 밑바닥을 수색하려 들 줄이야 어떻게 알았겠어?」

「자크 말로는 당신이 조반니에게 돈도, 담배도, 아무것도 남기지 않고 떠났다던데. 심지어 나하고 같이 살 거란 말도 안 하고.」

「조반니에게 말하지 않은 것이야 그 외에도 워낙 많아. 하지만 그 녀석이 이런 식으로 소란을 피운 적은 한 번도 없었는데. 술에 취한 모양이야. 나중에 내가 잘 이야기할게.」

「이따가 거기로 돌아갈 거야?」

「뭐, 거기가 아니라면 그 하녀 방에라도 가보긴 해야겠지. 어차피 들를 생각이었어. 면도도 해야 하니.」

나는 씩 웃었다. 그러자 헬라가 한숨을 쉬며 말했다. 「나는 당신 친구들을 화나게 하고 싶지는 않았어. 당신은 돌아가서 그분들하고 같이 술 마셔. 그러겠다고 했잖아.」

「글쎄, 그래도 되고, 안 그래도 되지. 내가 친구들과 결혼한 것도 아닌데 뭘.」

「그렇지만, 당신이 나하고 결혼할 거라고 해서 친구들과의 약속을 깰 필요까진 없잖아.」 그녀가 잠깐 뜸을 들이다 말을 이었다. 「그리고 내가 당신 친구들을 꼭 좋아해야 하는 것도 아니고.」

「헬라, 그건 나도 잘 알고 있어.」

우리는 대로에서 벗어나 그녀의 여관으로 향하는 길로 접어들었다.

「그 사람, 무척 격정적이더라. 그렇지?」 그녀가 말했다. 나는 약간 오르막이 진 어둑한 골목길 끝자락에 솟은, 컴컴한 상원 의사당 건물을 올려다보고 있었다.

「누구?」

「조반니 말이야. 당신을 많이 좋아하나 봐.」

「이탈리아 사람이잖아. 그 나라 사람들은 워낙 연극적이니까.」

그녀가 소리 내어 웃었다. 「아니, 아무리 이탈리아 사람이라도 그 정도면 유별나지! 둘이 같이 산 지 얼마나 됐어?」

나는 담배를 던져 버렸다. 「두어 달쯤. 당신이 없는 사이에 돈이 다 떨어지는 바람에…… 알지? 난 아직도 돈이 송금되길 기다리고 있잖아. 아무튼 그래서 조반니 방에 들어가 살게 된 거야. 그 편이 더 싸게 먹혀서. 그때만 해도 걔는 직장에 다녔고, 대부분의 시간은 자기 애인 집에서 지내고 있었어.」

「아, 애인이 있어?」

「있었지. 직업도 있었고. 그런데 지금은 둘 다 잃었어.」

「딱해라. 어쩐지 너무 허탈해 보이더라.」

「괜찮아질 거야.」 나는 짤막하게 말했다. 어느덧 우리는 여관 문 앞에 다다라 있었다. 그녀는 야간용 초인종을 눌렀다.

「조반니와 자크는 좋은 친구 사이야?」

「아마도. 자크는 조반니 때문에 섭섭한 것 같지만.」

그녀가 소리 내어 웃었다. 「난 말이지, 자크처럼 여자를 지독히 싫어하는 남자들을 대할 때면 꼭 썰렁한 찬바람을 맞는 기분이야.」

「그래, 그럼 둘이 만날 일을 만들지 않을게. 이 아가씨에게 찬바람 맞히기는 싫으니.」 나는 그녀의 콧등에 입을 맞췄다. 그때 건물에서 웅 하는 소음이 나더니 잠금 장치가 풀리면서 출입문이 한 차례 덜컹거렸다. 헬라는 불 꺼진 컴컴한 로비 안을 장난스럽게 들여다보면서 말했다. 「저 안에 대체 어떻게 들어가나 매번 막막하다니까.」 그녀가 나를 올려다보았다. 「어떡할래? 친구들 만나러 가기 전에 방에서 한잔하고 갈래?」

「좋지.」 우리는 살금살금 로비로 들어가 문을 조용히 닫았다. 어둠 속을 더듬던 내 손에 간신히 전깃불 타임스위치가 닿았다. 이윽고 침침하고 노르스름한 불빛이 우리 위로 쏟아졌고, 안쪽에서 누군가가 알아들을 수 없는 말을 외치는 소리가 들렸다. 그러자 헬라는 나름의 프랑스어 억양으로 자기 이름을 소리쳐 알렸다. 계단을 올라가는 동안 불이 자동으로 꺼졌는데, 이때부터 우리는 아이들처럼 킬킬 웃었다. 꼭대기 층에 있는 헬라의 방까지 올라가는 길 내내 층계참이나 통로 그 어디에서도 타임스위치를 찾을 수가 없어서, 어쩐지 그게 그렇게나 우스워서 우리는 서로를 붙잡고 연신 키득거렸던 것이다.

「조반니 얘기 좀 해줘.」 헬라가 그 말을 꺼낸 것은 한참 뒤 나와 같이 침대에 누워 있을 때였다. 우리는 그녀 방 창문에 내려앉은 검은 밤이 빳빳한 흰색 커튼을 집적거리는 것을 바라보고 있었다. 「관심이 가서 그래.」

「그건 지금 꺼내기에는 너무 분위기 깨는 발언 아니야? 대체 무슨 뜻이야, 관심이 간다니?」

「어떤 사람인지, 무슨 생각을 하는지, 그런 게 궁금하다고. 어쩌다 그런 얼굴을 하게 되었는지도.」

「얼굴은 또 왜? 무슨 문제가 있나?」

「문제는 없지. 오히려 아주 잘생긴 얼굴인걸. 하지만 뭔가 특이한 구석이 있던데. 무척 예스러운 느낌이라고 할까.」

「횡설수설하지 말고 잠이나 자.」

「처음에 둘이 어떻게 만났어?」

「아. 바에서. 사람들하고 술 마시다가.」

「자크도 같이 있었어?」

「기억이 잘 안 나는데. 그래, 그랬던 것 같다. 아마 그때 자크도 조반니를 처음 만났을 거야.」

「왜 조반니와 같이 살아야겠다고 생각하게 됐어?」

「말했잖아. 난 빈털터리였고, 조반니는 방이…….」

「하지만 단지 그 이유 때문만은 아니었을 거 아니야.」

「오, 그야 뭐.」 나는 대답했다. 「호감이 갔으니까.」

「그런데 이제는 호감이 안 가?」

「나는 조반니를 아주 좋아해. 오늘 당신 앞에서는 상태가 별로였지만, 원래는 아주 좋은 녀석이야.」 나는 소리 내어 웃었다. 그리고 이제껏 진심을 감추고 말해 온 어조를 빌려서, 또한 나를 감싸 주는 밤의 장막과, 헬라와 나 자신의 몸을 통해 얻은 자신감에 힘입어서 또 다른 말을 덧붙였다. 스스로에게 깊은 위안이 되는 말이었다. 「어떤 의미에서는 조반니를 사랑한다고 할 수 있겠지. 정말로 그래.」

「하지만 조반니는 당신이 그런 감정을 표현하는 방식이 이상하다고 생각하나 봐.」

「오, 그렇지. 여기 사람들은 우리와는 방식이 다르니까. 그들은 훨씬 적극적으로 표현하더라고. 나는 도저히 적응이 안 돼. 그냥…… 그렇게까지는 못 하겠어.」

헬라는 생각에 잠긴 어조로 말했다. 「그래, 나도 그런 느낌을 받았어.」

「어떤 느낌?」

「여기 아이들 말이야. 서로 엄청난 애정 표현을 거리낌 없이 주고받잖아. 처음에는 좀 충격적이었는데, 보다 보니 저런 방식도 꽤 괜찮구나 싶더라고.」

「괜찮긴 하지.」

「음.」 헬라가 말머리를 돌렸다. 「조만간 조반니에게 저녁이라도 사주든지 해야겠어. 어떻게 보면 그가 당신을 구해준 셈이잖아.」

「좋은 생각이야. 요즘 걔가 뭐 하고 지내는지는 모르겠지만 하루 저녁 시간쯤은 낼 수 있겠지.」

「그는 자크와 자주 어울리는 편이야?」

「아니, 그렇진 않을걸. 오늘은 그냥 우연히 만난 모양이던데.」 나는 뜸을 들이다 조심스럽게 말을 이었다. 「있잖아, 조반니 같은 애들은 처지가 참 어려운 것 같더라. 여기는 아무래도 기회의 땅은 아니고…… 그런 애들을 위한 안전망도 없거든. 조반니는 가난해. 가난한 계층 출신이라는 거지. 그러면 할 수 있는 일이 딱히 없어. 그나마 걔가 할 수 있는 일을 구하려 해도 경쟁이 엄청나게 심하고. 그런 데다 돈도 쪼들리니, 무슨 미래를 계획할 여력도 없는 거지. 그런 애들이 거리를 헤매고 다니다 돈 많은 여자의 정부가 되거나, 깡패가 되거나, 하여간 온갖 신세로 전락하는 경우가 숱하게 많아.」

「여기 구세계는 추운 곳이구나.」 그녀가 말했다.

「글쎄, 저 밖의 신세계도 꽤 춥긴 하지. 여기가 추운 건 말할 것도 없지만.」

헬라는 소리 내어 웃었다. 「하지만 우리는…… 우리의 사랑으로 서로를 따뜻하게 해줄 수 있잖아.」

「침대에 나란히 누워서 그런 생각을 한 사람들이 우리가 처음은 아닐걸.」 하지만 우리는 한동안 서로의 팔에 안긴 채 잠잠히 누워만 있었다. 그러다 내가 마침내 입을 열었다. 「헬라.」

「응?」

「헬라, 돈이 들어오면 그걸로 파리를 벗어나 딴 데로 가자.」

「파리에서 벗어나자고? 어디로 가게?」

「몰라. 어디든지. 난 파리가 지긋지긋해. 당분간 떠나고 싶어. 남쪽으로 갈까? 거기라면 햇빛도 더 들겠지.」

「남부에서 결혼하자고?」

「헬라, 진심으로 하는 말인데, 지금 나는 아무것도 할 수 없고 아무 결정도 내릴 수가 없어. 심지어는 앞을 똑바로 보지도 못하겠어. 이 도시를 벗어나기 전까지는. 여기서는 결혼은 물론이고 결혼에 대한 생각조차 하고 싶지 않아. 그냥 떠나자.」

「당신이 그런 기분인 줄은 몰랐는데.」

「조반니의 방에서 몇 달째 살았더니 이제 더 이상은 못 견디겠어. 거기서 벗어나고 싶어. 부탁이야.」

그녀는 초조한 웃음을 터뜨리곤 내게서 살짝 물러났다. 「글쎄, 조반니의 방에서 벗어나는 게 왜 파리에서 벗어나는 게 되는지 이해가 안 되는걸.」

나는 한숨을 쉬었다. 「제발 좀, 헬라. 지금은 길게 설명할 기분이 아니란 말이야. 난 그냥 파리에 있다가 자꾸 조반니 와 마주치게 되는 것도 싫고, 또…….」 나는 말을 흐렸다.

「그게 왜 불편한데?」

「글쎄…… 내가 걔를 도와줄 방법이 없잖아. 그런 데다 걔 가 나를 보는 시선이 도무지…… 걔는 나를 꼭…… 헬라, 조반 니가 나를 미국인이라고, 부자라고 생각하는 걸 난 견딜 수 가 없어.」 나는 몸을 일으켜 앉고 창밖을 바라보았다. 헬라는 나를 주시하고 있었다. 「말했듯이 조반니는 아주 좋은 사람 이야. 하지만 무척 집요하기도 해. 그리고 뭐라고 할까, 나한 테 이런 식으로 집착하고, 나를 신처럼 생각하고. 게다가 그 방은 너무 더럽고 냄새나는데, 곧 겨울이 오면 춥기까지 할…….」 나는 그녀를 돌아보고 품에 끌어안았다. 「저기, 그냥 가자. 나중에 다 설명해 줄게. 나중에. 일단 떠나고 나서.」

긴 침묵이 흘렀다.

「곧바로 떠나자고?」

「그래. 돈이 들어오는 대로 집을 구해 보자.」

「그냥 미국으로 돌아가고 싶지는 않고?」

나는 신음을 흘렸다. 「그건 아니야. 아직은. 내 말은 그 뜻 이 아니었어.」

그녀가 내게 키스했다. 「난 어디로 가든 상관없어. 우리가 함께할 수만 있으면.」 헬라는 나를 밀어내며 말했다. 「곧 날 이 밝겠네. 이제 눈 좀 붙이자.」

나는 다음 날 밤이 다 되어서야 조반니의 방에 찾아갔다. 헬라와 강가를 산책하고 식당 몇 군데를 옮겨 다니며 술을 지나치게 많이 마신 뒤였다. 방에 들어서자 불빛이 내게 들이닥쳤고, 침대 위에서 조반니가 벌떡 일어나며 겁에 질린 목소리로 외쳤다. 「Qui est là? Qui est là(누구야? 누구냐고)?」

나는 문간에 멈춰 선 채 약간 비틀거렸다. 「나야, 조반니. 닥쳐.」

조반니가 나를 쳐다보았다. 그러더니 다시 옆으로 돌아눕고는, 벽을 마주한 채 울음을 터뜨렸다.

〈미치겠네!〉 나는 속으로 생각했다. 조심스럽게 문을 닫고 재킷 주머니에서 담배를 꺼낸 뒤 의자 등받이에 재킷을 걸쳤다. 그리고 손에 담배를 든 채 침대로 건너가 조반니에게 몸을 굽혔다. 「자기, 울지마. 그만 울어.」

조반니가 나를 돌아보았다. 눈이 붉게 젖었으면서도 그의 얼굴에는 기이한 미소가 떠올라 있었다. 비정함과 수치심과 반가움이 뒤섞인 미소였다. 그는 내게로 두 팔을 뻗었고, 나는 몸을 바투 기울여 그의 눈가에서 머리카락을 걸어 주었다.

「와인 냄새 나.」 조반니가 말했다.

「나 와인 안 마셨어. 그래서 겁내는 거야? 그래서 우는 거야?」

「아니.」

「그럼 왜?」

「왜 나를 떠났어?」

뭐라고 할 말이 없었다. 조반니는 다시 벽을 돌아보았다. 나는 이 상황에서 아무 감정도 느끼지 않기를 바랐고 또 그럴 수 있으리라고 생각했는데, 막상 조반니를 이렇게 마주하고 있으니 심장 한쪽 구석이 저려 왔다. 누가 손가락으로 거기를 만진 듯한 느낌이었다.

조반니가 입을 열었다. 「나는 한 번도 당신에게 닿은 적이 없었어. 당신은 애초에 여기 있지도 않았던 거야. 나를 속인 적은 없었던 것 같지만, 그렇다고 진실을 말해 줬던 것도 아니야. 왜 그랬어? 어쩔 땐 하루 종일 이 방에 있으면서도, 내가 지켜보는 앞에서 책을 읽거나, 창문을 열거나, 요리를 하거나 그러면서도, 제대로 된 말이라고는 한마디도 하지 않기도 했어. 그럴 때 당신은 나를 보면서도 내가 전혀 보이지 않는 눈빛이었지. 나는 온종일 당신을 위해 이 방을 뜯어고치고 있었는데.」

나는 아무 대답도 하지 않았다. 조반니의 머리 뒤편, 미약한 달빛을 가로막는 네모난 창문만 바라보고 있을 뿐이었다.

「대체 항상 뭘 하느라 그러는 거야? 왜 아무런 말이 없어? 당신은 사악해, 그거 알아? 가끔 당신이 내게 웃을 땐 증오스러웠어. 두들겨 패고 싶었어. 피 흘리게 만들어 주고 싶었다고. 남들한테 다 짓는 웃음을 나한테도 짓고, 남들한테 하는 말을 나한테 하고⋯⋯ 오로지 거짓 외에는 하는 말이 없잖아. 뭘 그렇게 계속 숨기는 거야? 그리고 당신이 나와 섹스할 때 실은 아무하고도 하지 않는다는 것, 내가 모를 줄 알았어? 당신은 〈아무와도〉 관계하지 않는다고! 아니면 누구하고나 다

하는 건지도 모르지만, 결단코 나하고는 아니지. 당신에게 나는 아무것도 아니야. 아무것도. 당신 때문에 나는 기쁨이 아니라 열병만 얻었어.」

나는 담배를 찾으려고 몸을 움직였다. 그런데 담배는 내 손에 있었다. 나는 한 개비에 불을 붙였다. 당장 무슨 말인가 해야겠다고 생각했다. 무슨 말이라도 하고선 이 방을 영원히 나가 버려야겠다고.

「나는 혼자 설 수 없다는 것, 알고 있었잖아. 내가 말했잖아. 대체 왜 안 되는 거야? 우리는 삶을 함께할 수 없는 거야?」

그가 또 울기 시작했다. 그의 눈꼬리에서 뜨거운 눈물이 흘러내려 더러운 베개에 떨어지는 것을 나는 바라만 보았다.

「당신이 나를 사랑해 줄 수 없다면 난 죽을 거야. 누누이 말했듯이 난 원래 죽고 싶었으니까. 당신이 오기 전까지는. 당신 때문에 겨우 살고 싶어졌는데 그 결과가 더더욱 처참한 죽음일 뿐이라니, 이건 너무 잔인하잖아.」

하고 싶은 말이 너무나 많았다. 그런데 막상 입을 열면 목소리가 나오질 않았다. 그리고…… 이때 내가 조반니에게 느꼈던 감정이 무엇이었는지 모르겠다. 한편으로는 아무 감정도 들지 않았다. 하지만 또 한편으로는 공포, 연민, 치솟는 욕망이 느껴졌다.

그가 내 입에서 담배를 빼내더니 일어나 앉아서 담배를 피웠다. 내가 걸어 주었던 머리카락이 다시 눈 위에 흩어졌다.

「당신 같은 사람은 난생처음 봐. 당신이 오기 전에 나는 결코 이렇지 않았어. 들어 봐. 이탈리아에서 나는 여자가 있었어. 정말 좋은 여자였지. 나를 사랑하는, 〈나〉를 사랑하는 여자. 나를 보살펴 주는 여자. 내가 포도밭에서 일하고 집에 돌아오면 그녀는 항상 나를 맞아 주었지. 우리 사이에는 아무 말썽도 없었어. 전혀. 그때만 해도 나는 어렸고, 지금 내가 알게 된 것들이나 당신이 내게 가르쳐 준 끔찍한 것들은 하나도 모르던 시절이었어. 난 여자들은 다 그런 줄 알았어. 남자들은 다 나 같은 줄 알았고, 내가 다른 남자들과 똑같다고 생각했어. 불행하지 않았고, 외롭지도 않았어. 그녀가 곁에 있었으니까. 죽고 싶지도 않았지. 영원히 우리 마을에서 밭일을 하고, 우리 마을 사람들이 만든 와인을 마시고, 내 여자하고 섹스하면서 살고 싶었어. 그 마을 이야기를 내가 당신에게 했던가……? 남부에 있는 아주 오래된 마을이야. 언덕 위에 있는 마을. 밤중에 담장을 따라 걷다 보면 저 밖의 세상이 우리 눈앞에서 무너져 내리는 것 같기도 했어. 저 멀리 떨어진, 더러운 세상 전체가. 한번은 그녀와 담장 아래에서 사랑을 나누기도 했지.

그래, 나는 영원히 그렇게 살고 싶었어. 스파게티나 잔뜩 먹고, 와인도 잔뜩 마시고, 아기도 많이 낳고, 살도 찌면서. 내가 그렇게 살았더라면 당신은 나를 좋아하지 않았을 거야. 먼 훗날 당신이 우리 마을에 찾아오는 모습이 상상되네. 그때쯤이면 당신이 당연히 가지고 있을, 그 뚱뚱하고 못생긴 미국 자동차를 타고 와서, 나를 구경하고, 우리 모두를 구경하고, 우리 와인을 맛보고, 그리고 미국인들이 어디에서나 짓는, 바로 당신이 언제나 짓고 있는 그 공허한 미소를 지으며 우리를 엿 먹이고는, 부릉거리고 끼긱거리는 소리를 요란하게 울려 대며 차를 몰고 떠난 뒤, 다른 미국인들을 만나 그들 모두에게 우리 마을에 꼭 가보라고, 마치 한 폭의 그림 같다고 떠벌리겠지. 정작 그곳의 삶이 어떤지는 전혀 모르면서. 흘러내리고, 터져 오르고, 아름답고도 끔찍한 그 삶에 대해 당신은 아무것도 모를 테지. 지금 내 삶에 대해 아무것도 모르는 것처럼. 하지만 그래도 거기서 나는 더 행복했을 것 같아. 당신네 웃음 따위는 신경 쓰지 않고 내 삶을 살았을 거야. 이 방에서 나는 수많은 밤을 당신을 기다리면서, 우리 마을이 여기서 얼마나 멀던가 생각하며 누워 있곤 했어. 그리고 이런 차가운 도시에서 내가 싫어하는 사람들 사이에 섞여서 사는 것이 얼마나 끔찍한 일인지도. 이곳은 이토록 춥고, 축축하고, 좀처럼 마르질 않고, 그러면서도 거기만큼이나 뜨거운데, 이곳엔 조반니가 말을 걸 사람도, 함께 있을 사람도 아무도 없는데, 기껏 만난 연인은 남자도 여자도 아니고, 내가 알 수도 만질 수도 없는 사람이라니. 당신은 모르지, 그렇지? 밤에 누가 집에 오기를 기다리느라 잠도 못 자고 누워 있는 기분이 어떤 건지? 당신은 절대로 모를 거야. 아무것도 모르는 사람이니까. 당신은 끔찍한 것이라곤 아무것도 몰라. 그래서 그런 식으로 웃고, 그런 식으로 춤추고, 그 짧은 머리에 동그란 얼굴의 여자애와 하는 희극 연기를 사랑이라고 생각하는 거야.」

조반니가 담배를 떨어트렸다. 담배는 바닥에 떨어진 채로 미약하게 타들어 갔다. 그가 또 울었다. 나는 방 안을 바라보며 생각했다. 이건 도저히 못 견디겠다고.

「바람이 거세게 불던 어느 화창한 날에 나는 그 마을을 떠났어. 그날은 절대로 못 잊을 거야. 내가 죽은 날이었으니까……. 그때 죽었더라면 좋았을 텐데. 마을에서 빠져나가는 길을, 그 오르막길을 따라, 목덜미가 따갑도록 뜨겁게 내리쬐는 햇볕을 받으면서, 구부정히 걸었던 것이 기억나. 하나하나 다 기억해. 발밑에서 일던 갈색 흙먼지도, 내 앞에서 굴러떨어지던 작은 자갈들도, 길가에 자란 키 작은 나무들도, 평평한 집들 한 채 한 채, 햇빛에 물든 그 집들의 색색깔까지도 모두. 그때 나는 울고 있었어. 하지만 지금과는 달랐지. 훨씬 심하게, 처절하게 울었으니까. 당신을 만난 이후로는 심지어 예전처럼 울지도 못해……. 그날 나는 평생 처음으로 죽고 싶었어. 내 아기를 땅속에, 내 아버지와 그 아버지들이 묻힌 교회 묘지에다 내 아기를 묻어 버리고, 내 어머니 집에서 절규하는 내 여자를 뒤로하고 떠나온 참이었거든. 그래, 내게도 아기가 있었어. 하지만 죽은 채로 태어났지. 태어났는데 온몸이 잿빛이고, 이리저리 뒤틀려 있고, 아무 소리도 내지 않길래, 우리는 엉덩이를 두들겨 보고, 성수도 뿌려 보고, 기도도 해봤지만, 여전히 아무 소리도 없었어. 이미 죽어 버린 거야. 그 애는 아들이었어. 살았다면 멋지고 강인한 남자가 되었겠지. 심지어 〈당신〉이나, 자크나 기욤 같은 그 역겨운 호모 패거리 놈들이 밤낮으로 찾아다니고 꿈꾸는 바로 그런 사내가 되었을지도 몰라. 하지만 죽었단 말이야. 내 아이

였는데, 우리가 만들었는데, 내 여자와 내가 같이 만들었는데, 죽어 버렸다고. 죽었다는 걸 알고서, 나는 벽에 걸려 있던 십자가를 떼어 내 침을 뱉고 바닥에 내동댕이쳤어. 그리고 비명을 지르는 어머니와 아내를 두고 집을 나가 버렸지. 다음 날 우리는 아기를 묻었고, 그길로 나는 마을을 떠나 이 도시로 왔어. 내가 온갖 죄를 저지르고 또 하느님의 아들에게 침까지 뱉어서, 그분이 나를 벌하려고 여기로 부른 게 분명해. 난 틀림없이 여기서 죽을 거야. 두 번 다시는 우리 마을을 보지 못할 거야.」

나는 일어섰다. 머리가 빙글 돌았다. 입안이 찝찔했다. 방이 기우뚱거리는 것만 같았다. 몇 번의 생을 거슬러 올라간 과거에, 처음 이곳에 왔을 때에도 꼭 이렇게 방이 기우뚱거리는 것처럼 보였다. 등 뒤에서 조반니의 신음이 들렸다. 「Chéri. Mon très cher(자기. 내 사랑). 가지 마. 제발 날 떠나지 마.」 나는 몸을 돌리고 그를 끌어안았다. 시선은 그의 머리 위 벽에 있는, 장미 꽃밭을 걷는 남녀의 그림에 두고 있었다. 조반니는 정말이지 심장이 터질 듯이 울었다. 그런데 나는 도리어 내 심장이 터진 듯 느껴졌다. 내 안의 무언가가 터져서 고장 나기라도 한 듯, 나는 너무나 차갑고 잠잠하기 그지없었고 어딘가 먼 곳에 동떨어져 있었다.

그럼에도 말을 해야 했다.

「조반니. 조반니.」

그의 흐느낌이 잦아들었다. 내 말을 듣고 있었던 것이다. 예전에도 몇 번 느꼈던 것이지만, 나는 그의 절박함 이면에 숨은 계산적인 면모를 알아차리지 않을 수 없었다.

「조반니, 내가 언젠간 떠나리라는 걸 너도 쭉 알고 있었잖아. 내 약혼녀가 파리로 돌아온다고 했잖아.」

「당신은 그녀 때문에 나를 떠나는 게 아니야. 뭔가 다른 이유가 있어. 당신은 거짓말을 너무 많이 한 나머지 스스로 그 거짓말들을 믿어야 할 지경이 되었나 본데, 나는, 나는 분별력이 있다고. 당신이 나를 떠나는 건 〈여자〉 때문이 아니야. 만약 그 여자애를 정말로 사랑했다면 나한테 이렇게까지 잔인하게 굴 필요도 없었어.」

「그녀는 여자애가 아니야. 어엿한 여자야. 그리고 네가 어떻게 생각하든지, 나는 그녀를 정말로 사랑…….」

「당신은 아무도 사랑하지 않아!」

조반니가 벌떡 일어나 앉으며 외쳤다.

「아무도 사랑한 적 없고, 앞으로도 그 누구도 사랑하지 못할 거야! 당신은 자기 자신의 순결을 사랑하니까. 거울 속의 자신을 사랑하니까……. 딱 쪼끄만 처녀 아이 같아, 당신은. 가랑이 사이에 무슨 귀한 금속이나, 금, 은, 루비, 아니면 다이아몬드라도 달려 있는 것처럼 두 손으로 거길 고이 가리고 돌아다니잖아! 남자든, 여자든 그 누구에게도 그걸 내주지 않고, 심지어는 만지지도 못하게 하지. 왜냐하면 〈깨끗〉하고 싶으니까. 당신은 온몸에 비누칠을 한 채로 이 나라로 왔다고 생각하고, 비누칠이 된 그대로 떠날 작정이라서, 단 5분이라도 몸에서 〈악취〉가 나면 견딜 수가 없어서 그러는 거야.」

조반니는 액체처럼 낭창거리면서도 무쇠처럼 억센 손길로

내 멱살을 부여잡고서, 반쯤은 드잡이를 치고 반쯤은 애무하
듯 하며, 입에서 침을 튀기고 눈에서는 눈물을 펑펑 쏟았다.
얼굴의 뼈가 불거져 보였고 팔뚝과 목의 근육이 밖으로 튀어
나올 듯했다. 「당신은 조반니 때문에 자기 몸에서 악취가 나
는 게 싫어서 떠나는 거야. 조반니가 사랑의 악취를 두려워
하지 않아서, 그래서 그를 경멸하고 싶은 거야. 당신이 지키
려 하는 그 하찮은 거짓 도덕들 때문에 조반니를 〈죽이고〉 싶
은 거라고. 하지만 당신은…… 당신이야말로 부도덕해. 내 평
생 당신처럼 부도덕한 사람은 본 적도 없어. 봐, 당신이 나한
테 한 짓을 보라고. 내가 당신을 사랑하지 않았다면 당신이
이런 짓을 할 수 있었을까? 당신이 사랑을 대하는 방식은 〈이
런〉 거여야 해?」

「조반니, 그만해! 제발 좀, 그만하라고! 대체 나더러 뭘 어
쩌라는 거야? 내 감정이 이런 걸 난들 어떡하겠어?」

「당신 감정을 알기는 해? 감정이라는 걸 느끼긴 하는 거
야? 대체 뭘 느끼는데?」

「지금은 아무것도 안 느껴. 아무것도. 난 단지 이 방에서,
너에게서 벗어나고 싶어. 이 아수라장을 끝내고 싶을 뿐이
라고.」

「나에게서 벗어나고 싶다고.」 그가 킥킥 웃고는 나를 쳐다
보았다. 그의 눈빛은 너무나 처연해서 거의 자비로워 보일
정도였다. 「이제야 비로소 솔직해지시는군. 그럼 〈왜〉 내게
서 벗어나고 싶은지는 알아?」

내 안 어딘가에서 자물쇠가 잠기는 느낌이 들었다. 「너……

너와는 삶을 함께할 수 없으니까.」

「하지만 헬라하고는 함께할 수 있다는 거야? 그 동그란 얼굴의 여자애랑? 아기는 양배추에서 나온다고 생각하는 — 아니, 냉장고에서 나온다던가? 당신네 나라 전설들은 내가 잘 몰라서 — 하여튼 그런 여자애하고는 삶을 함께할 수 있다?」

나는 진력이 나서 말했다. 「그래. 그녀하고는 함께할 수 있어.」 나는 일어섰다. 몸이 떨리고 있었다. 「이 방에서 우리가 무슨 삶을 꾸릴 수 있는데? 이 조그맣고 더러운 방에서? 애초에 남자 둘이서 대체 무슨 삶을 함께할 수 있다는 거야? 네가 말하는 사랑이라는 것, 그건 그냥 네가 강해진 기분을 느끼고 싶다는 뜻 아니야? 네가 출근을 하고, 열심히 일하고, 돈을 벌어 가지고 오는 동안, 나는 여기서 너를 위해 설거지와 요리를 하고 이 궁상맞은 벽장 같은 방을 청소하면서 기다리다가, 저 문으로 네가 들어오면 키스해 주고, 밤에는 네 곁에 누워 주면서, 너를 위해 〈여자애〉 노릇을 해줬으면 좋겠다는 거잖아. 네가 원하는 건 그런 거야. 네가 하는 말은 그런 뜻일 뿐이야. 네가 나를 사랑한다는 건 결국 그런 의미일 뿐, 그 이상 그 이하도 아니라고. 너는 내가 널 죽이고 싶어 한다고 하는데, 그러는 너는 정작 나한테 무슨 짓을 하고 있었던 것 같아?」

「난 당신을 여자애로 만들려고 한 게 아니야. 내가 여자애를 원했다면 여자애를 만났겠지.」

「그럼 그냥 그러지 그래? 겁이 나서 못하는 거지? 여자를 찌어 볼 용기가 없어서 나를 선택했을 뿐, 사실 네가 진정으로 원하는 건 그런 것 아니야?」

그의 안색이 창백해졌다. 「당신은 자꾸만 내가 〈뭘〉 원하는지를 운운하는데, 나는 내가 〈누구〉를 원하는지 말했을 뿐이야.」

「하지만 나는 남자라고!」 나는 벌컥 외쳤다. 「남자란 말이야! 우리 사이에 대체 무슨 일이 일어날 수가 있겠어?」

「그건 당신이 아주 잘 알고 있잖아. 우리 사이에 무슨 일이 일어날지. 그래서 나를 떠나려는 거면서.」 조반니가 느릿느릿 말하더니 일어나서 창가로 걸어갔다. 그리고 창문을 열고는, 주먹으로 창턱을 한 번 쾅 내리쳤다. 「Bon(좋아).」 그가 소리쳤다. 「내가 당신을 붙잡을 방법만 있다면 그렇게 했을 거야! 두들겨 패서든, 묶어 놓아서든, 굶겨서든…… 어떻게 해서든지 간에 붙잡을 수만 있다면, 그럴 수만 있다면!」 그가 방 안을 향해 다시 몸을 돌렸다. 바람에 머리카락이 나부꼈다. 그는 섬뜩하도록 장난스러운 투로 내게 손가락질을 하며 말했다. 「오늘 내가 당신을 잡아 주지 못한 것을 당신은 언젠가 아쉬워하게 될 거야.」

「추워. 창문 닫아.」

조반니는 빙그레 웃었다.

「떠날 때가 되니 이제는 창문을 닫고 싶어 하는군. Bien sûr(아무럼 그렇겠지).」 그가 창문을 닫았다. 우리는 방 한가운데에 서서 서로를 마주 보았다. 「더 이상 싸우지 말자. 싸운다고 해서 당신이 내 곁에 남을 것도 아니니. 우리는 프랑

221

스어로 une séparation de corps(별거)라고 하는 상태에 들어가는 거야. 이혼이 아니라, 단지 따로 산다는 뜻이지. 그래. 따로 살자. 하지만 그래도 당신은 나와 함께야. 언젠가는 내게 돌아오겠지. 난 그렇게 믿어. 믿어야만 해.」

「조반니. 난 돌아오지 않아. 돌아오지 않으리란 걸 너도 알잖아.」

조반니는 손사래를 쳤다. 「더 싸우지 말자니까. 하여간 미국인들은 파멸을 대하는 감각이 전혀 없어. 파멸이 눈앞에 들이닥쳤는데도 알아보질 못하니.」 그는 개수대 밑에서 술병 하나를 꺼냈다. 「자크가 여기에 코냑을 두고 갔어. 한잔 마시자. 당신네 나라 사람들 말마따나 석별의 정을 나누자고.」

내가 지켜보는 앞에서 그는 잔 두 개에 조심스럽게 술을 따랐다. 분노 때문인지, 고통 때문인지, 아니면 둘 다인지 그의 손이 부들부들 떨리고 있었다.

그가 내게 잔을 건네주었다.

「À la tienne(건배).」

「À la tienne(건배).」

우리는 술을 마셨다.

「조반니, 이제부터 뭐 하고 지낼 거야?」

나는 그 질문을 도저히 삼킬 수가 없었다.

「오, 나도 친구들이 있잖아. 할 일을 생각해 봐야지. 이를테면 오늘 저녁엔, 자크와 식사를 해야겠군. 내일 밤도 틀림없이 자크와 저녁을 먹게 될 거야. 그가 내게 정이 많이 들었거든. 당신을 괴물이라고 생각하던데.」

「조반니. 조심해. 조심해야 해.」내가 하릴없이 건넨 말에 그는 조소를 지었다.

「고마워. 그런 조언은 우리가 처음 만났던 날 밤에 해주지 그랬어.」

우리가 대화다운 대화를 나눈 건 사실상 그게 끝이었다. 나는 다음 날 아침까지 그와 같이 있다가, 가방에 내 물건들을 꾸려 가지고 헬라의 숙소로 떠났다.

마지막으로 그가 나를 보았던 순간을 잊지 못할 것이다. 햇살이 가득 들어찬 방 안은 내가 그곳에서 보냈던 수많은 아침과 처음으로 맞았던 아침을 떠올리게 했다. 조반니는 완전한 알몸으로 침대에 앉아 두 손에 코냑 잔을 들고 있었다. 그의 몸은 시체처럼 창백했고 얼굴은 축축했으며 잿빛이었다. 나는 여행 가방을 가지고 문간에 서 있었다. 문고리에 손을 얹고서 그를 바라보았다. 그러자 용서해 달라고 빌고 싶은 충동이 일었다. 하지만 그런 애원은 그 자체로 너무나 큰 고백이 되었을 것이다. 여기서 내가 어떤 식으로든 굴복한다면 영원히 그와 함께 이 방에 갇혀 버릴 터였다. 그런데 어떤 의미에서는 그것이야말로 내가 원하는 바이기도 했다. 지진이 시작되듯 내 안에서 진동이 울리더니, 문득 그의 눈 속에 빠져 죽을 것 같은 느낌이 들었다. 내가 너무나 잘 아는 그의 몸이 햇빛 속에서 환히 빛나면서 그와 나 사이의 공기가 포화 상태에 치닫는 듯 농밀해지고 있었다. 그리고 내 머릿속에서 무언가가, 비밀의 문 같은 것이 소리 없이 확 열어젖혀지는 바람에 나는 질겁하고 말았다. 그 순간에야 나는 깨달은 것이다. 그의 몸으로부터 달아남으로써 나는 도리어 그 몸이 언제까지고 나를 지배할 수 있도록 승인하는 셈이라는 것을. 그의 몸이 내 마음속에, 꿈속에 낙인처럼 깊이 새겨져 버렸다는 것을. 그러는 동안 그는 줄곧 내게서 눈을 떼지 않았는데, 마치 상점 진열창 안을 들여다보듯 내 얼굴을 투명하게 꿰뚫어 보는 눈빛이었다. 웃지도 않았고, 비장하지도, 표독스럽지도, 슬프지도 않았다. 그저 잠잠했다. 그는 아마도 기다리고 있었던 것 같다. 임종에 다다른 이에게 일어날 리 없는 최후의 기적을 기다리는, 그러면서도 감히 믿지는 않는 사람처럼, 그는 내가 그 간극을 건너 다시 그를 품에 안아 주기를 기다렸던 것이리라. 나는 그곳을 벗어나야만 했다. 내 얼굴에는 지나치게 많은 것이 드러났고, 내 몸속에서 벌어지는 전쟁은 나를 주저앉히려 하고 있었다. 내 발은 나를 다시 그에게로 실어 가기를 거절했다. 내 삶의 바람은 나를 휩쓸어 가고 있었다.

「Au revoir, Giovanni(안녕, 조반니).」

「Au revoir, mon cher(안녕, 내 사랑).」

나는 몸을 돌리고 문의 잠금쇠를 풀었다. 그에게서 새어 나오는 지친 숨결이 광기의 바람처럼 내 머리카락을 흩트리고 이마를 스치는 듯했다. 등 뒤에서 그의 목소리가 들려오지 않을까 하는 기대를 한순간도 놓지 못한 채 나는 짧은 복도를 걸어갔고, 그렇게 로비를 지나, 관리인이 아직 잠들어 있는 수위실을 지나, 아침의 길거리로 걸어 나갔다. 한 걸음 한 걸음 내디딜수록 그에게 발길을 돌리는 것은 점점 더 불가능해졌다. 게다가 나는 마음이 텅 비어 버린 상태였다. 심각한 부상을 입고 마취를 당한 것처럼 무감각했다. 그저 이런 생각만 들었다. 〈언젠간 이 일로 울게 될 거야. 머잖아 나는 울게 될 거야.〉

길모퉁이에 비치는 흐릿한 햇살 아래 서서 버스표가 몇 장 있는지 세어 보려고 지갑을 열었다. 그 안에서 헬라가 준 3백 프랑과 내 신분증, 미국 주소지가 적힌 딱지, 그리고 종이, 종이, 또 종이, 이런저런 카드, 사진 등이 나왔다. 종이쪽지마다 메모가 적혀 있었다. 주소, 전화번호, 내가 누군가와 했고 또 지켰던 — 또는 지키지 못했던 — 약속들, 만났고 기억하는 — 또는 기억하지 못하는 — 사람들, 그리고 이루지 못한 소망들 — 내가 그 길모퉁이에 서 있는 것을 보면 그 소망들은 이루지 못한 것이 분명했다.

지갑 안에서 버스표를 네 장 찾아낸 나는 정류장으로 걸어 갔다. 그곳에는 번쩍이는 흰빛의 곤봉을 든 경찰관이 등 뒤에 묵직한 푸른색 후드를 늘어뜨린 채 서 있었다. 그가 나를 보고 미소 지으며 외쳤다. 「Ça va(뭐 도와드릴까요)?」

「Oui, merci(아뇨, 고맙습니다). 수고 많으십니다.」

「Toujours(뭘요). 오늘 날이 좋네요, 그죠?」

「네.」 나는 대답했지만 목소리가 떨리고 있었다. 「이제 곧 가을이네요.」

「C'est ça(그러게요).」 경찰이 몸을 돌려 다시 대로를 바라보았다. 나는 동요한 스스로가 바보 같아서 머쓱히 손으로 머리를 매만졌다. 그때 한 여자가 내 앞을 지나갔다. 끈으로 조여 여미는 천 가방을 메고 있었는데, 가방에 물건이 꽉 들어찼고 맨 위에 1리터짜리 레드와인병 하나가 위태롭게 얹혀 있는 걸 보면 시장에 다녀오는 길인 듯했다. 젊지는 않았지만 얼굴 선이 또렷하고 굵직했으며 몸매도, 손도 옹골차고 튼튼해 보였다. 경찰관이 그녀에게 무슨 말인가 외치자 그녀도 소리쳐 화답했는데, 뭔가 음탕한 의미의 넉살 좋은 농담인 모양이었다. 경찰은 그 농담에 킬킬 웃었지만 나한테까지 알은척하지는 않았다. 나는 그녀가 길을 마저 걸어가는 모습을 지켜보았다. 아마도 집으로, 푸른 작업복 차림의 꾀죄죄한 남편과 자식들이 있을 그곳으로 가는 것이리라. 그녀는 아까 그 햇살 비치던 길모퉁이를 지나 길을 건너갔고, 이윽고 정류장에 버스가 도착했다. 나 외에 버스를 기다리던 사람은 그 경찰관뿐이었다. 나와 함께 버스에 올라탄 그는 내게서 멀찍이 떨어진 승강구 앞에 자리를 잡고 섰다. 그도 젊은 나이는 아니었지만 명랑하고 의욕적인 활력이 엿보이는 사내였고 그 점이 감탄스러웠다. 나는 차창으로 고개를 돌리고 밖을 스쳐 지나가는 길거리 풍경을 바라보았다. 먼 옛날 다른 도시에서 다른 버스를 타던 때의 기억이 떠올랐다. 그때도 나는 이렇게 창가에 앉아 밖을 내다보며, 내 주의를 잠깐씩 사로잡았다 사라지는 사람들의 얼굴 하나하나에 어울리는 인생과 운명을 그려 보고 거기에 내가 나름의 역할을 한다는 상상에 빠져들곤 했다. 그런데 이제 와 돌이켜 보니 그 시절의 내가 꾸었던 꿈은 더없이 위험천만한 꿈이었구나 싶었다.

이후의 나날들은 눈 깜짝할 사이에 흘러갔다. 하룻밤 사이에 날이 추워진 것 같았다. 곳곳에 북적이던 관광객 수천 명이 여행 일정표라는 요술에 의해 감쪽같이 사라져 버렸다. 공원을 걷다 보면 낙엽이 귓가를 스치며 한숨짓고는 발밑에 떨어져 바스라지곤 했다. 시시각각 변화하는 빛깔로 도시를 밝히던 석재들은 서서히, 그러나 미련 없이 흐릿해져 가면서 단순한 회색 돌로 되돌아갔다. 그 돌들이 단단하다는 것은 자명해 보였다. 센강의 낚시꾼들이 나날이 자취를 감추더니 그예 강둑이 텅 비었다. 젊은 남자와 여자 들의 몸은 두꺼운 속옷, 스웨터며 머플러, 후드며 망토를 껴입어서 점점 둔해졌고, 늙은 남자들은 더욱 늙어 보였고 늙은 여자들은 더욱 굼떠 보였다. 강물은 색깔이 탁해졌고 비가 내리기 시작하면서는 불어 오르기도 했다. 하루에 몇 시간씩이나마 파리에 머물다 가는 태양은 머잖아 그 어마어마하게 수고로운 일을 포기할 것이 분명했다.

「그래도 남부는 따뜻할 거야.」나는 말했다.

돈이 들어왔다. 헬라와 나는 매일같이 에즈, 카뉘쉬르메르, 방스, 몬테카를로, 앙티브, 그라스의 집들을 물색하느라 바빴다. 〈그쪽〉 사람들의 구역에는 거의 발을 들이지 않았다. 우리는 헬라의 방에서 생활하면서 섹스를 많이 하고, 영화를 보러 가고, 센강 우안에 있는 낯선 식당들에서 천천히 저녁 식사를 했다. 그런 식사 자리는 울적할 때가 많았다. 어째서인지는 몰라도 먹잇감을 기다리는 거대한 새의 그림자 같은 우울이 우리 위에 도사리곤 하는 것이었다. 헬라가 불행했던 것 같지는 않다. 그 시기에 나는 어느 때보다도 힘껏 그녀를 붙들고 있었으니까. 하지만 지나치게 악착같은 내 손길이 신뢰할 만하지 않다는 것을, 이렇게까지 악착같아서는 오래갈 수가 없다는 것을 그녀는 때때로 예감했던 것인지도 모른다.

이따금씩 그 구역 근처에서 조반니를 맞닥뜨리기도 했다. 나는 그를 보기가 두려웠다. 그가 거의 항상 자크와 같이 있었을 뿐만 아니라, 전보다 옷을 상당히 잘 차려입고 다니면서도 안색은 안 좋아 보였기 때문이다. 그의 눈에서 엿보이는 비참하고도 악랄한 표정도, 자크의 농담에 키득거리며 웃는 투도, 가끔 그가 흉내 내는 태도들 — 호모 특유의 몸짓이며 말투도 견딜 수가 없었다. 나는 조반니가 자크와의 관계에서 어떤 위치인지 알고 싶지 않았지만, 어느 날 나에 대한 앙심과 승리감이 깃든 자크의 눈을 마주치곤 알 수밖에 없게 되었다. 그날 우리 셋은 황혼 녘의 대로 한복판에서, 주위를 온통 분주히 지나다니는 사람들 틈바구니에서 잠깐 조우했다. 잔뜩 취한 조반니는 당황스러울 만큼 들떠서 소녀처럼 까불거렸다. 자신이 마시는 굴욕의 잔을 내게도 들이밀어 맛보여 주는 듯한 행동이었다. 나는 그가 증오스러웠다.

다음번에 조반니를 본 것은 아침이었다. 그는 신문을 사고 있었다. 그러다 고개를 들고 당돌하게 내 눈을 빤히 쳐다보더니 눈을 돌렸다. 나는 그가 대로 저편으로 멀어져 가는 모습을 지켜보았다. 그리고 집에 돌아와 헬라에게 그 이야기를 하며 애써 킥킥거렸다.

그 이후로 조반니가 자크 없이 그 구역을 돌아다니는 모습이 눈에 띄었다. 언젠가 그가 〈처량한 녀석들〉이라 불렀던, 그곳 길거리를 전전하는 청년들과 함께였다. 조반니의 옷차림은 더 이상 멀끔하지 않았고 점차 그 청년들과 행색이 비슷해졌다. 그중에서도 키가 훤칠하고 얼굴이 얽은 이브라는 이름의 청년과 여전히 가장 친하게 지내는 것 같았다. 조반니와 내가 처음 만났던 날 아침 레알의 식당에서 보았던, 핀볼 기계를 가지고 놀다가 자크와 이야기를 나누던 바로 그 청년이었다. 어느 날 밤 나는 얼근히 취한 채로 혼자서 그 구역을 어슬렁거리다가 이브와 우연히 마주치고 그에게 술을 사주었다. 나는 조반니를 언급하지 않았지만 이브가 먼저 그의 소식을 알려 주었다. 조반니가 자크와 헤어졌으며, 기욤의 바에서 다시 바텐더로 일하게 될 수도 있다는 소식이었다. 기욤이 그 바 2층의 개인실에서 실내용 가운 띠에 목이 졸려 죽은 채로 발견된 것은 그로부터 길어야 일주일 뒤의 일이었다.

5

엄청난 스캔들이었다. 그때 파리에 있었던 사람이라면 누구든지 그 이야기를 들어 봤거나, 체포된 직후의 조반니를 찍은 사진이 온 신문지상에 실린 것을 보기라도 했을 것이다. 관련된 사설이며 연설이 쏟아져 나왔고 기욤의 바와 비슷한 술집들 상당수가 문을 닫았다. (얼마 안 가 다시 문을 열긴 했지만.) 사복 경찰들이 그 구역에 들이닥쳐 사람들의 신분증을 확인하고 바에 tapette(남창)들이 없는지 조사하기도 했다. 조반니는 행방이 묘연했다. 당연하게도 온갖 증거들과 더불어 그가 행방불명이라는 사실까지도 조반니가 살인범이라는 주장을 뒷받침했다. 이런 스캔들은 나라의 근간을 뒤흔들게 마련이므로, 어떤 설명이든, 해결책이든, 희생양이든 최대한 신속하게 찾아내 파문을 가라앉혀야 하는 법이다. 이 범죄로 말미암아 많은 남자들이 경찰서로 잡혀갔지만 그중에서 정말로 살인 혐의로 연행된 경우는 별로 없었다. 그들은 프랑스인들의 완곡한 표현에 따르면 les goûts particuliers(독특한 취향)을 가졌다는 이유로 잡혀 들어간 것이었다. 내가 느끼기엔 조롱 조가 섞여 있는 이 독특한 취향이라는 개념은 프랑스에서 범죄로 취급되지는 않지만, 대다수의 서민들에게 극심한 혐오의 대상으로 통한다. 또한 이들은 자기 나라의 지배층과 상류층을 냉혹한 눈길로 주시하고 있었다. 그러니 기욤의 시신이 발견되었을 때 겁을 먹은 것은 길거리 청년들뿐만이 아니었다. 오히려 그 청년들을 사려고 길거리를 어슬렁거리는 남자들 — 그런 오명을 뒤집어썼다가는 도저히 지킬 수 없을 직업이나 지위나 포부를 갖고 있는 남자들이야말로 훨씬 더 두려워했다. 그리하여 식구들을 거느린 가장들도, 명망가의 자손들도, 한몫 잡고 싶어 좀이 쑤시는 벨빌[20]의 청년들도 모두 이 사건이 어서 마무리되기를, 그래서 그들의 세상이 실질적인 변화 없이 예전의 평범한 모습을 되찾기를, 공중도덕이 그들의 등에 무시무시한 채찍을 휘두르지 않기만을 간절히 바랐다. 이 사건의 수사가 종료되기 전까지, 그들은 어느 방향으로 뛰어야 할지 알 수 없는 처지였다. 자기들이 순교자라고 부르짖어야 할지, 아니면 단순한 시민으로 남아 있어야 할지. 물론 그들도 근본적으로는 그저 시민이긴 했다. 극악무도한 사태에 분노하고, 정의가 구현되는 장면을 보고 싶어 안달하고, 국가의 건전성이 보존되기를 바라는 시민들 말이다.

조반니가 외국인이라 그들에겐 잘된 일이었다. 사람들 사이에 기적적으로 무언의 협정이라도 맺어진 듯, 조반니가 행방불명인 나날이 하루하루 길어질수록 언론은 그에게 점점 더 혹독한 악담을 퍼부었고 기욤을 향한 논조는 점점 더 온

20 Belleville. 파리에서 노동자들과 이민자들이 주로 거주하는 빈곤 지역.

건해졌다. 기욤이 사망함으로써 프랑스에서 가장 유서 깊은 가문 하나가 멸족해 버렸다는 점이 거론되었다. 일요판 신문들에는 그 가문의 내력에 대한 기사가 실렸다. 기욤의 늙은 어머니는 자기 아들의 견실한 품성을 증언하며, 이런 범죄에 아직까지도 응분의 처벌을 내리지 못할 만큼 타락이 만연한 프랑스의 현실을 개탄했다. 아들을 죽인 범인이 재판정에 설 날을 끝내 보지 못하고 작고한 귀족 부인의 심경에 대중이 공감한 것이야 두말할 것도 없었다. 기욤의 이름은 프랑스의 역사, 프랑스의 명예, 프랑스의 영광과 절묘하게 뒤섞였고 급기야는 프랑스 남성성의 상징으로 비화되기에 이르렀다. 나로서는 터무니없게만 느껴지는 이야기였다.

「하지만 그 자식은 그냥 역겨운 늙다리 호모였을 뿐이라고. 그게 다란 말이야!」 나는 헬라에게 말했다.

「뭐, 세상 사람들이 그걸 어떻게 알겠어? 그 사람들이야 신문으로 읽는 게 전부인데. 설령 당신 말이 사실이라 해도 기욤이 그런 본성을 여봐란듯이 광고하고 다니진 않았을 것 아니야. 아주 한정된 인간관계 안에서만 움직였겠지.」

「그래도 그렇지, 누군가는 알 거라고. 이런 헛소리를 써대는 사람들 중 일부는 알 거란 말이야.」

그녀가 조용히 말했다. 「죽은 사람을 헐뜯어 봤자 별 의미가 없으니 안 하는 것 아닐까.」

「하지만 진실을 말하는 건 의미 있는 일 아니야?」

「지금 나오는 이야기들도 진실이긴 하잖아. 기욤이 아주 명망 있는 가문의 일원이었고, 살해당했다는 것. 당신 말이 무슨 뜻인지는 나도 알아. 그들이 말하지 않는 또 다른 진실이 있다는 거지. 하지만 신문은 원래 그래. 애초에 신문의 존재 목적이 그런걸.」

나는 한숨을 쉬었다. 「불쌍해, 불쌍해. 조반니가 불쌍해.」

「정말로 그가 한 짓이라고 생각해?」

「모르겠어. 정황상으로는 확실히 그래 보이긴 해. 그날 밤 현장에 조반니가 있었다고 하니까. 가게 문 닫기 전에 걔가 위층으로 올라가는 걸 본 사람들이 있어. 내려오는 모습은 아무도 못 봤다고 하고.」

「그날 밤 거기서 근무했던 건가?」

「아닐걸. 그냥 술 마시러 갔을 거야. 기욤과 다시 친해진 모양이더군.」

「당신은 내가 없는 사이에 참 별난 친구들을 사귄 것 같네.」

「그중 한 명이 살해당하지만 않았으면 별나 보이고 자시고 할 것도 없었어. 그리고 그 인간들은 나하고 친구 사이도 아니야. 조반니 빼고는.」

「당신은 조반니와 같이 살았잖아. 살인을 저지를 만한 사람인지 아닌지 짐작이 가지 않아?」

「어떻게? 그러면 나와 같이 사는 당신은? 내가 사람을 죽일 수 있을 것 같아?」

「당신이? 당연히 아니지.」

「그걸 어떻게 〈아는데〉? 모르는 일이잖아. 당신에게 보이는 내 모습이 진짜 나인지 어떻게 알아?」

「그야…….」 그녀가 몸을 기울여 내게 키스했다. 「당신을 사랑하니까.」

「아! 나도 조반니를 사랑했어…….」

「내가 당신을 사랑하는 것처럼은 아니잖아.」

「혹시 내가 이미 살인을 한 적 있을지도 모르잖아? 어떻게 장담해?」

「왜 그렇게 예민하게 반응해?」

「당신 같으면 안 예민하게 생겼어? 친구가 살인죄로 기소 당하고 어딘가에 숨어 있는데? 왜 예민하냐니, 그게 대체 무슨 뜻이야? 내가 크리스마스 캐럴이라도 부르길 바라는 거야, 뭐야?」

「소리 지르지 마. 난 당신이 그 사람을 그렇게까지 소중히 생각하는 줄 몰랐어.」

나는 겨우 대답했다. 「좋은 애였으니까. 그런 애가 곤경을 당하는 걸 보기가 힘들어서 그렇지.」

그녀가 가까이 다가와 내 팔 위에 부드럽게 손을 얹었다. 「우리는 곧 이 도시를 떠나, 데이비드. 그러면 그 일에 대해서는 더 이상 생각할 필요 없게 될 거야. 사람이 살다 보면 말썽에 휘말리기도 해, 데이비드. 그게 당신 잘못인 양 생각하지 마. 당신 탓이 아니야.」

「내 탓이 아닌 건 나도 알아!」 말은 그렇게 했지만, 나 자신의 목소리와 헬라의 눈빛에 나는 그만 아연해져서 입을 다물고 말았다. 덜컥 두려움이 몰려왔다. 나는 울음을 터뜨리기 일보 직전이었던 것이다.

조반니가 수사망을 피해 다닌 시간은 일주일 정도였다. 그 동안 나는 매일같이 헬라의 방 창밖으로 파리에 내려앉는 땅거미를 바라보며 저 밖 어딘가에, 혹시 센강의 다리들 중 하나의 밑에 조반니가 숨어 있지는 않을까, 추위와 공포에 떨며 어디로 갈지 몰라 갈팡질팡하고 있지 않을까 상상했다. 아니면 친구들을 찾아내 그들의 도움을 받아서 은신 중인 것은 아닐까 싶었다. 작은 도시인 데다 경찰력도 잘 갖춰진 파리에서 조반니가 이렇게나 오랫동안 붙잡히지 않을 수 있다니 놀라운 일이었다. 어쩔 때는 그가 나를 찾아오면 어쩌나 하는 걱정도 들었다. 내게 도와 달라고 애원한다든지 나를 죽이려 들기라도 하면 어쩌나. 하지만 그러고 보면 조반니는 자존심 때문에라도 내게 도움을 구하지는 않을 것 같았고, 지금쯤이면 분명 나를 죽일 가치도 없다고 생각할 듯싶었다. 나는 헬라에게 의지해 그 시간을 견뎌 냈다. 매일 밤 그녀에게 내 모든 죄책감과 공포를 묻어 버리려 애를 썼다. 무언가 행동을 하고 싶은 욕구가 내 안에서 열병처럼 타올랐고, 할 수 있는 행동이라고는 오로지 사랑의 행위밖에 없었다.

그러던 어느 날 이른 새벽, 강가에 계류된 바지선 한 대에서 마침내 조반니가 발각되었다. 언론에서는 그가 이미 아르헨티나로 도주했으리라고 추정하던 시점이었으므로 실제로는 겨우 센강도 벗어나지 못했다는 데에 사람들은 경악을 금치 못했다. 그에게 〈대담성〉이 부족했다는 것을 보여 주는 일이었지만, 그렇다고 해서 여론이 그를 조금이라도 더 감싸 준 것은 아니었다. 조반니, 그는 결국 어설프고 너절하기 그지없는 범죄자로 판명 난 셈이었다. 그의 절도 행각만 하더라도 그랬다. 그가 기욤을 살해한 동기는 돈으로 추정되었지만, 조반니는 겨우 기욤의 주머닛돈만 털어 갔을 뿐 가게의 금전 등록기는 손도 대지 않았고, 심지어는 기욤의 벽장 밑 바닥에 1만 프랑이 든 지갑이 따로 숨겨져 있다는 사실조차 몰랐던 모양이었다. 그나마 훔쳤던 돈은 쓰지도 못하고 자기 호주머니에 고스란히 넣어 둔 채로 경찰에 붙잡히고 말았다. 그때 조반니는 2~3일쯤 굶어서 허약했으며 창백하고 흉한 몰골이었다. 그 얼굴이 파리 전역의 신문 가판대에 전시되었다. 사진 속의 그는 어리둥절하고 겁먹은, 타락한 소년 같았다. 마치 그 자신이, 다른 누구도 아닌 조반니가 이 지경에 이르렀다는 사실을, 여기까지 와버렸으니 이 이상으로는 갈 수 없으리라는 것을, 그의 짧은 인생 여정이 흔해 빠진 칼 한 자루로 끝난다는 것을 못내 믿을 수가 없는 듯한 표정이었다. 그 냉혹한 전망을 온몸의 근육 하나하나가 거부하는지 벌써부터 뒷걸음질을 치는 것 같았다. 그리고 이전에도 수없이 그랬듯, 그가 나를 바라보며 도와 달라고 말을 거는 것만 같았다. 신문들은 조반니가 죄를 뉘우치고, 자비를 구하고, 신을 부르고, 그럴 의도는 아니었다며 울었다는 이야기를, 그를 용서할 생각도 없는 세상을 향해 세세하게도 전해 주었다. 더 나아가 조반니가 그 죄를 〈어떻게〉 저질렀는지도 맛깔스러울 만큼 구체적으로 이야기해 주었다. 하지만 왜 그랬는지에 대한 말은 없었다. 〈왜〉는 신문이 전하기에는 지나치게 암담하고 조반니가 말하기에는 지나치게 깊은 이야기였을 테니까.

그 살인이 고의적인 범죄는 아니었다는 것을 아는, 그리고 신문에 인쇄된 활자들 이면에서 그가 〈왜〉 그랬는지를 읽어 낼 수 있는 사람은 아마도 파리에서 나밖에 없었을 것이다. 나는 조반니가 해고당했던 날 밤, 그와 집에서 마주쳤을 때 들었던 이야기를 기억하고 있었다. 그 이야기를 하던 조반니의 목소리가 귓가에 되살아났고, 격렬히 들썩이던 그의 몸이 보였고, 그가 흘리던 눈물도 보였다. 나는 그의 허세를 익히 알았다. 자신이 어떤 시련이라도 감당할 수 있을 만큼 닳고 닳은 수완가라고 자처하길 즐기던 조반니였으니, 그가 얼마나 으스대며 기욤의 바에 걸어 들어갔을지 눈에 훤했다. 그는 이제 자크에게도 항복했고 수습 직원 자리도 잃었고 사랑까지 잃어버린 바에야 기욤을 상대로 무엇이든 못 할 것도 없다고 생각했을 것이다. 정말이지 무슨 짓이든 다 할 수 있을 법도 했다. 조반니로서 존재하는 것만 제외하고 말이다. 한편 그때쯤 기욤은 조반니가 〈미국인 청년〉과 헤어졌다는 사실을 뻔히 알고 있었을 것이다. 자크가 지체 없이 그에게 알려 주었을 테고, 기욤이라면 심지어는 자크의 집에서 열리는 파티에 나름의 수행원들까지 거느리고 한두 번쯤 행차했을 수도 있었다. 애인이 없어진, 즉 임자가 없게 된 조반니가 난잡한 방종으로 치달으리라는 것은 기욤도, 그 주위 사람들도 모두 예상했을 터였다. 다들 한 번씩은 같은 경험을 했으니까. 그러니 조반니가 혼자서 건들거리며 바에 나타났을 때 그곳 분위기가 얼마나 뜨거웠을지는 알 만도 하다.

그들의 대화도 귀에 들리는 듯하다.

「Alors, tu es revenue(이런, 벌써 돌아온 거야)?」기욤이 냉소적이면서도 유혹적인, 의미심장한 표정으로 조반니에게 말한다.

조반니는 기욤이 자신을 친근하게 대하고 싶어 한다는 것을, 그가 지난번에 일으켰던 꼴사나운 난동은 잊어 주기를 바란다는 것을 눈치챈다. 또한 기욤의 얼굴, 목소리, 몸짓, 체취를 생생하게 지각한다. 지금 그는 상상이 아니라 실제의 기욤을 마주하고 있는 것이다. 그는 기욤의 말에 미소를 지어 보이다가 하마터면 토할 뻔한다. 당연하게도 기욤은 아무 낌새도 채지 못하고 그에게 술을 권한다.

「바텐더가 필요하실 것 같아서요.」조반니가 말한다.

「설마, 일자리가 필요하단 말이야? 난 지금쯤이면 그 미국인이 네게 텍사스의 유전이라도 하나 사줬을 줄 알았는데.」

「아녜요. 그 미국인은……..」조반니가 손짓하며 말한다. 「달아나 버렸어요!」

조반니도, 기욤도 웃음을 터뜨린다.

「미국인들은 늘 달아나지. 진지하지가 못해서 그래.」

「C'est vrai(맞아요).」조반니는 자기 자신을 지독히 의식하는 태도로 기욤에게서 고개를 돌린 채 술잔을 비운다. 반쯤은 무의식적으로 휘파람을 불면서. 이쯤 되니 기욤은 그에게서 눈을 떼기도, 손을 주체하기도 힘들어진다.

「나중에 문 닫을 시간쯤 돼서 다시 와. 그때 일 얘기를 해보자.」기욤이 애써 말한다.

조반니는 고개를 끄덕이고 그곳을 떠난다. 그때부터 조반니가 길거리 친구들 몇을 찾아내 같이 술을 마시고 낄낄거리며 용기를 끌어모으는 모습이 상상된다. 그는 누군가가 자신을 막아 주기를 간절히 바라고 있다. 기욤에게 가지 말라고, 기욤이 그의 몸에 손대게 하지 말라고 말해 줄 누군가를. 하지만 그의 친구들은 기욤이 얼마나 돈이 많고 또 얼마나 멍청한 할망구인지, 조반니가 약삭빠르게만 군다면 얼마나 많은 것을 뜯어낼 수 있을지 말하기에만 바쁘다.

대로에 있는 사람들 중 조반니에게 말을 걸어 주거나 그를 구해 줄 사람은 아무도 없는 것 같다. 그는 죽어 가는 기분이다.

기욤의 바에 돌아가야 할 시간이 된다. 그는 혼자서 걸어간다. 잠시 가게 밖에 서서 뜸을 들인다. 그리고 찾는 사람이라도 있는 듯 저 길고 컴컴하고 구불구불한 골목길을 바라본다. 하지만 거기엔 아무도 없다. 그는 가게에 들어간다. 기욤이 재깍 그를 알아보고 점잖게 위층을 손짓한다. 조반니는 계단을 올라간다. 다리에 힘이 잘 들어가지 않는다. 어느덧 기욤의 방에 도착한 그는 기욤의 실크 옷가지들, 색채들, 향수들에 둘러싸인 채로 기욤의 침대를 쳐다본다.

기욤이 방에 들어서고, 조반니는 애써 미소 짓는다. 둘은 술을 마신다. 기욤의 조급하고 흐늘흐늘하고 축축한 손길이 그를 어루만진다. 조반니는 점점 더 뒤로, 점점 더 격하게 움츠러든다. 기욤이 옷을 갈아입으러 다른 방으로 들어가더니 예의 그 연극 배우 같은 가운을 걸치고서 돌아온다. 그는 조반니에게 옷을 벗으라고 한다.

아마도 이 순간에 조반니는 깨달았을 것이다. 도저히 못
하겠다는 것을, 그의 의지력만으로는 견뎌 낼 수 없다는 것
을. 그는 일자리 문제를 떠올린다. 기욤에게 일 이야기를 하
려고, 실질적이고 합리적인 대화를 해보려고 안간힘을 쓴다.
하지만 물론 이제는 너무 늦었다. 기욤은 그야말로 바다처럼
조반니를 덮쳐 온다. 고통스럽다 못해 광기에 가까운 착란
상태에 빠져들던 조반니는 급기야 물속에 가라앉는 듯 꼼짝도
할 수 없게 되고, 기욤은 제 뜻대로 조반니를 취했을 것이다.
나는 그렇게 생각한다. 만약 그런 상황이 아니었으면 조반니
는 그를 죽이지 않았을 것이다.

쾌락을 마음껏 누린 기욤은 다시금 사업가의 면모로 돌변
한다. 여전히 누운 채로 질식해 가는 조반니를 앞에 두고 기
욤은 이리저리 서성거리며 그를 채용할 수 없는 훌륭한 구실
들을 늘어놓는다. 어떤 구실을 지어냈든 간에, 그가 끝내 말
하지 않은 진짜 이유가 무엇인지는 둘 다 각자의 방식으로
인지하고 있다. 조반니는 한물간 영화배우처럼 매력을 잃고
야 만 것이다. 이제 그의 모든 것이 드러났고 비밀들마저도
까발려졌으니까. 이 사실을 직감한 조반니는 지난 수개월 동
안 마음속에 쌓아 왔던 분노가 기욤의 손길과 입술의 기억까
지 겹쳐져서 터져 오르는 것을 느낀다. 잠자코 기욤을 노려
보던 그는 버럭버럭 고함을 지르기 시작한다. 기욤은 대답하
기 시작한다. 둘 사이에 말 한마디 한마디가 오고 갈 때마다
조반니는 머릿속이 웅웅 울리고 눈앞이 까맣게 점멸한다. 반

면 기욤은 천국에 오른 듯한 희열에 휩싸여 방 안을 숫제 깡충깡충 뛰어다닌다. 그가 별 대가를 치르지도 않고 이만큼 많은 것을 가진 적은 거의 처음이었던 것이다. 조반니의 얼굴이 시뻘겋게 달아오르고 목소리가 탁해져 가는 것을 한껏 만끽하며, 조반니의 목 근육이 뼈처럼 딱딱하게 불거지는 모습을 지켜보는 데서 순수한 환희를 느끼며, 기욤은 이 장면 속에 흠뻑 빠져들어 명연을 펼친다. 그러다 무언가 결정적인 말을 내뱉는다. 이미 형세가 뒤집혔으니 그래도 된다고 생각했기에, 한마디의 모욕을, 그 한마디만으로도 지나치게 큰 의미가 담긴 조롱을 던지고야 만다. 그리고 자기 말에 스스로 놀라서 입을 다문다. 그 찰나의 순간 조반니의 눈빛을 보고 기욤은 자신이 돌이킬 수 없는 선을 넘었다는 것을 깨닫는다.

조반니는 분명 죽일 작정으로 시작하지는 않았다. 다만 기욤을 거머잡고 후려쳤다. 그렇게 또 붙잡고, 또 때리고 하다 보니, 그의 가슴 밑바닥을 견딜 수 없이 짓누르던 압력이 점차 사라지는 것을 느꼈다. 이제는 조반니가 환희를 누릴 차례였던 것이다. 방 안이 난장판이 되고, 천이 갈기갈기 찢어지고, 향수 냄새가 진동했다. 기욤은 방에서 빠져나가려 발버둥 쳤지만 조반니는 그가 어딜 가나 따라붙었다. 이제는 조반니 쪽에서 거꾸로 기욤을 덮치고 있었다. 그리고 기욤이 문손잡이를 잡았다든지, 여하간 드디어 벗어날 기회가 왔다고 생각한 순간, 조반니가 뛰어들어 그의 가운 허리끈을 붙잡고 그 끈으로 기욤의 목을 동여맸을 것이다. 그러고는 그대로 끈을 부여잡고 있었으리라. 흐느껴 울면서, 기욤의 몸이 점점 무거워질수록 자신의 가슴은 점점 가벼워지는 것을 느끼며, 끈을 꽉 조이며 욕을 뇌까리면서. 그러다 마침내 기욤은 쓰러졌고 그와 동시에 조반니도 쓰러졌다. 방 안으로, 길거리로, 세상으로, 죽음의 현존과 그림자 속으로.

이 대저택을 찾아냈을 때 나는 내가 여기 올 자격이 없음을 분명히 알고 있었다. 심지어 저택을 둘러볼 의욕도 나지 않았다. 하지만 그 외에는 할 일이 아무것도 없긴 했다. 달리 하고 싶은 일이 있는 것도 아니었다. 차라리 파리에 남아서 재판을 가까이에서 지켜봐야 하지 않을까, 감옥에 있는 조반니를 찾아가는 것은 어떨까 생각하기도 했다. 정말이다. 하지만 그렇게 할 하등의 명분이 없었다. 자크는 조반니의 변호사와도, 나와도 지속적으로 연락을 주고받았고 한번은 조반니를 면회하기도 했는데, 그런 그가 말하기를 이제는 나 아니라 누구라도 조반니를 위해 해줄 수 있는 일이 없다고 했다. 나도 익히 아는 사실을 재확인해 준 셈이었다.

아마도 조반니는 죽고 싶었으리라. 그는 유죄를 시인했고 돈 때문에 범행을 저질렀다고 자백했다. 언론에서는 기욤이 그를 해고한 정황을 크게 주목했다. 신문의 묘사만 보면 조반니는 철면피에 배은망덕한 꽃뱀이고, 기욤은 그런 청년과 친구가 되어 줄 만큼 안목이 형편없는, 선량하고도 별난 박애주의자처럼 보였다. 사건이 신문의 헤드라인 자리에서 차차 밀려날 즈음 조반니는 교도소로 옮겨져 재판을 기다리는 처지가 되었다.

그 뒤에 나는 헬라와 이곳으로 옮겨 왔다. 비록 조반니에게는 아무것도 해줄 수 없을지라도 헬라를 위해서는 무언가할 수 있으리라고 생각했던 것 같다. 처음에는 분명 그런 마음이었다. 또한 헬라가 나를 위해 해줄 수 있는 일도 있지 않을까 싶었다. 하지만 나 자신이 감옥에 갇힌 것처럼 매일이하염없이 지지부진하게만 흘러갔다. 나는 조반니를 마음에서 좀처럼 떨쳐내지 못한 채 자크에게서 드문드문 날아오는소식 한 통 한 통에 걷잡을 수 없이 휘둘릴 뿐이었다. 지금 그가을을 돌이켜 보면 오로지 조반니의 재판일을 기다렸던 기억밖에 나지 않는다. 그러다 마침내 그는 재판정에 섰고, 유죄 판결을 받았고, 사형 선고가 내려졌다. 나는 겨울 내내 날짜만 헤아렸다. 그리고 이 집의 악몽이 시작되었다.

사랑이 증오로 변하는 일에 대해서는 수많은 사람들이 글로 써온 바 있다. 사랑이 죽고 심장이 싸늘하게 식는 과정이란 실로 놀랍다. 내가 이제껏 읽은 어떤 글보다도, 내가 앞으로 할 수 있을 어떤 말보다도 끔찍한 과정이다.

헬라의 모습이 지겨워지고, 그녀의 몸이 시시해지고, 그녀의 존재가 신경에 거슬린 것이 언제부터였던가, 이제 와서는가늠이 잘 되지 않는다. 그냥 갑자기 한꺼번에 일어난 변화인 듯했는데, 그렇다면 사실 오래전부터 이미 일어나고 있었던 현상이라는 뜻이리라. 처음에는 뭔가 스치듯 지나간 사소한 일에서 그런 느낌을 받았던 것으로 기억한다. 이를테면저녁 식탁 앞에서 그녀가 내게 몸을 기울여 그릇을 놓아 주다가 젖꼭지가 내 팔에 살짝 닿았을 때가 그랬다. 그 순간 나는 피부가 오그라드는 느낌이었다. 또한 그녀가 욕실에 널어둔 속옷 빨래는 불결한 악취미쯤으로 보였다. 그 전에도 그녀의 속옷들은 너무 자주 빨아서 그런지 터무니없이 달콤한 냄새가 난다는 생각을 종종 하긴 했지만, 언젠가부터는 그런 해괴하고 삐뚤빼뚤한 천 조각들로 가려야 하는 몸뚱이가 기괴스럽게까지 느껴지는 것이었다. 가끔 그녀가 알몸으로 움직이는 모습을 보노라면 저 몸이 더 단단하고 견고하지 못한 게 아쉬웠고, 그녀의 젖가슴에 근거 없는 위협을 느꼈으며, 그녀의 안에 들어가면 다시는 살아 나오지 못할 듯한 위기감이 들었다. 한때 나를 기쁘게 했던 모든 것이 배 속에서 시큼한 덩어리로 변해 얹혀 버린 것 같았다.

돌이켜 보면, 평생 그때만큼 두려웠던 적이 없었던 것 같다. 헬라를 잡고 있던 내 손아귀가 느슨해지면서부터 나는 내가 어딘가 높은 곳에 매달린 처지였음을, 죽지 않기 위해 그녀를 힘껏 붙들고 있었다는 것을 깨달았다. 손의 힘이 점점 풀려 가면서 저 아래의 허공에서 윙윙 몰아치는 바람 소리가 들렸고, 기나긴 추락을 예견한 내 안의 모든 것이 한껏 움츠러들며 어떻게든 위로 올라가려고 꿈틀거렸다.

나는 그냥 단둘이 너무 오래 붙어 있었던 것이 문제인가 했다. 그래서 우리는 한동안 다른 지역들로 부지런히 여행을 다녔다. 니스, 몬테카를로, 칸, 앙티브에도 갔다. 하지만 우리 수중엔 돈이 많지 않았고, 겨울철의 남부 프랑스는 부자들의 놀이터였다. 결국 우리는 영화나 보러 다니고 텅 빈 싸구려

술집에 앉아서 시간을 보내는 일이 많아졌다. 산책도 많이 했다. 별 대화 없이. 서로에게 구태여 일러 줄 만한 것이 더는 떠오르지 않는 것 같았다. 둘 다 술을 지나치게 많이 마셨고 나는 특히 심했다. 스페인에서 돌아왔을 때만 해도 그을린 피부에 자신만만한 태도로 빛을 발하던 헬라는 예전의 모습을 잃고, 나날이 창백해지고 경계심과 불안에 사로잡혔다. 그녀는 내게 요즘 왜 그러냐는 질문도 하지 않게 되었다. 나 자신도 내가 왜 그러는지 모르거나 알더라도 말하지 않으리라는 것을 그녀도 직감했기 때문이었다. 그녀는 다만 나를 지켜보았고, 그 시선을 의식한 나는 조심스러워졌다. 그래서 더욱 그녀가 싫어졌다. 굳어 가는 그녀의 얼굴을 바라볼 때 내 안에서 치미는 죄책감은 견딜 수 없을 정도였다.

우리는 버스 운행 시간표에 따라 움직여야 했기에, 쌀쌀한 새벽녘 대합실에 옹송그리고 앉아서 졸거나, 길거리에 사람이라곤 한 명도 없는 어느 도시의 길모퉁이에서 덜덜 떨며 서 있기가 예사였다. 그러다 잿빛 아침이 되어서야 집에 도착해서는 피로에 전 채 침대로 직행하는 것이었다.

왜인지 몰라도 아침에는 그녀와 섹스를 할 수 있었다. 신경이 곤두서다 못해 쇠약해져서 그런 듯도 했고, 간밤에 밖을 쏘다닌 여파로 기묘한 흥분에 휩싸인 덕택인 듯도 했다. 하지만 예전과는 달랐다. 무언가가 빠져 있었다. 그 섹스에는 경이도, 힘도, 기쁨도 없었고, 평화도 없었다.

밤이면 악몽을 꾸다가 내 비명에 놀라 잠에서 깨곤 했다. 내 신음 소리를 들은 헬라가 나를 흔들어 깨울 때도 있었다.

그러던 어느 날 그녀가 말을 꺼냈다. 「왜 그러는지 말 좀 해주면 좋겠어. 무슨 문제인지 내게도 알려 줘. 내가 도울 수 있게 해줘.」

나는 당혹스럽고 또 서글퍼서 고개를 설레설레 흔들고는 한숨을 내쉬었다. 그때 우리는 지금 내가 서 있는 이 큰 방에 마주 앉아 있었다. 헬라는 램프 옆의 안락의자에 앉아 무릎 위에 책을 펼쳐 두고 있었다.

「고마워.」 나는 잠깐 주저하다 덧붙였다. 「아무 일도 아니야. 괜찮아질 거야. 그냥 신경이 예민해져서 그런가 봐.」

「조반니 때문이지?」

나는 그녀를 바라만 보았다.

그녀가 조심스럽게 물었다. 「조반니를 그 방에 두고 떠났기 때문에, 그에게 뭔가 끔찍한 짓을 저질렀다고 생각하는 것 아니야? 당신은 그가 겪는 일들이 자기 탓이라고 자책하는 것 같아. 하지만, 여보, 당신이 무엇을 어떻게 했더라도 그 사람을 도울 순 없었을 거야. 스스로를 괴롭히는 건 그만해.」

「걔는 무척 아름다웠어.」 나는 무심코 말했다. 몸이 떨려 왔다. 나는 테이블로 걸어가 그 위에 있던 ― 지금도 있는 ― 술병을 집어 들고 잔에 술을 따랐다. 그녀는 나를 지켜보고 있었다.

말을 멈출 수가 없었다. 너무 많은 것을 말해 버릴까 봐 매 순간 조마조마하면서도. 아니, 어쩌면 너무 많은 것을 말하고 싶었는지도 모른다.

「내가 결과적으로 조반니의 손에 칼자루를 쥐어 준 셈이라는 생각을 떨칠 수가 없어. 걔는 내가 그 방에 머물러 주기를 바랐거든. 제발 머물러 달라고 애원까지 했고. 당신에겐 말 안 했는데…… 사실 내 짐 가지러 갔던 날 조반니와 심하게 싸웠어.」 나는 멈칫하고 술을 한 모금 마셨다. 「걔 울기까지 했어.」

「그는 당신을 사랑했구나. 왜 내게 말하지 않았어? 당신도 몰랐던 거야?」

헬라의 말에 얼굴이 확 달아올랐다. 나는 그녀에게서 고개를 돌렸다.

「당신 잘못이 아니야. 모르겠어? 그가 당신에게 반하는 걸 막을 순 없는 노릇이잖아. 그 지독한 남자를…… 죽인 것도, 막을 수 없는 일이었고.」

「당신은 아무것도 몰라.」 나는 중얼거렸다. 「아무것도 모른다고.」

「당신 심정은 이해해…….」

「당신은 전혀 이해 못 해.」

「데이비드. 나를 밀어내지 마. 제발 나를 밀어내지 말아 줘. 내가 당신을 도울 수 있게 해줘.」

「헬라, 여보. 도와주고 싶어 하는 마음은 알겠어. 하지만 잠시만 나를 가만히 내버려 둬. 괜찮아질 테니까.」

「그 말은 이미 너무 오래 했잖아.」 헬라가 지친 목소리로 말하고는 나를 가만히 응시했다. 그러더니 이렇게 물었다. 「데이비드, 우리 그만 고향으로 돌아가야 하지 않을까?」

「고향에는 뭐 하러?」

「여기에는 뭐 하러 있는 건데? 언제까지 이 집에 들어앉아 괴로워하고 있을 작정이야? 당신이 그러는 동안 나는 또 어떨 것 같아?」 그녀가 일어나서 내게 다가왔다. 「제발. 난 고향에 가고 싶어. 결혼하고 싶어. 아이를 갖고 싶어. 당신과 어딘가에서 살고 싶다고. 난 당신을 원한단 말이야. 제발, 데이비드. 우리가 왜 여기서 이렇게 시간을 보내고 있어야 해?」

나는 황급히 그녀를 피해 물러섰다. 그녀는 내 뒤에 선 채로 미동도 하지 않았다.

「대체 왜 그러는 거야, 데이비드? 뭘 원하는 거야?」

「모르겠어. 모르겠다고.」

「나한테 말하지 않는 게 뭐야? 이제 그만 진실을 말해 주지 않겠어? 내게 〈진실〉을 말해 줘.」

나는 몸을 돌려 그녀를 마주했다. 「헬라. 기다려 줘. 제발 조금만 참고 나를 기다려 줘.」

그녀가 소리쳤다. 「나도 그러고 싶어! 하지만 당신은 대체 어디에 있는 건데? 내가 찾을 수 없는 어딘가로 사라져 버렸잖아. 당신에게 닿을 수만 있게 해주면…….」

헬라가 울음을 터뜨렸다. 나는 그녀를 안아 주었다. 그러나 내 안에서는 아무 감정도 느껴지지 않았다.

나는 그녀의 찝찔한 눈물에 입술을 맞추며 뭔지 모를 말들을 웅얼거리고 또 웅얼거렸다. 그녀의 몸이 내 몸을 만나려고 안간힘을 쓰며 부딪어 오는 것이 느껴졌다. 하지만 내 몸은 움츠러들고 물러나기만 했다. 바야흐로 기나긴 추락이 시작되었다는 것을 깨달았다. 결국 나는 그녀에게서 물러섰고,

그 자리에 홀로 남은 그녀는 줄에 매달린 꼭두각시 인형처럼 휘청거렸다.

「데이비드, 제발 내가 여자가 되게 해줘. 내게 무슨 짓을 해도 괜찮아. 어떤 대가를 치러야 한대도 좋아. 머리를 기르라면 기를게. 담배도 끊을게. 책들도 내다 버릴게.」 애써 미소 지으며 말하는 그녀의 앞에서 가슴이 철렁 내려앉았다. 「그냥 내가 여자가 되게만 해줘. 나를 가져. 내가 원하는 건 그거야. 그게 내가 원하는 전부야. 그 외에는 뭐가 어떻게 되든 상관없어.」 그녀가 내게 다가왔다. 나는 가만히 서 있기만 했다. 그녀는 나를 어루만지며, 필사적이고 절절하기 그지없는 신뢰를 보내며, 내 얼굴을 향해 자신의 얼굴을 들어 올렸다. 「나를 다시 바다에 내던지지 말아 줘, 데이비드. 당신 곁에 있게 해줘.」 그렇게 말하고 그녀는 내 얼굴을 바라보며 입을 맞췄다. 내 입술은 차가웠다. 입술에서 아무런 느낌도 나지 않았다. 그녀가 다시 키스했고, 나는 눈을 감았다. 나 자신이 튼튼한 사슬에 묶여서 불길로 끌려가는 느낌이었다. 그녀의 온기도, 집요함도, 손길도 내 몸을 결코 깨우지 못할 것만 같았다. 그러나 내 몸은 마침내 깨어났고, 그와 동시에 나는 그 속에서 빠져나왔다. 높디높은 어딘가, 얼음보다도 싸늘한 공기 속으로 올라간 나는 저 아래에서 내 몸이 생판 남의 품에 안겨 있는 것을 내려다보고 있었다.

내가 침실에 잠들어 있는 헬라를 내버려두고 혼자서 니스로 갔던 것은 바로 그날 저녁, 아니면 적어도 그로부터 며칠 지나지 않은 어느 날의 저녁이었을 것이다.

그 반짝이는 도시의 술집들을 다 휘젓고 다녔던 첫날 밤, 막판에 엉망으로 취한 데다 욕망에 몸이 달았던 나는 한 해군을 데리고 어둑한 여관 계단을 올라갔다. 다음 날에는 그 해군의 휴가가 아직 안 끝났으며 그와 같이 휴가 나온 친구들도 있다는 것을 알게 되었고, 그래서 그 친구들을 만나러 갔다. 그리고 다 같이 밤을 보냈다. 다음 날도, 또 다음 날도 같이 보냈다. 그렇게 휴가 마지막 날 밤이 되어 우리는 한 북적이는 바에서 술을 마셨다. 거울이 마주 보이는 자리였다. 나는 심하게 취해 있었고, 돈은 거의 한 푼도 없었다. 그런데 거울 속에 불현듯 헬라의 얼굴이 보였다. 순간 내가 미쳐 버린 줄 알았다. 하지만 뒤를 돌아보니, 너무나 지치고 생기 없고 왜소한 모습의 그녀가 있었다.

한참 동안 우리는 서로 아무 말도 하지 않았다. 해군 청년이 우리를 쳐다보는 시선이 느껴졌다.

「술집을 잘못 찾아오신 것 아니야?」 그가 어렵사리 내게 물었다.

그러자 헬라가 그를 돌아보고는 미소 지었다.

「제가 잘못 찾아온 곳이 여기만은 아닌 것 같네요.」

해군이 나를 노려보았다.

나는 헬라에게 말했다. 「그래, 당신도 이젠 알았구나.」

「사실 오래전부터 이미 알고 있었던 것 같아.」

그녀는 뒤돌아 걸음을 옮겼다. 내가 그녀를 따라가자, 해군이 나를 붙잡고 따졌다.

「당신은…… 저 여자랑…… 그런 거야?」

고개를 주억거리는 나를 보고 청년은 우스꽝스러운 표정으로 입을 쩍 벌리더니 나를 놓아주었다. 나는 그를 지나쳐 문으로 걸어갔다. 등 뒤에서 그가 내뱉는 웃음소리가 들렸다.

헬라와 나는 싸늘하게 식은 밤거리를 한참 말없이 걸었다. 거리에는 개미 한 마리 보이지 않았다. 다시 날이 밝으리라고는 상상조차 할 수 없었다.

헬라가 말했다. 「난 고향으로 돌아갈래. 애초에 떠나지 말걸 그랬어.」

「여기 오래 있다가는 여자로 산다는 게 뭔지도 잊어버리겠어.」 그날 아침 헬라는 짐을 꾸리며 말했다.

그녀는 극도로 차가웠다. 매섭도록 아름다웠다.

「어느 여자도 그런 걸 잊을 수는 없을 것 같은데.」

「여자로서의 삶이 굴욕만을 뜻하지는 않는다는 것을, 한스러움만을 뜻하지는 않는다는 것을 잊어버린 여자들도 많아. 나는 아직 잊지 않았고.」 그녀가 말을 끊었다가 덧붙였다. 「당신이 한 짓에도 불구하고, 나는 잊지 않을 거야. 이 집에서 떠날 거야. 당신에게서 멀리. 나를 태워 줄 택시, 기차, 배가 허락하는 만큼 빨리.」

이 저택에서 살기 시작했을 때만 해도 우리의 침실이었던 방에서 그녀는 서랍장, 벽장, 열린 채로 침대 위에 놓여 있는 여행 가방 사이를 오락가락하며, 어딘가로 탈출하려는 사람처럼 허겁지겁 움직이고 있었다. 나는 바지에 오줌을 싸고 선생님 앞에 선 남자아이처럼 그녀의 앞에 우두커니 서 있었다. 무슨 말을 하려고 해도 목구멍에 수초처럼 엉겨붙어서 입이 움직여지질 않았다.

「그래도 이 말은 믿어 줬으면 좋겠어.」 나는 간신히 입을 열었다. 「내가 설령 거짓말을 했더라도, 〈당신〉에게 한 건 아니었다는 걸.」

그녀가 무시무시한 얼굴로 나를 돌아보았다. 「당신이 말을 건 상대는 나였어. 당신이 이 허허벌판의 끔찍한 집으로 데려오고 싶어 한 상대는 나였다고. 당신이 결혼하고 싶다고 말한 상대는 나였단 말이야!」

「내 말은, 내가 나 자신을 속이고 있었다는 거야.」

「오, 그렇군. 그렇게 생각하면 참 많은 것이 달라지겠네. 아무렴.」

나는 버럭 소리쳤다. 「나는 그냥, 당신을 상처 주고 싶어서 상처 준 건 아니었다는 뜻이야!」

「소리 지르지 마. 나는 곧 여기서 나갈 테니 소리 지르려면 그다음에나 해. 당신이 얼마나 큰 죄책감에 빠져 있는지, 죄책감에 빠져 있길 얼마나 즐기는지, 저 밖의 언덕에 대고 말하든 농부들한테 말하든 마음껏 소리쳐 보라고!」

그녀는 전보다 천천히 몸을 움직여 여행 가방과 서랍장 사이를 오고 갔다. 축축히 젖은 머리카락이 이마 위로 흘러내려 와 있었고 얼굴도 축축했다. 나는 손을 뻗어 그녀를 품에 안고 달래 주고 싶어서 애가 탔지만, 이제는 그래 봤자 아무 위로가 되지 않을 터였다. 도리어 우리 둘 다 고통스러워질 뿐이었다.

그녀는 내게 눈길도 주지 않고 자신이 꾸리고 있는 옷가지들만을 뚫어져라 쳐다보았다. 그 옷들이 자신의 것이 맞기는 한지 긴가민가한 듯이.

「하지만 난 〈알고〉 있었어.」 그녀가 말했다. 「진작에 알았다고. 그래서 이토록 수치스러운 거야. 당신이 나를 볼 때마다 알았는데. 당신과 침대에 들어갈 때마다 알았는데. 그때 당신이 진실을 말해 주기만 했어도……. 내가 스스로 밝혀낼 때까지 손 놓고 기다리기만 하다니, 그게 얼마나 부당한 짓이었는지 모르겠어? 그 모든 책임을 나한테 전가했다는 게? 나는 당신이 진실을 말해 주길 기대할 〈권리〉가 있었어. 여자들은 늘 〈남자〉가 말하기를 기다리는 법이니까. 몰랐던 거야?」

나는 아무 말도 하지 않았다.

「만약 그랬다면 나는 여태껏 이런 데에서 시간을 흘려보낼 필요도 없었어. 이제부터 기나긴 여행을 어떻게 견뎌야 하나 걱정할 필요도 없었겠지. 지금쯤이면 난 집에 있었을 거야. 나를 갖고 싶어 하는 어떤 남자와 춤이나 추면서. 그러다 그에게 나를 줬겠지, 당연히.」 그녀는 손에 들린 나일론 스타킹 한 무더기를 내려다보며 실소를 흘리고는 조심스럽게 여행 가방 안에 구겨 넣었다.

「그때는 나조차도 진실을 몰랐던 것 같아. 나는 그저 조반니의 방에서 나가야 한다는 것밖엔 몰랐어.」

「뭐, 이제는 그 방을 나왔으니 됐네. 나는 이 방에서 나갈 테고. 불쌍한 조반니만 목이 달아나게 생겼네.」

나를 상처 주려고 던진 질 나쁜 농담이었지만, 그녀가 애써 입가에 그린 냉소는 어설프기만 했다.

「나는 도저히 이해할 수 없을 거야.」그녀는 힘겹게 말했다. 내가 자신을 이해시켜 주기를 바라는 양 내 눈을 올려다보면서. 「그 지저분한 깡패 녀석 하나가 어떻게 당신 인생을 망쳐 버릴 수가 있었는지. 내 인생도 덩달아 망가진 것 같고. 하여간 미국인들은 유럽에 오질 말아야 해.」그녀는 소리 내어 웃으려다가 그만 울음을 터뜨렸다. 「유럽에 왔다가는 두 번 다시 행복해질 수 없으니까. 행복하지 않은 미국인이 대체 무슨 의미가 있겠어? 우리가 가진 건 행복뿐이었는데.」그 말과 함께 그녀는 흐느껴 울면서 내 품에 무너져 내렸다. 마지막으로 그녀가 내 품에 안겼다.

나는 웅얼웅얼 말했다. 「아니야. 그렇지 않아. 우리는 그외에도 가진 게 많아. 언제나 가진 게 많았어. 다만…… 단지…… 가끔은 견디기가 힘들 뿐이야.」

「오, 맙소사. 나는 당신을 원했어. 앞으로 어떤 남자를 만나든 당신이 생각나겠지.」그녀는 또 서툰 웃음을 토했다. 「불쌍한 남자! 불쌍한 남자들! 불쌍한 〈나〉!」

「헬라. 헬라. 언젠가 행복해지거든, 나를 용서하려고 노력해 줘.」

그녀가 내게서 물러났다. 「아, 이제 행복에 대해서라곤 아무것도 모르겠어. 용서라는 것도 나는 모르겠고. 여자란 남자의 인도를 받아야 하는 존재라던데, 여자들을 인도해 줄 남자가 세상에 아무도 없다면 어떻게 하지? 그럼 어떻게 되는 거야?」 그녀는 벽장으로 가서 코트를 꺼내 걸치고, 핸드백을 뒤져 콤팩트를 찾아냈다. 그리고 조그마한 거울을 들여다보며 눈물을 찬찬히 닦아 내고 립스틱을 발랐다. 「그 파란색 표지의 어린이책들에 나오는 이야기 있지. 남자아이와 여자아이는 서로 다르다던. 여자아이들은 남자아이들을 원해. 그런데 남자아이들은…….」 그녀가 콤팩트를 탁 닫고는 말을 이었다. 「나는 앞으로 평생을 살아도 남자들이 도대체 뭘 원하는지 모를 거야. 남자들이 제 입으론 절대로 말해 주지 않으리라는 걸 이젠 알겠어. 어떻게 말해야 하는지 자기들 스스로도 모르는 거겠지.」 그녀는 이마 위에 흩어졌던 머리카락을 손빗으로 쓸어 올렸다. 립스틱을 바르고 두꺼운 검은색 코트를 입고 머리도 손빗으로 정리하고 나니 그녀는 차갑고, 눈부시고, 참혹하도록 무력한, 무시무시한 여자로 되돌아왔다. 「술 한잔 내줘. 택시가 오기 전에 우리의 옛정을 위해 건배라도 하자. 아니, 역까지 배웅 나오지는 마. 마음 같아서는 여기서 파리까지 가는 길 내내, 저 죄악에 물든 바다를 건너가는 내내 술을 퍼마시고 싶은 심정이야.」

우리는 묵묵히 술을 마시며 밖에서 자갈 위를 구르는 타이어 소리가 들려오기를 기다렸다. 이윽고 그 소리가 들렸고, 전조등 불빛이 비쳐 들면서 기사가 경적을 울리는 소리가 뒤를 이었다. 헬라가 술잔을 내려놓고 코트 자락을 여미고서 문 쪽으로 걸어갔다. 나는 그녀의 가방들을 들고 뒤따라 나가서 기사와 함께 차 안에 짐을 실었다. 그러면서 헬라에게 건넬 마지막 말을, 그녀의 비참함을 조금이라도 덜어 줄 만한 말을 궁리했지만, 도무지 아무것도 생각나지 않았다. 그녀 역시 내게 한마디도 없었다. 그녀는 어둑한 겨울 하늘 아래 아주 꼿꼿한 자세로 서서 저 먼 곳을 내다보고 있었다. 모든 준비가 끝나고 나는 그녀를 마주 보았다.

「정말로 내가 역까지 배웅하지 않아도 괜찮겠어, 헬라?」

그녀는 나를 바라보다가 손을 내밀었다.

「안녕, 데이비드.」

나는 그녀의 손을 잡았다. 차갑고 메마른 손이었다. 그녀의 입술도 그랬다.

「안녕, 헬라.」

그녀가 택시에 올라탔다. 택시가 진입로를 후진해 나아가다 도로로 넘어가는 것을 지켜보던 나는 마지막으로 손을 흔들었다. 그러나 헬라는 마주 손을 흔들어 주지 않았다.

창밖의 지평선이 밝아 오고 회색 하늘이 남보랏빛으로 물들어 간다.

짐은 다 꾸렸고 집 청소도 마쳤다. 집 열쇠는 내 앞의 테이블 위에 놓여 있다. 이제 옷만 갈아입으면 된다. 지평선이 조금 더 밝아지면 버스가 굽이진 도로 모퉁이 너머에서 들어설 테고, 그 버스가 나를 읍내로, 기차역으로 데려다줄 테고, 그곳에서 탈 기차는 나를 파리로 데려다줄 것이다. 그러나 나는 여전히 움직일 수 없다.

테이블 위에는 작은 푸른색 봉투도 놓여 있다. 조반니의 사형 집행일을 알리는 자크의 편지가 든 봉투다.

나는 술을 아주 조금 따르면서 유리창에 비친 나의 상이 서서히 희미해져 가는 것을 지켜본다. 눈앞에서 나 자신이 사라지고 있는 것만 같다. 이 상상이 즐거워서 나는 피식 웃는다.

지금쯤이면 조반니 앞에서 철문이 열리고 있을 것이다. 그 안으로 들어선 그의 등 뒤에서 문은 철컹 닫힐 것이다. 그리고 두 번 다시 그 문은 조반니에게 열리지도, 닫히지도 않을 것이다. 아니면 이미 다 끝났을지도 모른다. 아니면 이제 겨우 시작됐을지도 모른다. 아니면 그는 지금도 여전히 감방 안에 앉아 나와 같이 밝아 오는 아침을 보고 있을지도 모른다. 복도 저 끝에서는 검은 옷을 입은 건장한 남자 셋이 — 그 중 한 명은 열쇠 꾸러미를 들고 — 조용히 수군거리며 신발을 벗고 있을 것이다. 교도소 전체가 전율에 휩싸인 채 조용히 기다리고 있으리라. 1층의 석조 바닥에서 분주히 움직이던 사람들도 하던 일을 멈추고 잠잠해지고, 누군가는 담뱃불을 붙이고 있으리라. 조반니가 혼자 죽게 될까? 이 나라에서 사형이 단독으로 집행되는지 아니면 간편하게 합동으로 처리되는지 모르겠다. 그리고 그는 사제에게 어떤 말을 남길까?

〈옷 벗어. 이러다 늦겠어.〉 무언가가 내게 말한다.

나는 침실로 들어간다. 내가 입을 옷가지들이 침대 위에 걸쳐져 있고 다 꾸려진 가방이 열린 채로 놓여 있다. 나는 옷을 벗는다. 이 방에는 거울이, 커다란 거울이 있다. 그 거울이 끔찍하도록 의식된다.

어둡디어두운 밤에 불현듯 켜진 등불처럼 조반니의 얼굴이 내 앞에 휙 나타난다. 그의 눈이, 호랑이처럼 번뜩거리는 두 눈이 앞을 똑바로 쳐다보며 최후의 적이 다가오는 것을 주시하고, 그의 살갗을 뒤덮은 털들이 쭈뼛 곤두선다. 나는 그 눈에 담긴 감정을 읽을 수 없다. 만약 그것이 공포라면, 나는 이제까지 한 번도 공포를 본 적 없었다는 뜻이 된다. 만약 그것이 고통이라면, 고통은 이제까지 한 번도 나를 덮친 일이 없었다는 뜻이 된다. 그가 한차례 비명을 지른다. 그들은 멀찍이서 그를 본다. 그들이 조반니를 감방 문 밖으로 끌어내고, 그의 앞에 복도가 마치 그의 과거가 묻힌 묘지처럼 펼쳐지고, 교도소가 그의 주위를 빙글빙글 회전한다. 그는 신음을 흘리고, 아니면 아무 소리도 내지 않고, 그렇게 여정은 시작된다. 아니면 그는 비명을 지르고부터 끊임없이 울부짖고 있을지도 모른다. 돌과 철로 이루어진 공간에서 그의 울음소리가 지금 이 순간에도 울려 퍼지고 있을지도 모른다. 그의 다리가 꺾이고, 허벅지가 후들거리고, 엉덩이가 부르르 떨리면서, 몸속의 망치가 쿵쿵 울리기 시작한다. 피부가 땀에 젖어 간다. 아니면 메말라 있다. 그들이 그를 끌고 간다. 아니면 그가 스스로 걷는다. 그들의 손아귀는 무시무시하고 그의 팔은 더 이상 자신의 것이 아니다.

긴 복도를 건너, 저 철제 계단을 내려가, 교도소의 중심부를 거쳐 그 밖으로, 사제의 사무실로 들어선다. 그는 무릎을 꿇는다. 촛불이 타오르고 동정녀 마리아가 그를 쳐다보고 있다.

〈마리아님, 축복받으신 성모님.〉

내 손도 끈적끈적하다. 내 몸은 칙칙하고 창백하고 건조하다. 나는 거울 속에 비친 내 몸을 곁눈으로 보고 있다.

〈마리아님, 축복받으신 성모님.〉

그가 십자가에 입을 맞추고는 그것을 붙잡고 매달린다. 사제가 부드럽게 십자가를 그에게서 떼어 낸다. 그들이 조반니를 일으켜 세운다. 여정이 시작된다. 그들이 또 다른 문으로 조반니를 이끈다. 그는 침을 뱉고 싶지만 입안이 바싹 말라 있다. 소변을 보고 싶지만 그들에게 잠시 멈춰 달라고 부탁할 수는 없다. 곧 모든 생리 작용이 저절로 해결될 것이다. 주도면밀하도록 차근차근 그에게 다가오는 저 문 너머에 칼이 기다리고 있다는 것을 그는 안다. 저 문은 그가 너무나 오랫동안 찾아 헤맸던 탈출구가 될 것이다. 이 더러운 세상에서, 이 더러운 몸에서 빠져나갈 출구.

〈이러다 늦겠어.〉

거울 속의 몸이 내게 뒤돌아 자신을 마주 보라 종용한다. 나는 사형 선고를 받은 내 몸을 바라본다. 그것은 호리호리하고 단단하고 차가운, 어느 수수께끼의 화신이다. 그 몸속에서 무엇이 움직이는지, 그 몸이 무엇을 찾고 있는지 나는 모른다. 그것은 시간 속에 갇혀 있듯 내 거울 속에 갇혀 있고 계시(啓示)를 향해 서둘러 나아가고 있다.

〈내가 어렸을 때에는 어린이의 말을 하고 어린이의 생각을 하고 어린이의 판단을 했다. 그러나 어른이 되어서는 어렸을 때의 것들을 버렸다.〉[21]

259

이 예언을 실현시키고 싶은 마음이 간절하다. 저 거울을 부수고 자유롭게 해주고 싶은 마음이 간절하다. 나는 내 성(性)을, 나를 괴롭히는 성을 바라보며, 그것이 어떻게 구원받을 수 있을지, 칼날 아래에서 그것을 어떻게 구할 수 있을지 생각한다. 무덤으로 향하는 여정은 이미 시작되었고 부패로 가는 여정도 시작되었다. 이미, 언제나, 절반은 진행되어 있다. 그럼에도 나를 구원할 열쇠는 내 육체 속에 숨어 있다. 그것이 비록 내 몸은 구원하지 못할지라도.

이제 그가 문 앞에 다다른다. 그의 주위는 온통 어둠이고 그의 안은 정적이다. 문이 열리고 그는 홀로 선다. 온 세상이 그에게서 떨어져 나간다. 하늘의 조그마한 귀퉁이가 새된 비명을 내지르는 듯하지만 그는 아무 소리도 듣지 못한다. 땅이 기울어지고, 그는 어둠 속으로 고꾸라진다. 그렇게 그의 여정은 시작된다.

나는 마침내 거울에서 몸을 돌려 나의 나체를 가린다. 그 어느 때보다도 추잡하게 보임에도 불구하고 나는 이것을 신성시해야 하며, 내 삶의 소금으로 끊임없이 문질러야 하리라. 나를 이곳으로 데려온 신의 강력한 은총만이 나를 여기서 데리고 나가 줄 수도 있으리라고 믿어야 한다. 그렇게 믿어야만 한다.

마침내 나는 아침으로 걸어 나가서 내 뒤의 문을 잠근다. 길을 건너 노부인 집의 우편함에 열쇠를 떨어트린다. 그리고 도로 저편, 남자와 여자 몇 명이 아침 버스를 기다리며 서 있

21 「고린토인들에게 보낸 첫째 편지」 13장 11절.

는 곳을 바라본다. 깨어 가는 하늘 아래서 그들의 모습은 매우 선명하고 그 뒤의 지평선은 불타오르기 시작한다. 지독히 무거운 희망을 실은 아침이 내 어깨를 짓누른다. 나는 자크가 보낸 푸른 봉투를 꺼내 천천히 조각조각 찢으며, 종잇조각들이 바람에 흩날려 춤추다 멀리 날아가는 것을 지켜본다. 그러나 내가 몸을 돌려 버스를 기다리는 사람들을 향해 걸음을 옮기자, 바람이 몇 조각을 내게로 되돌려준다.

배반의 입맞춤

전승민(문학 평론가)

내가 입 맞추는 이가 바로 그 사람이니 그를 붙잡으시오.
―「마태복음」26:48

1. 세 번의 배신

미국 흑인 문학African American literature과 모더니즘 문학의 교차로에 자리한 제임스 볼드윈의 두 번째 장편소설 『조반니의 방*Giovanni's Room*』(1956)은 여러 차례 출판사로부터 출간을 거절당했다. 볼드윈이 초고를 처음 보여 준 편집자는 원고를 보고 그가 직전에 발표한 소설(『산 위에 올라 말하라*Go tell It on the Mountain*』, 1952)에서 흑인과 인종 문제를 직접적으로 다룬 것과 달리 동성애와 살인, 그리고 성 도착perversion에 관한 소재를 들여오는 것이 볼드윈의 문학적 평판에 악영향을 줄 것이라고 말했다. 제2차 세계 대전 직후의 미국은 매카시즘의 광풍과 더불어 공산주의자와 동성애자에 대한 공포와 혐오가 몰아치고 있었고, 서술자인 데이비드는 작품 안에서 파리의 미국인 백인 남성을 대표하는 아이콘으로 읽히기 쉬운 탓에 출판의 위험 부담이 크다고 판단한 것이다.

그러나 당대의 흐름을 거스르는 반시대성은 미래에 관한 급진적인 상상력을 가능케 하며, 바로 그러한 역량이 한 작품을 구체적인 역사적 맥락을 품은 동시대의 작품으로 거듭나게 한다. 퀴어와 페미니즘 등 소수자의 지위와 정치성이 더욱 활발히 논의되고 있는 최근의 비평 동향을 고려한다면 그간 많은 연구자들에 의해 해석되어 왔고 계속해서 새로운 시선으로 읽히고 있는 『조반니의 방』은 퀴어 문학의 명실상부한 고전이다. 데이비드와 조반니의 가슴 아픈 사랑의 실패, 그리고 둘의 관계에 연루된 게이 남성들과 여성 인물들은 이성애와 가부장제가 제시하는 특정한 삶의 방식이 실은 허구의 구성물이며, 그를 거스르고 초월하는 인간의 욕망은 심지어 스스로가 그로부터 아무리 달아나려 애쓸지라도 도망칠 수 없는 자연임을 여지없이 보여 준다.

이야기는 남프랑스 어딘가에 자리한 대저택에서 과거를 회고하는 〈나〉(데이비드)의 밤 시간에서 시작한다. 독자가 만나게 되는 최초의 시간은 사실상 그 모든 일이 종료된 이후의 시간이다. 소설이 전개되면서 펼쳐지는 시간은 모두 과거의 것들이다. 1부의 2장부터 시작되는 파리의 게이들, 〈이쪽〉 사람들에 관한 이야기는 데이비드가 어찌하여 그 최초의 시간에 도달하게 되었는가를 설명하기 위한 진술이다. 서사의 줄기는 복잡하지 않다. 헬라가 데이비드의 청혼을 수락

할지 말지를 고민하며 스페인으로 가고, 파리에 남겨진 데이비드는 어떤 게이 바에서 바텐더로 일하고 있던 조반니를 만난다. 서로 〈이쪽〉인지 아닌지 확신할 수 없어 조심스럽던 두 사람은 긴장감 속에서 서로에게 아찔하게 스며들고 조반니의 작은 방에서 함께 살게 된다. 열렬한 사랑의 시간 속에서 삶을 긍정하고 미래의 시간을 향해 나아가려는 조반니와 달리 데이비드는 계속해서 회피를 욕망한다. 그러던 어느 날 헬라가 데이비드의 프로포즈를 승낙하며 다시 파리로 돌아온다는 편지를 띄우고, 성사된 결혼을 명분 삼아 그는 조반니와의 결별을 감행한다. 이별을 받아들이기 힘들어하던 조반니는 위태롭던 와중에 바에서 해고를 당하고, 자신을 욕망하던 사장 기욤에게 잠자리를 허하면 다시 고용될 수 있으리라는 비참한 희망을 품는다. 그러나 기욤은 오히려 조반니를 모욕하고 기욤을 살해한 조반니는 사형을 선고받는다. 세계의 시점에서 관찰되는 표면적인 사건은 여기까지다. 요컨대, 한 여자와 결혼을 꿈꾸던 남자가 다른 남자를 만나 돌이킬 수 없는 사랑을 하고, 〈금지된 사랑〉의 딜레마 속에서 괴로워하다가 도망치기로 결심한다. 버림받은 남자는 비탄에 빠져 정신을 가누지 못하고 나락으로 떨어진다…….

그러나 모더니즘 소설이 대개 그러하듯, 중요한 것은 객관의 층위에서 발생하는 사건의 인과와 추이보다 그 사이의 간극에 숨어 있는 보이지 않는 내면들이다. 그래서 『조반니의 방』은 단순히 삼각관계의 소설이라기보다 한 남자의 죄의식과 끝없는 자기 합리화로 이루어진 고백으로, 그것의 실패에 관한 소설이라고 할 수 있다. 모든 사건이 시종일관 과거형으로 진술되지만 그것은 먼 과거가 아니라 지금, 현재의 바로 직전에서 갓 과거가 된 시점, 현재에서 과거로 진입하는 찰나를 엿보는 것 같은 느낌을 주는 것도 바로 그래서다. 자신의 도망을 정당화하기 위한 가장 좋은 방법은 독자, 즉 배심원들로 하여금 자신이 겪었던 바로 그 경험을 생생하게 추체험하도록 만드는 것이기 때문이다. 데이비드는 동성애자로서의 정체성으로부터 끝없이 달아나려 하며 자신의 욕망을 비천한 것으로 여기면서 자학하지만 그 모든 부인denial은 오히려 강해지면 강해질수록 진실을 더욱더 진실로 만들 따름이다. 소설에는 총 세 번의 배신이 자행된다. 그것은 조반니에 대한 데이비드의 부인, 그리고 헬라에 대한 배신이며, 이 두 가지 배신은 세 번째 배신, 데이비드 스스로에 대한 자기기만이 된다. 말하자면, 소설은 세 번의 배신을 통해 세 번의 진실을 폭로하는 셈이다.

2. 동등한 실패: 이성애의 〈집〉과 동성애의 〈방〉

그렇다면 우선, 이렇게 물어보자. 부인과 배신도 사랑의 한 형태일까? 역사를 통틀어 가장 거대한 배신 중 하나는 유다의 배신이다. 최후의 만찬이 끝난 후 그는 은전 30닢에 예수를 빌라도에게 팔아넘겼고 예수는 십자가를 짊어지고 골고다 언덕을 오른다. 그는 유다가 자신을 배신할 것임을 알고 있었고, 그는 자신의 생이 지상에서 끝나야 신의 뜻이 이루어지리라는 것을 알고 있었다.

성경은 유다가 예수를 팔아넘긴 이유를 설명하지 않는다. 자주 거론되는 추론은 재화에 대한 물욕과 예수의 행보에 대한 유다의 실망이다. 또는 거꾸로, 예수가 자신의 운명을 미리 예견하고 있었고 그 운명이 실현되어야만 한다는 점에서 유다를 신의 조력자로 보는 견해도 있다. 비어 있는 행간을 채우기 위해 기독교인들은 유다의 정신이 사탄에게 점령당했다고 하지만 의미의 여백을 채우려 할수록 더욱 확실해지는 것은 배신의 구체적 이유가 아니라 관계의 복잡성이다.

유다를 배신자로 볼 것이냐, 아니면 세계의 예정된 조화를 위해 악역을 수행한 거룩한 희생양으로 볼 것이냐의 차이는 데이비드의 섹슈얼리티를 읽을 때 퀴어와 이성애 둘 중 어디를 그것의 출발지로 삼을 것이냐 하는 문제와 유사하다. 데이비드를 디나이얼 게이로 읽을 때 우리는 수치심과 자기 연민에 함몰되어 자신과 타자를 비극과 파멸로 이끌고 마는 인간의 괴물성을 목격한다. 반면, 그를 일탈한 이성애자로 읽는 관점 안에서 우리는 강제적 이성애compulsory heterosexuality[1]의 권력과 그것을 강제하는 사회적 규범에 의해 희생되는 한

1 미국의 페미니스트 운동가이자 시인인 에이드리언 리치Adrienne Rich가 고안한 개념으로, 그녀는 이성애가 절대적으로 생득적인 것이 아니라 단지 사회와 문화, 정치 및 제도가 직간접적으로 강제하는 섹슈얼리티라고 말한다. 모두가 동성애자로 태어나는 것이 아니라면 모두가 이성애자로 태어난다는 것 또한 사실이 아니라 상상력의 산물에 가까울 것이다. 강제적 이성애는 여성 억압과 착취, 그리고 가부장제와 그것이 운용하는 헤게모니적 남성성을 지지하기 위해 의도적으로 설계된 사회문화적 당위라는 분석을 내포한다.

남성의 소수자성을 동정하지 않을 수 없다. 이분법적으로 대비되는 두 가지 국면은 어느 한쪽의 일방적인 채택을 요구하는 것이 아니라 보편의 층위에서 두 가지를 하나의 복합적인 모순으로 이해할 것을 요청한다.

『조반니의 방』이 체현하는 모순은 앞서 말한 세 번의 배신이 가져오는 각각의 진실 속에서 구체적으로 짚어 볼 수 있다. 먼저, 헬라에 대한 배신은 조반니와의 만남이 시작되면서 동시적으로 일어나고 이는 보편과 특수의 위계를 뒤집는다. 데이비드가 조반니를 만나고 나서부터 경험하게 되는 파국 속에서, 통상적으로 소수자의 삶과 사랑을 읽는 벡터 — 보편의 관점에서 내려와 특수와 하위문화의 관점을 우선적으로 채택하자는 관점은 효력을 잃는다. 특수한 것은 보편의 맥락 속에서 이해받아야 할 이상하고queer 소외된 것이 아니라 바로 그 이상한 것이 사후적으로 보편의 맥락을 소환하는 시발점이 된다. 예를 들면, 데이비드가 지닌 개인적인 특수성, 미국인 백인 여성과 약혼한 동성애자이면서 파리를 방황하는 백인 미국 남성이라는 지위는 소수자의 사회·문화·정치적 맥락 속에 한정되지 않고 사랑의 일반에 관한 이해, 인간성에 대한 폭넓은 탐구, 세계를 구성하는 모든 힘이 개별적인 특수자가 되는 전제하에서만 충분히 헤아려질 수 있다. 결과적으로 볼드윈의 소설에서 퀴어의 사랑은 동성애 정상성homonormativity[2]을 적극 배척한다. 동성애 또한 이성

2 미국의 역사학자이자 퀴어 활동가인 리사 두건Lisa Duggan이 말한 개념으로 동성애 규범성으로 번역되기도 한다. 퀴어 운동이 이성애 정상성

애와 같은 사랑이 아니라 이성애 또한 동성애와 같이 특수한 사랑의 한 종류인 것이다.

이러한 맥락에서, 퀴어 서사를 읽을 때 자주 따라붙는 비평적 언술들, 가령, 경계를 넘나들며 구획을 전복하는 해방적인 주체라는 낙관적 해석은『조반니의 방』에서 끊임없이 지연되고 유보된다. 데이비드는 진취적이거나 해방적이지 않다. 그는 누구보다 열렬히 안전한 세계 속으로 구속되고 싶어 한다. 여자와의 결혼을 통해 안전한 가부장제의 〈집〉에서 거주하고 싶어 하는 데이비드의 욕망은 그 누구보다 강렬하다. 그러나 역설적으로 바로 그로 인해서 데이비드가 바라던 영역과 경계의 안정성이 실상 허구이며 모든 인간 존재를 포섭할 수 없음이 사납게 폭로된다. 정상성의 경계 안에서 평화롭게 기거하고 싶어 하는 그의 간절함은 강박에 가깝고, 여기에서 우리는 퀴어의 사랑이 이성애자의 사랑과 같은 그저 또 하나의 사랑일 뿐이라는 안온한 결론, 혹은 권리의 차원에서 평등하다는 사랑의 동질성을 경험할 수 없다. 이성애질서가 자연스럽게 내재하지 않고 개별적인 욕망의 대상이 된다는 사실은 특수가 보편의 또 다른 부분이라는 도덕적이고 시혜적인 명제를 전하지 않는다. 역으로, 그간 보편으로 여겨져 온 이성애/가부장제의 정상성 역시 동성애만큼이나 특수적인 하위문화임을 지시한다. 미국으로 가서 함께 〈집〉

heteronormativity을 전유하여 기존 사회 질서에 동화하고 부합하는 방향으로 나아가는 전략을 뜻한다. 〈우리의 사랑도 당신들의 사랑과 같은 사랑이다〉와 같은 구호를 예를 들 수 있다. 이에 따르면 퀴어 젠더와 섹슈얼리티 중에서도 특히 시스젠더 동성애자들이 특권적인 지위를 점하게 된다.

을 만들고 〈제발 여자가 되게 해달라〉는 헬라의 간청, 함께 결혼해서 미국에서 아늑한 가정을 꾸리고 싶다는 욕망은 조반니가 자신의 〈방〉을 개조해서 데이비드와 함께 머물고 싶은 욕망과 대등하다. 헬라와 조반니, 데이비드의 삼각 구도에서 우위를 점하는 것은 이성애가 아니라 다만 사랑이라는 더 큰 일반 의지를 다루는 데이비드의 선택이다.

생동감 넘치고 개성 있는 여러 인물의 활기에도 불구하고 소설의 서사를 직접적으로 추동하는 것은 그저 데이비드 한 사람의 욕망인데, 이 욕망은 사랑을 성취하고 유지하려는 긍정적인 욕망이 아니라 그로부터 최대한 멀리 달아나려는 회피의 욕망이다. 이를 고무하는 것은 바로 데이비드의 공포다. 그의 생애를 송두리째 잠식해 온 공포는 두 번째 배신, 조반니의 사랑을 저버리도록 끈질기게 압박한다. 데이비드는 조반니와의 사랑이 앞으로의 생에 다시는 없을 사랑이라고 말하기도 하지만, 조반니의 순수한 사랑은 데이비드가 그간 애써 도망치려 노력했던 공포의 근원으로 끌어당긴다. 그를 사랑하면 할수록 그 무엇보다 외면하고 싶었던 것의 실체를 향해 근접하는 상황 속에서 데이비드의 배신은 어쩌면 예정된 것이었을지도 모른다.

지금에 와서 돌이켜 보면 그 나날들 속에 매우 아름다운 무언가가 있었음을 알겠다. 하지만 당시에는 너무나 고통스러웠다. 그때 나는 조반니에게 붙들려 바다 밑바닥으로 끌려 내려가는 기분이었다. (……) 낯선 사람들의 시선을 받으면 상처에 소금을 치는 듯 쓰라렸기 때문이었다. (……)
그를 구원하는 일이 내 몫인 것 같았고 나는 그 부담을 견딜
수가 없었다.(177면)

데이비드는 조반니를 사랑하고, 그로부터 사랑받는 일을
마치 자신이 그를 구원하는 일이라 여기고 그 사랑 속에는
분명 아름다운 것들이 있음을 부인하지는 않으나 그것이 자
신의 몫이라는 것에 대해서는 적극 부인한다. (심지어 그는
자크가 조반니를 빼앗아 가면 얼마나 좋을까 하는 생각까지
한다.) 2장에서 조반니와 데이비드가 서로를 탐색하며 은밀
히 커브 볼을 던지는 긴장 가득한 대사들[〈그러면, 기다리고
나면 정말로 확실해지던가요?〉(63면)] 사이에 스며 있던 설
레는 기운은 끝내 두려움이 되고 만다. 누군가를 더욱더 깊
이 사랑하고 그와 관계 맺는 일이 마치 인간이 신의 자리로
올라서야 하는 심리적이고 종교적인 부담으로 여겨진다. 데
이비드에게는 누군가를 진실로 사랑하는 일 자체가 인간의
지위를 포기해야 하는 일이 된다. 그에게 사랑은 공포와 다
름없다.

그의 공포는 죄의식에서 기인한다. 소설에서 간혹 발견되
는 종교적인 색채는 그의 삶을 지배하는 죄의식의 표출과 연
관된다. 데이비드가 자각하는 퀴어로서의 몸과 욕망은 엄습
하는 수치심과 함께 거대한 죄의식으로 내면화된다. 이 죄의
식은 동성애나 이성애 어느 한쪽에 기원을 둔다기보다 남성
으로 태어난 자신의 몸과 그로부터 연유하는 섹슈얼리티 그

자체라고 할 수 있다. 자신이 진실로 원하는 것으로부터 달아나게 하는 죄의식은 섹슈얼리티에 대한 생애 최초의 경험으로부터 기인한다. 죄의식이 처음 움트는 장소는 브루클린의 〈집〉이다. 서사의 주요 무대인 게이들의 파리와 하등 상관없어 보이는 소설의 초반부는 데이비드의 몸과 정신을 압도하는 공포를 이해하기 위한 중요한 실마리다. 청소년기에 처음으로 한 남자와의 섹스, 조이와의 기억을 두고 그는 〈끔찍한 고통에 시달리다 미쳐 버리고 남성성을 잃어버릴 것만 같았다〉(19면)고 진술한다. 그는 조반니가 사형 선고를 받기까지의 사건들을 돌아보며 그의 긴 도피가 조이와 보낸 그해 여름으로부터 시작했다고 말한다.

미국과 달리 동성애자들에 대한 이해가 비교적 자유로운 파리가 조반니의 〈방〉으로 형상화된다면 헬라와의 관계, 그리고 브루클린에서 보낸 데이비드의 유년은 이성애의 〈집〉으로 형상화된다. 데이비드가 최초로 경험하는 이성애의 〈집〉은 그가 어릴 때 죽은 어머니의 유령이 지배하고, 그 어머니의 뒤를 이어 엘런 고모가 〈올바른〉 남성성을 관리, 감독하는 대타자의 장소다[〈나는 그런 어머니의 아들이 될 자격이 없다는 기분이 들었다〉(26면)]. 고모가 바라던 〈수컷〉이 아닌 〈진짜 남자〉의 남성성이 무엇인지는 작품 속에서 명확하게 드러나지 않지만, 남성성과 섹슈얼리티에 대한 고모의 강건한 도덕률은 집안의 남성들에게 모종의 죄의식을 심어 주기에 충분하다. 가령, 고모가 호색한이던 아버지를 꾸짖는 이유는 그것이 그 자체로 도덕적이지 않아서라기보다 그런 행실이 아들인 데이비드에게 남성성의 모범적인 표본이 되지 못하기 때문이고, 그런 아버지는 자신의 성적 일탈을 합리화하고 사면받기 위해 아들에게 암묵적인 동맹 의식을 심어 친구처럼 지내려 한다. 그러나 데이비드는 결코 자신이 아버지와 〈같은 남자〉이기를 바라지 않았고, 친구가 아니라 〈아버지와 아들〉 사이의 거리를 유지해야만 아버지를 사랑할 수 있다고 말한다. 거리는 미지의 영역을 만든다. 아버지는 데이비드의 진짜 모습을 보지 못한다. 〈집〉을 떠나고서야 아버지를 편안하게 대할 수 있었다는 데이비드의 회고를 고려한다면, 그는 생애 최초의 도주에는 성공한 셈이다.

데이비드가 경험하는 〈집〉은 브루클린의 집 외에도 헬라의 〈집〉과 수의 〈집〉이 있다. 소설에서 〈집〉과 〈방〉의 차이는 공간의 크기와 구조물의 특성에서 비롯하지 않는다. 〈집〉은 이성애적 가치가 지배하는 공간으로 안정되고 고정된 관계의 장소인 반면, 〈방〉은 〈집〉을 위협하는 퀴어한 장소의 형상화다. 그저 문고리를 열기만 하면 출입이 자유로운 공간으로 〈집〉보다 훨씬 더 유동적이고 현재적이다. 과거와 미래가 〈집〉에 예비되어 있다면 〈방〉은 오직 불안한 현재로만 가득하다. 〈집〉을 표상하는 헬라의 이동에 따라 조반니의 〈방〉문이 열리고 닫힌다. 이런 맥락에서 〈집〉은 이성애와 고향인 미국을, 〈방〉은 동성애의 장소인 조반니의 방과 게이 바, 그리고 파리를 은유한다. 공포의 실체가 무엇인지 정확히 파악하지 못한 채 죄의식으로 환원된 그것을 떠안은 데이비드는 〈집〉과 〈방〉을 오가며 방황한다. 그는 〈집〉을 떠나 퀴어한 섹슈얼리티가 일렁이는 〈방〉의 문을 열지만 조반니의 〈방〉에서 폐소 공포증을 느끼는 데이비드에게 〈방〉은 해방과 자유의 공간이 아니라 또 다른 종류의 공포와 위험을 유발하는 장소일 뿐이다. 〈집〉도 〈방〉도 그 어느 곳 하나 안식처나 피난처가 아닌 상황에서 그는 남성성에 관한 위협으로부터 달아나기 위해 그저 타자들의 문을 열고 닫기를 반복하며 도망치는 것이다.

〈어쩌면 집이라는 것은 장소가 아니라, 그저 돌이킬 수 없는 어떤 상태를 가리키는 개념인지도 모른다〉(141면)는 데이비드의 말은 그래서 더욱 의미심장하다. 〈돌이킬 수 없는 어떤 상태〉는 강한 구속과 속박의 상태다. 〈집〉이 그 안에서 살아가는 인물들에게 부과하는 가치, 그리고 〈집〉을 만들기 위해 수행해야 하는 모든 행위는 자연스러운 욕망의 산물이라기보다 권력화된 역학 관계 아래에서 생산된 규범이다. 헬라는 〈집〉을 만들기를 원하지만(그런 점에서 〈모든〉 이성애가 강박적인 문화적 구성물인 것은 아니지만) 그것은 당대가 제시하던 여성주의적 여성상에 부합할 수 없음을 깨닫고 그녀가 선택하는 차선책이므로 〈집〉에 관한 욕망은 생래적으로 자연스러운 것이라 말하기 어렵다. 물론, 그녀에게는 상대적으로 더 적합한 삶의 형태이겠으나, 인간이라면 누구나 마땅히 그것을 욕망하는 절대적으로 자연적인 정상성은 아니라는 뜻이다. 요컨대 〈이성애는 하나의 규범일 뿐이지 실제적으로 정상적인 것과는 거리가 멀다〉.[3]

3 Meg Wesling, "'This Grisly Act of Love': Monstrous Heterosexuality

이성애의 규범성은 수의 〈집〉에서 더욱 실질적으로 드러난다. 수는 데이비드가 헬라로부터 결혼하기 위해 파리로 돌아오겠다는 편지를 받은 후, 조반니에게 이별을 고하러 가는 길에 들른 카페에서 잠깐 만나서 자게 되는 여자다. 수의 외모는 미국의 맥주 브랜드인 라인골트의 모델을 닮았고 〈미스 라인골트〉는 얌전하면서도 성적 매력이 넘치는 아리아인 여성의 이미지를 상징한다. 그들이 수의 〈집〉에서 나누는 섹스는 데이비드가 다시 한번 자신의 퀴어한 일탈적 남성성을 정상적인 남성성으로 스스로에게 승인받기 위한 도구적인 장치다. 자신이 〈정상적인 여성성〉과 섹스하고 몸의 쾌락을 느낄 수 있다는 사실의 확인을 통해 조반니의 〈방〉으로부터 조금이라도 더 멀리 벗어나고자 하는 것이다. 그러나 자연적인 욕망으로서의 이성애가 아닌 규범으로서의 이성애는 그와 연루된 모두를 피해자로 만든다. 카페에서 어쩌다 만난 데이비드와 망설임 없이 섹스하는 수의 모습은 언뜻 헬라가 되고자 했던 〈자유 여성〉의 면모처럼 보이기도 하지만, 데이비드와의 섹스를 통해 수는 여성으로서 성적인 해방을 누리는 것이 아니라 다만 이성애 정상성의 시장 안에서 가치를 측정당할 뿐이다.[4] 『조반니의 방』에서 이성애로 지어진 〈집〉들이 폭로하는 것은 그것이 규범으로 작동하는 한 여성과 남성 모두를 착취하는 잔인한 시스템이라는 사실이다. 이성애의 〈집〉을 꾸리고 싶다는 헬라의 욕망이 데이비드의 자기 자신으로

in *Giovanni's Room*," *Modern Fiction Studies*, vol. 68, no. 3, (2022): 436.

4 같은 책, 440.

부터의 도망과 조반니에 대한 배신을 정당화하고 심지어 그것을 가능하게 해준다는 사실 또한 이를 반증한다.

3. 오직 인간만이 할 수 있는 구원

한편, 때때로 등장하는 여성 혐오적인 언사들과 게이 커뮤니티가 보여 주는 남성 동성 사회성으로 인해 이 소설은 반페미니즘적으로 비춰질 수 있으나 그것은 다분히 피상적인 부분일 뿐이다. 오히려 정말로 여성 혐오적이라는 비판을 받을 만한 대목은 서사가 전개되는 층위에서 여성 인물이 동원되는 방식이다. 헬라와 수의 여성성은 데이비드가 자신의 〈정상적인〉 남성성을 재확인하고 재획득하는 과정의 수단이 되고, 특히, 헬라와의 관계는 조반니에 대한 사랑을 지우려는 데이비드의 초라한 악다구니일 뿐이다[〈조반니의 영상을, 그와 맞닿은 감촉의 생생함을 헬라를 통해 불태워 없애고 싶었다〉(188면)]. 이처럼, 누군가의 순수한 욕망으로 실재하지 않는 강제적 이성애와 그것의 골조를 유지하기 위해 사용되는 〈정상적인〉 여성성/남성성은 모두 처참하게 실패할 수밖에 없고, 한 개인이 지닌 고유한 개별성과 복잡성은 소리 없이 지워진다.

그러나 이는 이성애의 잔혹성을 폭로하게 되는 과정에서 소설이 꿋꿋이 직시하고자 하는 세계의 진실이며, 소설이 여성을 정말로 무가치하고 열등한 존재로 간주하기 때문이 아니라 오히려 여성을 보편적인 인간으로 믿어 의심치 않기 때문에 여성의 비참을 그려 낼 수 있는 것이다. 가령, 데이비드를 향해 〈남자가 꼭 필요한 처지라서 굴욕적이겠다는 생각은 안 들어?〉(193면)라고 소리치는 헬라의 서늘한 일갈은 소설이 이성애 가부장제 속에서 여성이 처한 실질적인 삶의 질감과 구조를 헤아리지 않는다면 쓰일 수 없는 대목이기도 하다. 대화 끝에 그녀가 깨닫는 진실은 스스로가 자유롭지 못하다는 것, 그리고 누군가를 위해 헌신하고자 하는 욕망을 가졌다는 것이다. 타인과 불가분한 관계로 깊이 얽히고 함께 삶을 만들어 갈 때 비로소 자유로워지리라는 새로운 자기 발견이다.

게다가, 헬라는 데이비드와 달리 소설에서 유일하게 자신의 삶을 적극적으로 바꾸는 인물이며 그것이 비록 파국이라할지라도 사랑을 통해 자신을 갱신하는 데에 성공하는 사람이다. 데이비드를 강하게 욕망한다는 점에서 남성에게 종속된 이성애자 여성으로 읽힐 수도 있으나 그것은 순전한 오독이다. 헬라는 니스에서 해군과 함께 여관 계단을 오르고 있는 데이비드를 발견하고 사태를 단번에 파악한다. 그녀는 데이비드에게 일말의 망설임도 없이 이별을 통지하고 떠난다. 헬라는 데이비드와 조반니의 사랑을 극화하는 조연이 아니며, 데이비드의 의도대로 그의 남성성을 대리 보충하는 부수적인 존재자 역시 아니다. 물론, 부분적으로 그러한 서사적 효과를 발생시키기도 하지만 그녀는 그 모든 파국의 목격 후에도 결코 자기 자신을 배신하지 않는다는 점에서 영웅적 인물이며, 데이비드와 조반니를 포함한 그 모든 인물들 가운데서 가장 존엄하고 위대하다. 헬라는 끝을 시작할 수 있는 사람이기에 데이비드와 대적하는 인물antagonist이고, 언제나 새로운 시작으로 끝을 회피해 온 궤적으로 삶을 이루어 온 데이비드와 극명한 대조를 보인다. 〈남자가 꼭 필요한 처지라서 굴욕적이겠다는 생각은 안 들어?〉라는 문장이 다시 한번 더 의미심장한 이유는 남성을 사랑하는 그녀의 욕망이 데이비드의 욕망을 동시에 폭로하기 때문이다. 욕망의 성취에 실패할지언정 욕망 자체의 진실함에 관하여 그녀는 그녀 자신을 포함한 누구도 기만하지 않는다. 이런 면모들은 『조반니의 방』이 여성 혐오적인 것이 아니라 오히려 시대를 앞서 퀴어와 페미니즘의 연대 가능성을 십분 구현하고 있음을 알려 주는 중요한 증거가 된다.

그러나, 데이비드는 조반니와의 사랑을 통해 이성애 정상성이 내포하는 폭력적 규범성을 감지함에도 불구하고 헬라와 달리 계속해서 도망친다. 그의 배신은 두 번으로 끝나지 않고 급기야 데이비드 자기 자신을 향하는 사태에 도달한다. 헬라가 파리로 돌아온 후 조반니와의 관계가 들통나기 일보직전까지도 데이비드는 〈어쩌면 아무것도 밝히지 않고도 잘 빠져나갈 수 있을지도 몰라〉(190면)라고 불안하게 읊조리고 결국 끝까지 그녀에게 솔직해지지 못한다. 데이비드는 〈사랑〉의 모호함의 뒤에 숨어 진실이 뒤섞인 거짓 고백을 하고 만다[〈어떤 의미에서는 조반니를 사랑한다고 할 수 있겠지. 정말로 그래〉(207면)]. 계속해서 심화되는 기만의 정도와 데이비드의 나약함은 안타까우면서도 경멸스럽고, 하면 할수록 위태로워지는 그의 자기방어와 자기변호를 보고 있으면 슬퍼지기까지 한다. 자신의 몸을 긍정하는 일, 육신으로부터 파생된 욕망 앞에서 기쁨과 행복이 아니라 수치심과 공포를 끊임없이 경험해야 하는 자는 이미 지옥 속에서 사는 이다. 자신을 둘러싼 삶의 공간뿐만 아니라 자신의 욕망, 그리고 정체성까지 — 〈자기〉라는 존재를 죄의식 속에서만 감각할 수 있다면 그것은 감옥 안의 삶과 다름없을 것이다.

조반니에 대한 데이비드의 배신이 조반니가 기욤을 죽이게 되는 직접적인 원인이 되지는 않지만, 데이비드가 완전히 조반니의 〈방〉으로부터 벗어나고자 한 이후 조반니의 〈방 room〉이 〈감옥cell〉으로 바뀌는 것은 분명한 사실이다. 자신을 거짓 없이 사랑한 자를 도리어 기만하고, 그의 삶을 박탈하여 〈방〉을 〈감옥〉으로 만든 데이비드는 예수를 배신한 유다와도 같다. 그는 조반니의 사랑을 구원에 대한 간청으로 받아들이며 자신이 구원자, 예수의 역할을 떠맡아야 하는 것으로 느끼지만 실은 정반대다. 신의 얼굴은 가장 약한 자, 도움을 필요로 하는 자에게서 나타난다. 조반니가 데이비드의 삶을 구원하러 왔던 것이다. 평생을 자기혐오와 불신, 부끄러움 속에 함몰되어 있던 자, 그리하여 자신을 포함한 그 누구도 사랑할 수 없던 자를 구원하기 위해 나타난 예수의 손길을 유다는 끝내 저버린다.

볼드윈의 문학에서 종교적인 것은 신성을 향한 초월적 의지가 아니라 오히려 세속적인 삶의 〈안전〉이라는 포괄적인 의미로 체현된다.[5] 그가 감각하는 종교성은 육신이라는 한계를 가진 인간의 정신을 구원하여 자유의 국면으로 나아가게 하는 윤리적 해방의 차원이 아니라 지상의 도덕이 발휘하는 중력에 가깝다. 그가 바라본 인간의 종교적인 노력은 천국을 향한 몸짓이 아닌 지옥으로 추락하지 않기 위한 발버둥 침, 안전한 세속의 삶을 영위하기 위한 노력이며 그것은 개인의 욕망이 당대의 사회가 수용할 수 있는 도덕적 범위 내에서 성취되는 것을 뜻한다. 데이비드가 평생 시달려 온 공포는 바로 그 안전감을 박탈당할 것에 대한 두려움의 다른 얼굴이며, 이방인이자 동성애자로 살아가는 일은 사회적이고 성적인 위협을 해결하지 못한 채 삶을 지속해야 하는 일이 되므로 그는 끝없이 도망치려 했던 것이다. 그러나 도망치는 자는 그것이 궁극적인 구원에 이르는 길이 아님 또한 잘 알고 있다. 그러므로 그는 간절히 용서받길 바란다. 그러나 누구로부터의 용서란 말인가?

나는 용서받고 싶은 것 같다. 〈그녀〉가 나를 용서해 주었으면 좋겠다. 하지만 내 죄를 어떻게 표현해야 할지 모르겠다. 묘하지만 어떻게 보면 내 죄는 곧 내가 남자라는 것인데 이 점에 대해서라면 그녀는 이미 다 알고 있지 않은가. 그녀 앞에서 나는 벌거벗은 느낌이 든다. 아직 덜 자란, 제 어머니 앞에서 벌거벗은 소년이 된 듯한 지독한 기분이

---

5 EL. Kornegay, "The Prolonged Religious Crisis," *A Queering of Black Theology: James Baldwin's Blues Project and Gospel Prose*, (Basingstoke: Palgrave Macmillan, 2013), 14.

다.(112면, 강조는 필자)

맥락상 〈그녀〉는 데이비드가 파리에서 머물던 방의 여주인이다. 그녀는 데이비드에게 신을 믿느냐, 혹은 기도는 하고 있느냐, 따위의 질문을 던진다. 신에 관한 물음 뒤에 이어지는 충고는 좋은 여자와 결혼하여 가정을 꾸리라는 것이다. 한데, 데이비드는 강조 부호로 표시한 《그녀》와 〈그녀〉를 구분해서 쓰고 있다. 여성형 대명사인 〈그녀〉는 서술의 맥락상 집주인이기도 하지만 동시에 헬라를 의미하기도 한다. 결혼해서 가족을 꾸리라는 집주인의 말 앞에서 데이비드는 자신이 배신한 헬라를 떠올리며 죄책감을 느끼는 것이다. 돌이킬 수 없는 상황에서 여전히 그녀가 자신을 용서해 주기를 바라며 말없이 집주인의 훈계를 경청하는 그의 모습은 아마 미국 문학사에서 가장 슬픈 게이의 자화상일 것이다. 그러나 그는 마땅한 사람에게 용서를 구하고 있는가? 헬라에게 용서받고 싶은 그의 마음은 단지 미움받고 싶지 않고, 사랑받고 싶은 미성숙한 영혼의 치기 어린 갈망에 불과한 것은 아닌가?

그간 내내 과거의 기억만을 펼쳐 오던 소설은 1부의 마지막에 위치한 이 장면의 직전에서, 데이비드가 택시를 타고 조반니의 〈방〉으로 향하는 부분을 끝으로 회상을 잠시 멈춘다. 2부에서, 멈췄던 과거의 전개를 재개하며 소설은 조반니의 〈방〉에 사는 두 남자의 삶을 다시 그려 나가고 헬라가 데이비드를 떠나는 부분까지 이야기를 진행시킨 후 1부의 마지막 대목, 데이비드가 자신의 〈방〉을 떠나기 직전의 새벽으로 다시 돌아간다. 말하자면, 소설의 표층에서 서사의 시간은 거의 멈춰 있다. 〈내 인생에서 가장 끔찍한 아침을 앞둔 밤, 나는 어둠이 깔린 이곳 남프랑스의 대저택 창가에 서 있다〉(11면)로 시작하여 〈창밖의 지평선이 밝아 오고 회색 하늘이 남보랏빛으로 물들어 간다〉(256면)로 끝을 준비하는 소설의 겉보기 시간은 거의 흐르지 않은 셈이다. 그러나 인물의 과거와 그것을 재구성하는 기억의 심층 속에서 데이비드를 포함한 우리는 브루클린의 〈집〉과 파리의 〈방〉들, 살인이 벌어지는 현장과 사랑의 위악과 위선을 생생하게 재경험한다. 그리고 그것들은 모두 최초의 사건이 되어 우리를 이전의 삶으로부터 갱신한다.

현재와 과거가 번갈아 가며 교차되는 소설의 시간은 나선을 그린다. 나선형의 입체적인 시간의 배치를 통해 볼드윈이 『조반니의 방』에서 제시하는 모더니즘의 시간성은 추락이다. 시간은 기억 속에서 그저 역방향으로 되풀이되는 것이 아니라 아래로 낙하한다. 1부와 2부의 마지막 장면은 각각 한 번의 추락을 보여 준다. 처음의 추락은 조반니의 〈방〉 앞에서, 마지막의 추락은 조반니의 〈감옥〉 앞에서 일어난다. 조반니를 사랑함으로써 데이비드는 자신의 죄의식이 누군가를 진심으로 사랑할 수 없게 하는 불능의 기원임을 알게 되고, 용서받기를 원하지만 누구로부터 용서를 구해야 하는지 알지 못한다(추락1). 그러나 기억으로 다시 살게 되는 과거 속에서 조반니의 죽음이 임박해 오자 그는 거울 속에서 〈나〉가 아닌 조반니를 본다(추락 2).

추락의 시간은 주체가 세계를 바라보는 감각을 송두리째 바꿔 둔다. 두 번째 추락, 데이비드가 자신의 〈방〉에 걸린 거울 속에서 조반니의 얼굴을 보게 되는 장면은 그토록 오래도록 도망쳐 온 자신의 진짜 얼굴과 대면하게 되는 최초의 순간이다. 그러나 거울 속의 것은 〈나〉의 것이 아닌 조반니의 것이므로, 그의 삶에 선재하지 않았던 것이었으므로, 그가 평생 동안 피해 다녔던 것이므로 그는 〈그 눈에 담긴 감정〉 — 공포와 고통의 내용을 읽을 수 없다. 추락의 시간은 역설의 깨달음을 선사한다. 〈나〉(데이비드)는 〈너〉(조반니)가 부재하는 자리에서 드디어 〈너〉와 온전히 연루된다. 조반니의 죽음이 데이비드의 존재를 구원하는 순간이다. 유다가 예수를 배신하여 신의 예언이 비로소 지상에서 실현되는 순간이다. 〈나〉는 〈계시(啓示)를 향해 서둘러 나아가고 있다〉 (259면). 데이비드가 저지르는 세 번째 배신, 자기 자신에 대한 배신은 조반니의 죽음으로 인해 유일하게 용서받는다. 사랑하던 모든 이들을 제 손으로 잃어버리고 도착한, 더는 물러설 곳 없는 최후의 자리에서 그는 그가 어머니나 고모, 아버지, 그리고 헬라와 조반니로부터 받길 원했던 용서가 실은 다름 아닌 자기 자신 안에 있었음을 받아들인다.

이 예언을 실현시키고 싶은 마음이 간절하다. 저 거울을 부수고 자유롭게 해주고 싶은 마음이 간절하다. 나는 내 성(性)을, 나를 괴롭히는 성을 바라보며, 그것이 어떻게 구원받을 수 있을지, 칼날 아래에서 그것을 어떻게 구할 수 있을지 생각한다. 무덤으로 향하는 여정은 이미 시작되었고 부패로 가는 여정도 시작되었다. 그럼에도 구원할 열쇠는 내 육체 속에 숨어 있다. 그것이 비록 내 몸은 구원하지 못할지라도.(260면)

자신의 손으로 예수를 죽음으로 이끈 유다는 그의 부재 속에서 그의 현현을 온몸으로 감각한다. 참회와 반성 속에서 그는 유한자인 인간으로서 지닐 수밖에 없는 부패하는 몸, 그것의 물질성과 한계를 받아들인다. 한없이 세속적이고 성적인 자신의 몸이 초래하는 고통과 수치의 얼굴이 무엇인지 전혀 알지 못하는 상태로, 그것을 마주하기로 한다. 헬라에게 한심한 모습으로 건네던 마지막 자기변호의 말[〈내 말은, 내가 나 자신을 속이고 있었다는 거야〉(252면)]은 이제야 비로소 긍정된다.

유다의 구원은 자신이 배신한 자가 예수일 뿐만 아니라 바로 그 자신도 함께였다는 깨달음 속에서 온다. 누구도 사면해 주지 않은 죄의식과 공포는 데이비드가 자기 안에서 그것을 똑바로 바라볼 수 있게 됨으로써 용서의 단초를 찾게 된다. 조반니와의 사랑 속에서 구원자로서의 부담감을 느끼며 상처 위로 뿌려지던 타인들의 〈소금〉(177면)은 이제 데이비드의 손에도 쥐어진다.

나는 마침내 거울에서 몸을 돌려 나의 나체를 가린다.

그 어느 때보다도 추잡하게 보임에도 불구하고 나는 이것을 신성시해야 하며, 내 삶의 소금으로 끊임없이 문질러야 하리라. 나를 이곳으로 데려온 신의 강력한 은총만이 나를 여기서 데리고 나가 줄 수도 있으리라고 믿어야 한다. 그렇게 믿어야만 한다.(260면, 강조는 필자)

이는 성적인 몸에서 생겨날 수밖에 없는 고통을 인정하고, 그것의 통각을 남김없이 받아들이겠다는 한 인간의 결기다. 사랑의 죄의식과 수치심, 공포는 대속될 수 없다. 헬라가 데이비드와의 관계에서 자신이 원하던 여성으로서의 지위를 얻지 못하고 떠난 것은 사랑의 실패가 아니라 진실의 승리였다. 자신의 몫이지만 자신의 탓은 아니었던 수치를 결코 부끄러워하거나 숨기지 않았기에 그녀는 수치심에 결박되지 않았고, 그러므로 그녀는 그녀의 삶을 스스로 구원하는 선택을 내릴 수 있었음을 떠올려 보라. 인간은 성적 존재로서 자신이 지닌 몸과 욕망에 대한 권리를 다른 그 무엇에게도 양도할 수 없다. 인간의 구원은 오직 자기 자신으로부터 온다.

4. 네거티브 필름의 서사

볼드윈은 『조반니의 방』을 두고 〈이것은 단지 동성애에 관한 소설이 아니다. 이것은 당신이 누군가를 사랑하기를 두려워할 때 일어나는 일들에 관한 이야기다〉라고 말한 적이 있다.[6] 작가의 말에 담긴 의도는 여러 가지로 해석될 수 있겠으나 한 가지 확실한 것은 소설 스스로가 게이 소설, 혹은 퀴어 문학이라는 범주로의 귀속을 온몸으로 거부한다는 것이다. 데이비드의 표현처럼, 이 소설을 조반니의 〈방〉 — 이성애 외부의 일탈로 치부되는 게이의 사랑과 고통스러운 자기 부정과 자기기만에만 주목한다면 우리는 이 소설의 전체를 보지 못하고 〈질식〉해 버리고 말 것이다. 소설에는 여성과 남성, 남성 동성애와 이성애, 방랑과 가부장제, 유럽과 미국 등 여러 차이와 타자성의 요소들이 등장하지만 작가의 저 말은 여러 소재들을 다각도로 고려하라는 말이라기보다, 전혀 관련이 없어 보이는 이질적이고 특수한 것들이 관계의 그물망으로 연계되면서 견인하는 보이지 않는 보편의 것에 주목하라는 말로 읽힌다. 나의 것이라고 주장할 수 없는 타자적인 것들이 나의 유산이 되고, 우리는 그러한 보편성 안에서 부인할 길 없이 연루되어 있는 타자로서의 우리와 조우한다.

이처럼 『조반니의 방』은 미국 모더니즘 문학의 타자성에 새로운 지평을 열어 주었다. 볼드윈의 문학적 기술은 마치 네거티브 필름의 효과처럼 반전되고 역전되는 의미의 층위를 구현한다. 타자가 아닌 이들의 입을 빌려 타자들의 삶을 부조시키고, 재현된 것들을 통해 재현될 수 없지만 세계에 분명하게 실재하는 것들을 재현한다. 가령, 흑인 작가로서 공동체의 현실을 문학에 직접적으로 반영해야 한다는 사회

6 James Baldwin, "'Go the Way Your Blood Beats': An Interview with James Baldwin," *The Voice*, originally published June 8, 1984. Interviewed by Richard Goldstein. https://www.villagevoice.com/james-baldwin-on-being-gay-in-america/.

적이고 무의식적인 기대를 그는 거침없이 배반하며 그 어떤 문화적 당위에도 구속되지 않는 자유로운 외부의 시선으로 세계의 내부를 들여다보고자 한다. 『조반니의 방』에 나오는 모든 인물은 거의 다 백인이지만 독자들은 소설 속에서 끊임없이 흑인의 삶을 반추하지 않을 수 없고, 게이 남성들의 사랑 속에서는 페미니스트 여성의 자의식이 성장한다. 말 그대로 이 소설은 배신의 연속으로 이루어지는 서사로, 보이는 것을 계속해서 역전시키며 보이지 않던 것을 눈앞의 것과 연결시킨다. 이 소설의 특별함은 여기에 있다. 볼드윈은 자기 반영적 글쓰기의 새로운 국면을 창출했다.

배신이 가장 강력한 사랑의 증거로 작동하는 것 또한 작가의 서사적 기법과 무관하지 않다. 첫 번째 배신, 헬라가 보여주는 이성애 정상성을 향한 욕망의 서사는 보편과 특수의 위계를 역전시키며 스스로를 구원하는 여성의 위엄을 보여 주고, 조반니와 데이비드의 사랑의 실패, 극적인 배신의 서사는 오히려 그들의 관계가 결코 부인될 수 없는 사랑임을 방증하는 가장 강력한 증거가 된다. 그리고 마지막 배신, 데이비드의 스스로에 대한 배신이 도달하는 절망은 〈지독히 무거운 희망〉(261면)으로 다시 태어난다. 소설의 첫 문장에 나타난 〈가장 끔찍한 아침〉(11면)은 세 번의 배신을 경유해 그것의 실체를 드러낸다. 절망적인 아침은 죽음의 국면이다. 조반니의 죽음을 기점으로 데이비드는 그간의 생에 종말을 고하고, 성적인 주체로서의 자신을 직시하기 시작한다. 소설이 담지하는 추락의 시간은 서사의 시작에서 끝을 만들며, 끝에서 시작을 만든다.

『조반니의 방』은 한 남자가 시종일관 타자적인 것으로 치부하던 사랑을 끝내 받아들이지 못하면서 초래한 자기 파멸의 국면, 그 과정의 거대한 변론이다. 그가 저지른 세 번의 배신에 대한 내밀한 고해는 끔찍할 만큼 진실하다. 그러나 배신에 이르는 모든 과정이 실은 육화된 사랑의 서사이며, 우리는 늘 누군가와 깊이 몸을 섞으면서 자신을 발견한다. 시간이 흐르면 부패할 피와 살로 이루어진 몸을 가진 인간은 반드시 다른 누군가의 몸, 타자와의 육체적인 뒤섞임 속에서만 그의 허약한 생이 살아지는 운명에 처해 있다. 그로부터 오는 기쁨과 행복은 무서운 고통을 필히 동반한다는 것, 그리고 그것은 그 누구도 대신해 줄 수 없는, 오직 〈나〉만이 지닌 불가침의 신성한 권리라는 것은 바로 한 인간이 죽음 앞에서 받아들이게 되는 빛나는 진실이다.

세 번의 배신 속에서 입맞춤은 단 한 번만 행해진다. 유다는 그 한 번의 입맞춤을 위해 생의 전부를 걸고 배신을 감행했다. 배신은 섹스만큼이나 육화된 몸의 행위다. 오직 아주 깊이 사랑한 자만이 배신할 수 있다.

이방인만이 목격할 수 있는 진실들

제임스 볼드윈은 20세기 미국을 대표하는 흑인 작가들 중한 명이지만, 그의 대표작으로 꼽히는 소설 『조반니의 방 *Giovanni's Room*』에는 흑인이 전혀 등장하지 않는다. 소설의 배경 또한 미국이 아니다. 『조반니의 방』은 1950년대 파리에서 미국 출신의 백인 남자 데이비드, 마찬가지로 미국에서온 백인 여자인 헬라, 그리고 조반니라는 이름의 이탈리아남자가 얽히면서 벌어지는 삼각관계를 그린다. 여기서 삼각관계란 두 남자가 동시에 한 여자를 사랑하는 것이 아니라, 한 여자와 한 남자가 동시에 한 남자를 사랑하는 상황을 뜻한다. 인물, 배경, 관계 어느 하나도 민족적 또는 성적 전형성에 기대지 않는 듯 보이는 이 소설의 줄거리만 본다면, 대공황 시기의 할렘에서 유년기를 보냈고 흑인 민권 운동에 앞장섰던 아프리카계 미국인 작가의 작품이라고는 얼른 상상이되지 않을 것 같다.

1924년 할렘에서 태어난 볼드윈은 가난한 목사이자 공장노동자였던 의붓아버지와 젊은 어머니 밑에서 많은 형제들과 함께 자랐다. 그의 의붓아버지는 무뚝뚝하고 폭력적이었으며 성직자로서는 위선자나 다름없었다고 볼드윈은 회고한다. 볼드윈은 집 밖에서는 공기처럼 만연한 인종 차별에 시달렸으며, 집 안에서는 아버지의 폭압과 여덟 명이나 되는 동생들을 돌보는 의무에 짓눌려 있었다. 작가의 꿈을 펼칠 여유가 있을 리 없었다. 볼드윈은 어릴 때부터 자신의 재능을 알았음에도 부모의 지원을 받기는커녕 흑인이 예술가가 될 수 있다는 상상 자체를 하지 못했고, 어렵사리 포부를 갖고 나서도 글을 쓸 시간을 내기 어려웠다. 열여덟 살 때 학교를 졸업하자마자 볼드윈은 생계 전선에 뛰어들어 수위, 잡역부, 승강기 운전원, 군 보급 기지 건설 노동자 등으로 힘겨운 일상을 이어 갔고 부당한 해고와 조롱을 당했으며 식당이나 카페나 상점이나 각종 시설에서 쫓겨나는 경험을 반복해서 겪었다. 그런 그가 미국이라는 나라를, 그 가혹한 땅을 떠나고 싶다는 열망에 사로잡힌 것은 당연한 일이었으리라. 볼드윈은 자신이 앞으로 어떤 글을 쓴다 해도 미국 안에 있는 한은 〈작가〉이기 전에 언제나 〈흑인〉이라는 이름표가 앞설 것이라고 예감했다. 〈나는 사람들에게 단순한 《흑인》으로 읽히고 싶지 않았다. 심지어 단순한 《흑인 작가》로 읽히고 싶지도 않았다.〉 볼드윈의 이 말은 의미심장하다. 흑인은 미국 사회에서 어디까지나 타자였고, 보편적인 인간이자 독자적인 개인으로는 받아들여지지 않는 존재였다. 볼드윈은 고국이 자신에게 부과하는 타자성을 벗어나지 않고는 글을 쓸 수 없었다. 그래서 1948년 줄리어스 로즌월드 기금을 수여받은 볼드윈은 그 돈을 가지고 프랑스로 떠났다. 그리고 인생에서 절반 이상의 시간을 프랑스에서 보냈다.

제임스 볼드윈의 문학은 헨리 제임스의 그것과 같은 이주자 문학expatriate literature으로 분류된다. 이주자expatriate 는 이민자immigrant와는 다르다. 어떠한 이유로 외국에서 체류하고는 있지만 아예 귀화하거나 정착한 것은 아닌, 임시적인 상태를 암시하는 단어에 가깝다. 체류 기간의 문제라기보다는 정체성의 문제다. 볼드윈은 미국을 떠나고 나니 〈노예의 후손이자 작가〉인 자신의 정체성을 비로소 선명히 인지했다고 고백할 만큼, 미국인으로서의 자신의 근본을 잊기보다는 오히려 되새겼다. 프랑스에 자리를 잡고 그가 가장 먼저 발표한 소설은 자신의 유년 시절 경험을 바탕으로 쓴, 할렘에서 성장하는 흑인 소년의 이야기 『산 위에 올라 말하라 Go Tell It on the Mountain』(1953)였다. 이 자전적 소설에서 볼드윈은 흑인 사회를 결속시키면서 한편으로는 흑인들에 대한 백인 사회의 억압을 정당화하는 기독교 공동체의 복잡한 양면을 섬세하게 묘사하는 한편, 아버지와의 오랜 갈등을 기독교 성경의 상징들과 엮어서 표현했다. 하지만 인종차별 문제를 직접적으로, 또는 도식적으로 제기한 것은 아니었다. 이 점에 대한 비평가들의 지적에 볼드윈은 〈흑인다운 글쓰기〉라는 틀에서 벗어나기 위해 의도적으로 그렇게 썼다고 답한다.

그만큼 그에게는 사회의 규범성에 종속되지 않는 자기 자신다운 언어로 말하는 것이 큰 숙제였던 것으로 보인다. 왜

냐하면 볼드윈 자신이 애초에 기성 사회의 틀에 맞지 않는
— 또는 그런 틀에 스스로를 동일시하는 환상에 빠지려야 빠
질 수가 없는 — 사람이었기 때문이다. 볼드윈은 유색 인종
일 뿐만 아니라 성 소수자였다. 즉 흑인이면서 동시에 게이
였다. 하지만 볼드윈 본인은 〈흑인 작가〉라는 라벨을 거부한
것과 마찬가지로 자신을 〈게이〉라는 개념과 등치시키지도
않았다. 혹은 그러지 〈못했다〉. 왜냐하면 그는 흑인이기에 미
국 사회에서 아웃사이더였고, 또 게이이기에 흑인 사회에서
아웃사이더였으며, 또 흑인이기에 게이 사회에서 아웃사이
더였고, 더 나아가 미국인이기에 프랑스 사회에서 아웃사이
더였기 때문이다. 요컨대 이 세상 전체에서 그는 아웃사이더
였다. 성 소수자들에게 미국보다는 그나마 관용적인 편이었
던 프랑스 파리에 이르러서야 본격적인 작품 활동을 시작할
수 있었던 — 그러나 여전히 이방인이었던 — 볼드윈은 그
무엇보다도 먼저 자신의 필연적인 고독을 해소, 또는 포용
할 방법을 찾아 나가야 했을 것이다.

　1956년에 출간된 『조반니의 방』은 큰 센세이션을 일으켰
다. 『산 위에 올라 말하라』로 볼드윈을 접하고 큰 호응을 보
냈던 독자들은 이 뜻밖의 차기작을 읽고 놀라지 않을 수 없
었다. 당대에 금기시되었던 동성애라는 주제를 가감 없이 풀
어낸 데다, 등장인물들이 모두 백인이었기 때문이다. 『조반
니의 방』 원고를 받아 본 미국 출판사 편집자는 볼드윈이 이
런 소설을 발표했다가는 흑인 독자들에게서 외면당하고 작
품 활동을 하기 어려워질 것이라며, 작가 본인을 위해서라도

출간하지 않겠다고 원고를 반려했다고 한다.

『조반니의 방』의 주인공인 데이비드는 파리에 체류하는 미국인 남성으로서 볼드윈과 비슷한 입장이지만, 인종의 차이에서부터 명확히 드러나다시피 이 소설은 볼드윈의 자전적인 이야기가 아니다. 데이비드는 동성에게 성적 끌림을 느끼지만 두려움 때문에 자신의 욕망을 부인하는 인물로서, 부인을 거듭하는 과정에서 끊임없이 방황한다. 그가 뉴욕에서 파리로 도피한 것 역시 그런 방황의 일환이었고, 소설 중후반에 이르면 파리에서 또 프랑스 남부의 시골로 도피하며, 그곳에서 또다시 니스의 해안으로 도피한다. 그 과정에서 많은 사람을 상처 입히고 스스로도 돌이킬 수 없는 상처를 입을 뿐만 아니라 돈도 잃고 인간관계도 파탄이 난다.

도피하기 위해서가 아니라 자기 자신과 직면하기 위해 〈대서양 횡단 통근자〉로서의 삶을 자처했던 볼드윈은 이 유한계급 백인 남성 주인공의 방황에 그다지 동정적이지 않다. 사실 데이비드가 당면한 문제를 거칠게 요약하자면, 그가 타고난 계급에 의하면 아내와 자식을 거느린 가부장이 되어 마땅한 존경과 권위와 안락한 삶을 누릴 수 있었음에도 불구하고, 단지 동성을 좋아하는 성적 지향 때문에 그런 특혜를 누리지 못하고 있다는 점이라고 할 수 있다. 당시 미국 사회에서—사실 지금까지도 대다수의 국가에서—정상적인 남성이란 여성을 성적 대상으로 삼고, 소유하고, 책임질 수 있는 가부장이었다. 그러므로 게이는 여성을 소유하는 데에 불능하다는 점에서 〈남성〉에 미달한다고 여겨졌고, 다른 남성들의 성적 대상이 된다는 점에서는 〈여성이나 마찬가지〉인, 그러니까 열등한 존재로 격하되었다. 데이비드는 그런 사회적 편견 때문에 불행에 빠지는 피해자이면서, 한편으로는 그런 사회적 편견에 휩쓸려 자기 자신과 주변을 끊임없이 기만함으로써 타인들을 불행에 빠뜨리는 가해자이기도 하다.

성 소수자가 도덕적인 이중성에 처하는 상황을 볼드윈이 이처럼 복합적으로 그릴 수 있었던 것은 그가 〈흑인 게이〉로서의 자신이 처한 교차적intersectional 상황을 깊이 사유했기 때문이리라. 타고난 피부색 때문에 존경이나 권력이나 안락한 삶 따위는 처음부터 박탈당했던 볼드윈과 같은 20세기 흑인들이 보기에, 데이비드 같은 백인 게이의 딜레마는 거의 한가한 어리광 정도로 보였을 것이다. 실제로 볼드윈은 자신과 같은 흑인 게이들에게 성 소수자성이란 그저 당연한 역경 위에 얹힌 또 다른 역경으로 느껴지는 데 반해, 백인 게이들은 자신들이 당연히 누려야 할 특혜들을 빼앗긴 듯한 박탈감으로 유난히 억울해하는 것 같더라며 조금은 냉소적으로 말한 바 있다. 이러한 비판적인 시각은 『조반니의 방』에서도 여실히 드러난다. 작중에서 데이비드로 대표되는 전형적인 백인 미국인 남성들의 유약하고 기만적인 사고방식은 유럽인들의 솔직한 가치관에 대조되어 조롱받곤 하며, 조반니나 자크와 같은 인물들의 대사 혹은 데이비드 자신의 자기반성을 통해 직접적인 비난의 대상이 되기도 한다.

[미국] 남자들의 공통된 특징은 나이를 먹을 줄 모르는

사람들 같다는 점이었다. 그들이 풍기는 비누 냄새는 그 이상의 내밀한 냄새를 드러낼 위험이나 그러한 위급 상황으로부터 그들을 지켜 줄 방부제와 같은 기능을 하는 듯했다.(138면)

이보다 더 간접적인 접근도 도처에 깔려 있다. 예컨대 이 소설에서 흰색은 백인 중심적 사회의 모든 것을 상징하고, 검거나 어두운 색은 백인 중심성을 벗어난 모든 것을 상징하는 듯하다. 데이비드가 아버지에 대한 경멸감을 표현하면서 〈내 정신도 아버지처럼 그렇게 아무런 거친 구석도, 예리하거나 가파르게 경사진 데도 없는 희멀건 덩어리가 되어 버릴 거라고는 생각하고 싶지 않았다〉라고 비유하는 장면은 그 대표적인 예시이다. 반면 데이비드가 성적으로 끌리는 남자들은 으레 가무잡잡한 피부이거나, 머리카락이 검은색이고, 어둠에 잠긴 술집이나 골목길 같은 곳에서 데이비드와 조우하는 것으로 그려진다. 그 어둠이, 즉 비(非)백인성이 데이비드를 매혹하면서 동시에 공포로 몰아붙인다. 매혹과 공포라는 두 가지 감정은 데이비드에게서 따로 떼어 놓을 수 없는 양가적인 감정이다. 그의 사랑과 그 사랑을 가로막는 공포는 같은 뿌리에서 나온다. 데이비드는 이 딜레마를 도저히 해결하지 못한다. 마치 미국의 인종주의자 백인들이 흑인들의 노동력을 너무나 필요로 하면서도 흑인들과 한데 섞이기를 두려워하는 모순을 어쩔질 못하듯이 말이다.

볼드윈은 1인칭의 고백적인 문체로 데이비드의 고통스러

운 분열감을 섬세하게 써 내려간다. 그는 자신이 창조한 백인 남성 주인공에게 동일시하지 않지만 그렇다고 섣불리 냉소하지도 않는다. 그 어디도 〈집〉이라고 느끼지 못하는 데이비드의 외떨어진 처지를 볼드윈은 잘 알고 있다. 게다가 남성성의 신화와 이성애 중심주의와 정상 가족 이데올로기가 결국에는 한 사람을 얼마나 파멸시킬 수 있는지, 그런 거짓 규범들이 인간의 존엄과 사랑을 얼마나 황폐화할 수 있는지까지도 볼드윈은 너무나 잘 알고 있다. 그 참상은 데이비드라는 인물의 여정에서도 나타나지만, 데이비드 주위의 다른 성 소수자들의 삶에서 더욱 잘 나타난다.

『조반니의 방』은 1950년대 파리의 성 소수자 사회를 생생하게 담은 기록 문학으로서의 가치도 지닌다. 동성애자, 양성애자, 트랜스젠더 들의 다양한 삶의 면면이 그려지고, 그들끼리 사용하던 은어들, 그들 세계에서 통용되던 법칙과 질서, 서로 애인을 구하는 방식, 빈곤한 남창과 부유한 고객이 거래를 주고받는 방식, 착취적인 관계가 이루어지는 양상까지 생생하게 묘사된다. 당시 프랑스는 동성애가 범죄였던 미국에 비한다면야 성적 〈일탈〉이 용인되는 사회이긴 했지만 동성애가 혐오의 대상인 것은 마찬가지였고 미국과는 또 다른 나름대로의 억압 기제가 존재했다. 볼드윈은 예리한 시선으로 프랑스 사회의 양면을 파헤치며, 프랑스의 성 소수자들이 당하는 〈공중도덕의 무시무시한 채찍질〉과 사법과 행정의 모든 면에서 겪는 미묘한 차별들을, 그렇기에 숨어서 지낼 수밖에 없는 그들의 현실을 고발한다. 조반니는 그중에서 가장 극단적인 예시에 해당한다. 프랑스 사회의 최하층 계급에 속하는 조반니는 빈곤과 굶주림에 쫓기다 결국에는 범죄에 빠져들고, 그 대가로 사형대에 오른다. 물론 조반니에게는 표면적인 죄목이 따로 있고 그가 당하는 사형은 어디까지나 법의 테두리 안에서 이루어지지만, 조반니가 죽음을 맞는 진짜 이유는 그가 동성애자인 데다 어리고 가난하며 이방인이기까지 하기 때문이다. 프랑스든 어디든, 현대 사회는 조반니와 같은 약자들에게 인생의 선택지들을 빼앗고 그들이 범죄를 저지르지 않을 수 없도록 몰아세우곤 하며, 그런 다음에는 그들이 범죄를 저질렀다는 바로 그 이유로 그들을 죽이곤 한다.

데이비드는 조반니의 비극을 서술하면서 성 소수자로서의 삶을 선택한 이들이 어떤 차별과 억압의 희생양이 될 수 있는지를 독자들에게 보여 주는 창구이자 고발자의 역할을 한다. 이때만큼은 서술자인 데이비드가 작가인 볼드윈과 거의 같은 입장에 서게 된다. 볼드윈은 데이비드라는 미국인 청년의 눈과 입을 빌려, 즉 프랑스의 주류 계층에도, 비주류 계층에도, 그 어디에도 속하지 않는 객관적인 외부자의 입장을 통함으로써 비로소 성 소수자들을 둘러싼 프랑스 사회의 폭력을 이야기할 수 있다. 이렇게 보면 볼드윈이 왜 이 소설의 주인공으로 흑인이 아니라 백인 인물을 선택했는지도 이해가 된다. 그에게는 무색무취의, 〈검은〉 빛깔이 입혀지지 않은, 미국 사회를 대표한다고 어느 독자에게나 손쉽게 믿길 수 있는 인물이 필요했을 것이다. 즉 〈예리하거나 가파르게

경사진 데도 없는 희멀건 덩어리〉와 같은 인물이야말로『조
반니의 방』의 주인공이 되어야만 했다. 흑인들은 미국 사회
의 대표자가 될 수 없었으니까. 심지어 흑인은 미국의 〈악덕〉
을 대표할 수조차 없었다.

　〈그 당시의 나로서는《흑인 문제》라는 또 다른 무거운 주
제까지 다룰 여력이 없었다. 성적 규범이라는 주제만도 다루
기 힘들었다. 두 가지 문제를 한 소설 안에서 담아낼 수는 없
었다. 그럴 만한 여지가 없었다.〉

　볼드윈은 이렇게 설명하면서 〈그 당시의 나로서는〉이라는
조건을 덧붙였다. 그도 그럴 것이,『조반니의 방』을 발표한 이
후 볼드윈은 두 가지 이상의 문제를 함께 다루는 작품들을 쓰
는 데 계속해서 도전했다.『또 하나의 나라*Another Country*』
(1962),『기차가 떠난 지 얼마나 됐는지 말해 줘*Tell Me How
Long the Train's Been Gone*』(1968)가 이 작업의 일환이다. 이
작품들에서 볼드윈은 동성애뿐만 아니라 흑인과 백인 사이
의 사랑도 주제로 삼았다. 당시 인종 간의 성애는 동성애만큼
이나 논란의 대상이었고, 하물며 인종 간의 〈동성애〉라면 더
더욱 문제적이었다. 이를테면 흑인 남성이 백인 남성을 욕망
한다는 것은, 마치 스스로 백인 여성과 같은 굴종적인 입장에
놓인다는 의미로 통하기 십상이었다. 그것은 남성답지 못할
뿐만 아니라 흑인답지도 못한 일이었던 셈이다. 볼드윈 자신
도 이런 이유 때문에 흑인 민권 운동가들 사이에서 불편한 존
재로 여겨지기도 했다. 많은 사람들은 볼드윈과 같은 존재가
흑인 전체의 해방을 향한 운동에 걸림돌이라고 여기고 적대

시했다. 볼드윈은 자신의 형제들의 투쟁을 돕고자 했고 실제로 큰 영향력을 미쳤지만 결국 그는 형제들 사이에서도 끝내 아웃사이더였다.

물론 백인을 향한 동성애가 아닌 같은 흑인들끼리의 동성애라고 해서 더 쉽게 용인된 것은 아니었다. 볼드윈이 마침내 이 주제를 본격적으로 다룰 수 있게 된 것은 1979년에 발표한 『내 머리 바로 위에 *Just Above My Head*』에 이르러서였다. 백인 남성끼리의 동성애를 다룬 『조반니의 방』을 발표하고 23년이 지난 뒤의 일이었다.

볼드윈은 자신에게 사랑이란 지극히 개인적인 것이며 누구에게나 그래야 한다고 믿었다. 언젠가는 〈게이〉라는 명칭 자체가 필요치 않게 될 날이 오기를, 자신의 사후에라도 그렇게 되기를 희망했다. 그러나 『조반니의 방』은 볼드윈이 사망하고 30년도 넘게 흐른 오늘날까지도 여전히 강력한 시의성을 발휘하고 있다. 아니면 이 소설이 2019년에 읽어도 지극히 현대적으로 보일 만큼 볼드윈이 시대를 앞서간 것이었다고 해야 할까. 어느 쪽이든, 볼드윈이 희망했던 시대의 도래는 아직까지는 요원해 보인다.

2019년 10월
김지현

제임스 볼드윈 연보

1924년 출생 8월 2일 미국 뉴욕의 할렘 병원에서 어머니 에마 버디스 존스에게서 태어남. 출생 당시 이름은 제임스 아서 존스James Arthur Jones. 생부는 평생 알지 못함.

1927년 3세 어머니가 데이비드 볼드윈 목사와 결혼하면서 제임스 아서 볼드윈Baldwin이 됨. 할렘의 아파트에 살게 됨. 어머니와 새아버지 사이에 동생 조지가 태어남.

1929년 5세 공립 학교 입학. 동생 바버라 출생. 어린 시절부터 교장 선생님의 주목을 받을 만큼 학업에서 두각을 나타냄. 동생들이 잇달아 태어나, 1930년에 윌머, 1931년에 데이비드, 1933년에 글로리아가 출생함. 가족이 생활고로 여러 번 이사를 하지만 계속 할렘에 머무름.

1935년 11세 동생 루스 출생. 프레더릭 더글러스 중등학교 입학. 그곳에서 할렘 르네상스를 이끌던 시인이자 교사인 카운티 컬런의 영향을 받음. 학교 잡지에 산문, 스케치, 시, 단편소설 등을 기고하기 시작함.

1938년 14세 뉴욕의 파이어사이드 오순절 교회에서 설교를 시작해, 이후 3년간 이어 감. 9월, 브롱크스에 있는 공립 학교 디윗 클린턴 고등학교에 입학함.

1943년 19세 7월 29일, 새아버지 데이비드 볼드윈 목사 사망. 같은 날 동생 폴라 출생.

1945년 21세 유진 F. 색스턴 기념 재단 펠로십에 선정됨. 잡지 『네이션』에 막심 고리키 서평으로 첫 원고 게재.

1948년 24세 잡지 『코먼트리』에 처음으로 단편소설 「이전 상태 Previous Condition」 발표. 로즌월드 재단 펠로십 선정. 첫 프랑스행. 파리에서 리처드 라이트 등과 교유.

1949년 25세 『파르티잔 리뷰』에 첫 에세이 「모두의 저항 소설 Everybody's Protest Novel」 게재.

1953년 29세 첫 장편소설 『산 위에 올라 말하라 Go Tell it on the Mountain』 출간. 랭스턴 휴스에게서 호평받음. 희곡 「아멘 코너 The Amen Corner」 완성.

1954년 30세 구겐하임 펠로십 선정. 두 번째 장편소설 『조반니의 방 Giovanni's Room』 원고가 동성애를 다룬다는 이유로 크노프를 비롯한 여러 출판사에서 거절당함.

1955년 31세 첫 에세이집 『토박이의 노트 Notes of a Native Son』 출간. 하워드 대학교에서 오언 도드슨의 연출로 「아멘 코너」가 첫 상연됨.

1956년 32세 『조반니의 방』이 다이얼 출판사에서 출간됨. 미국 국립 예술원상 수상. 파르티잔 리뷰 펠로십 선정.

1957년 33세 첫 미국 남부 여행. 평생의 관심사가 된 민권 운동에 참여하게 됨. 마틴 루서 킹 목사와 만남. 후일 영화감독이자 연극 연출가가 되는 일리아 커잰과 일하기 시작함.

1959년 34세 포드 재단 지원금 수여자로 선정됨. 파리에서 장 주네를 만남. 주네의 연극에 깊은 인상을 받음.

1961년 36세 에세이집 『아무도 내 이름을 모른다 Nobody Knows My Name』 출간. 맬컴 엑스 등 흑인 무슬림 운동가들을 만남. 이스탄불로 첫 여행 떠나 그곳에서 『또 하나의 나라 Another Country』 원고 완성.

1962년 37세 장편소설『또 하나의 나라』출간. 베스트셀러가 됨. 캐서린 앤 포터와 교우함. 첫 아프리카 여행.

1963년 38세 에세이집『단지 흑인이라서, 다른 이유는 없다*The Fire Next Time*』출간.『뉴욕 타임스』베스트셀러 상위 5위 목록에 41주 동안 머무르는 등 큰 인기를 누림. 조지 포크 기념상 수상. 5월 23일 로버트 F. 케네디 대통령과 만남. 8월 28일 워싱턴 행진에 참가. 두 번째 아프리카 여행.

1964년 39세 국립 예술원 위원으로 선출됨. 희곡『찰리를 위한 블루스 *Blues for Mr. Charlie*』출간. 버지스 메러디스 연출의 연극으로도 상연됨. 사진가 리처드 애버던과 협업한 에세이집『개인적인 것은 아닌 *Nothing Personal*』출간.

1965년 40세 첫 소설집『그 사람을 만나러 가기*Going To Meet the Man*』출간. 케임브리지 대학에서 윌리엄 F. 버클리 주니어와 인종 문제로 토론을 벌여 기립 박수를 받음. 유럽에서 연극「아멘 코너」가 제작됨. 첫 이스라엘 방문.

1968년 43세 희곡『아멘 코너』, 장편소설『기차가 떠난 지 얼마나 됐는지 말해 줘*Tell Me How Long the Train's Been Gone*』출간. 맬컴 엑스의 생애를 다룬 영화 각본 집필 중 제작사인 컬럼비아 픽처스와 의견 차이가 생김. 마틴 루서 킹이 암살당하고, 얼마 후 맬컴 엑스 각본 작업을 중단함.

1971년 46세 마거릿 미드와의 대담(이해『인종에 관한 랩*A Rap on Race*』로 출간됨). 간염으로 건강이 악화됨. 프랑스 생폴드방스에 자택을 구입함.

1972년 47세 에세이집『그 거리에는 이름이 없다*No Name in the Street*』출간. 시나리오『내가 길을 잃은 어느 날: 맬컴 엑스의 자서전을 바탕으로 한 시나리오*One Day When I Was Lost: A Scenario Based on "The Autobiography of Malcolm X"*』출간. 시인이자 사회 운동가인 니키 조반니와의 대담(이듬해『대화*A Dialogue*』로 출간됨). 뉴포트 재즈 페스티

벌에서 뮤지션 레이 찰스와 협동 공연.

1974년 49세　장편소설『빌 스트리트가 말할 수 있다면*If Beale Street Could Talk*』출간. 뉴욕 세인트존 더 디바인 대성당 메달 수훈.

1976년 51세　에세이집『악마는 일을 찾는다*The Devil Finds Work*』출간. 화가 요랑 카자크와 공동 작업한 첫 번째 어린이 책『작은 사람, 작은 사람*Little Man, Little Man*』출간.

1978년 53세　마틴 루서 킹 기념 메달 수훈.

1979년 54세　장편소설『내 머리 바로 위에*Just Above My Head*』출간.

1983년 58세　시집『지미의 블루스*Jimmy's Blues*』출간. 매사추세츠 대학교의 아프리카계 미국인 연구 분과 교수직 수락.

1985년 60세　에세이집『티켓의 값*The Price of the Ticket*』,『보이지 않는 것들의 증거*The Evidence of Things Not Seen*』출간.

1986년 61세　레지옹 도뇌르 훈장 수훈. 저명한 작가들과 함께 세계 평화를 논하는 국제 회의에 참석하기 위해 소비에트 방문.

1987년 62세　프랑스 생폴드방스 자택에서 위암으로 서거. 생폴드방스와 할렘에서 추도 행사를 한 뒤 뉴욕 세인트존 더 디바인 대성당에서 장례식이 거행됨. 토니 모리슨, 마야 앤젤루 등이 추도사를 맡았고 수천 명의 추모객이 운집함. 뉴욕 근교의 펀클리프 묘지에 안치됨.

열린책들 세계문학 290 조반니의 방

옮긴이 김지현 〈아밀〉이라는 필명으로 소설을 발표하고, 〈김지현〉이라는 본명으로
영미 문학 번역가로 활동하고 있다. 단편소설 「반드시 만화가만을 원해라」로 대산 청
소년 문학상 동상을 수상했으며, 단편소설 「로드킬」로 2018년 SF 어워드 중단편소
설 부문 우수상을, 중편소설 「라비」로 2020년 SF 어워드 중단편소설 부문 대상을 수
상했다. 소설집 『로드킬』, 장편소설 『너라는 이름의 숲』, 산문집 『생강빵과 진저브레
드』, 『사랑, 편지』 등을 썼으며, 『프랑켄슈타인』, 『인센디어리스』, 『그날 저녁의
불편함』, 『끝내주는 괴물들』, 『조반니의 방』 등을 우리말로 옮겼다.

지은이 제임스 볼드윈 **옮긴이** 김지현 **발행인** 홍예빈·홍유진
발행처 주식회사 열린책들 **주소** 경기도 파주시 문발로 253 파주출판도시
전화 031-955-4000 **팩스** 031-955-4004 **홈페이지** www.openbooks.co.kr
Copyright (C) 주식회사 열린책들, 2019, 2024, *Printed in Korea.*
ISBN 978-89-329-1290-5 04840 **ISBN** 978-89-329-1499-2 (세트)
발행일 2019년 10월 25일 초판 1쇄 2024년 6월 5일 세계문학판 1쇄

열린책들 세계문학
Open Books World Literature